THE VICAR'S GARDEN AND OTHERSTORIES

DAVID HERBERT LAWRENCE

彩虹升起的地方

（英）戴维・赫伯特・劳伦斯－著　梁永安－译

图书在版编目（CIP）数据

彩虹升起的地方 /（英）戴维·赫伯特·劳伦斯著；
梁永安译 . -- 南京：江苏凤凰文艺出版社，2020.10
ISBN 978-7-5594-5153-8

Ⅰ . ①彩… Ⅱ . ①戴… ②梁… Ⅲ . ①中篇小说 - 小
说集 - 英国 - 现代②短篇小说 - 小说集 - 英国 - 现代
Ⅳ . ① I561.45

中国版本图书馆 CIP 数据核字 (2020) 第 169163 号

彩虹升起的地方

（英）戴维·赫伯特·劳伦斯 著　　梁永安 译

责任编辑　白　涵
出版发行　江苏凤凰文艺出版社
　　　　　南京市中央路 165 号，邮编：210009
网　　址　http://www.jswenyi.com
印　　刷　三河市京兰印务有限公司
开　　本　880mm × 1230mm 1/32
印　　张　9.75
字　　数　360 千字
版　　次　2020 年 10 月第 1 版
印　　次　2020 年 10 月第 1 次印刷
书　　号　ISBN 978 - 7 - 5594 - 5153 - 8
定　　价　48.00 元

彩虹升起的地方

——二十世纪文学史上的叛逆者D.H.劳伦斯

“在本世纪的小说家中，没有一个作家像劳伦斯那样受过世人如此残酷的辱骂；但在现代作家中，要找一个像劳伦斯一样受青年知识分子所推崇和欢迎的作家，却也是罕见的。”[①]

劳伦斯作为二十世纪文学史上的叛逆者，一位饱受争议的作家，一生致力于男女两性题材小说的创作，他在揭示男女情爱的同时，将两性之爱的描写上升到哲学和美学的高度，而伴随着炽烈的爱之体验，是对历史、政治、经济、民生等社会问题的严肃思考。劳伦斯在《白孔雀》《儿子和情人》《虹》《恋爱中的女人》《查泰莱夫人的情人》等长篇杰作中，都对女性寄寓了崇高的期望，被誉为近代女性主义的启蒙作家。

① 引自饶述一版《查泰来夫人的情人》序言。

二十世纪二十年代末，《查泰莱夫人的情人》一书出版后，一度因涉嫌淫秽被禁止发行，直到作家去世三十二年之后，该小说才在英国解禁。在一九三六年，即该书出版八年之后，我国就有了饶述一先生的中译本。

当时的林语堂是这样评价劳伦斯的："劳伦斯的书是骂英人，骂工业社会，骂机器文明，骂黄金主义，骂理智的，他要人归返于自然的、艺术的、情感的生活。劳伦斯的书是看见欧战以后人类颓唐失了生气，所以发愤而作的。劳伦斯的话是对成年人讲的，不大容易懂，给未成熟的社会读了，反而不得其旨。"

我国的诺贝尔文学奖得主莫言曾说："历史往往也是跟人开玩笑，劳伦斯在世时，名誉很不好。他的大多数作品出版后都是一片谴责声。在劳伦斯生前，他的家乡把他当作一个巨大的耻辱，说我们这个地区竟然出了这么一个道德败坏的人。但现在劳伦斯却成了他故乡的巨大旅游资源。"

对于本书中劳伦斯的众多短篇，莫言曾在2004年的《北京文学》中对本书《菊花香》一文和劳伦斯的写作方式做了长篇深刻点评。以下节选自该文：

"如果熟悉劳伦斯的出身经历就会知道，《菊花香》中有他婶婶的亲身经历。他的叔叔在矿井里出了事，他的婶婶就在家里等待。我想在伊丽莎白的形象里不但有劳伦斯婶婶的影子，也有劳伦斯母亲的影子。劳伦斯的父亲是一个矿工，母亲受过中等教育，应该是中产阶级出身的妇女，他的父母之间隔阂很大，于是他的母亲对劳伦斯有一种病态般的母爱。甚至这种爱到后来妨碍了劳伦斯和女人们打交道，他一恋爱他的母亲就妒忌。劳伦斯之所以这样写作，之所以写了这样一些作品，肯定和他的亲身经历有直接关系。《恋爱中的女人》《儿子与情人》《查泰莱夫人的情人》等，都可以看出他的家庭环境在他的心灵上刻下的深刻烙印。

“很多作家在刚开始写作的阶段都会有从自己的生活和经历中汲取创作素材的过程。如何将自己亲身经历的事情变成一篇小说，超越简单和局限，使它复杂化艺术化，《菊花香》为我们提供了一个范例。小说中的故事很简单，讲述了女主人公等待丈夫不归，出门打听，回家等来了丈夫的尸体，和婆婆一起清洗尸体的过程。但劳伦斯洋洋洒洒写了这么多而不令我们觉得沉闷，这样的效果是从哪里来的？他用什么样的语言和细节把一个简单的故事写得这么层次丰富意义深刻？如何从看似平凡没有戏剧性的生活事件中提炼出写作素材？我想这对于初学写作者来说是很有启发意义的，对我们这样的老写手，同样也很有意义。我觉得介绍这篇小说的意义在于，启示一个作家怎样把个人的经历个人的经验变成一篇小说。”

劳伦斯一生曾和杰茜·钱伯斯、路易莎·勃罗斯和弗丽达·冯·里希特霍芬三位美丽的女子谈婚论嫁，并和艾丽丝·戴克斯、海伦娜·科克等女子有过刻骨铭心的感情纠葛，这些女性激发和丰富了劳伦斯的创作灵感，影响了劳伦斯的审美情趣和创作观念，从而使他为世人留下了十几部不朽的作品。

莫言谈道：“作为一个普通的读者读一篇小说的时候没有必要了解一个作家的出身和经历。而如果你要想深入地理解一篇小说，就有必要深入地了解这位作家的出身和经历，这样就会加深我们对他作品的理解。读劳伦斯的《菊花香》也好，其他作品也好，如果我们了解他的出身经历，就会不由自主地把小说中的人物与作家联系起来。我们会把作品当中人物的经历和作家的亲身经历联系起来，会获得一种亲切的感受。这属于创作心理学的课题。”[1]

近年来，劳伦斯的作品，无论中英文版本，都已屡见不鲜，但除《查泰莱夫人的情人》等少数长篇，其大量短篇作品却不被国内读者所知，我们这本书所选文章皆依据英国剑桥大学馆藏劳伦斯手稿加以整理，更收录同一个作品的不同版本。我们从本书中不难看出，劳伦斯在短篇小说方兴未艾的二十世纪初，摸索、修改写作的部分过程片段，由于他以及许多现代主义小说家的精酿，才造就了短篇小说如今的繁花似锦。

短篇小说和长篇小说的差别不在字数。如果以西方文学史的发展来看，十七世纪即有《堂吉诃德》这样的长篇巨著问世，而短篇小说的黄金时代，却要在爱伦·坡所谓的“好小说要让人一次读完”的宣言中揭开序幕，经过十九世纪末，莫泊桑、契科夫等人在叙事技巧与美学层次上的琢磨，进入二十世纪，再有D.H.劳伦斯、乔伊斯、卡夫卡等人的再上层楼。

“如何用短短几千字点燃人生的灵光？如何以风格化的文字叙述精准切入人性？短篇小说书写所开辟的文学视野、从形式主题中淬炼出的文字力量，对小说这个文类的种种影响不可谓不钜。”[2]

劳伦斯正是为了在作品中显示自己真切的理想，不写则已，要写就要写出惊世之作，无论是主题之鲜明，还是人物之傲世，无论是形象之出格，还是语言之犀利，总之，在自己的小说中必须是一个有血

① 引自《北京文学》与莫言对谈《关于劳伦斯和〈菊花的香气〉及当代小说现状》。

② 引自郭强生《重回短篇小说的黄金时代》。

有肉有思想有个性有真理的实体。这就是劳伦斯的价值所在。[1]

在本书中，劳伦斯描绘出一群平凡人的喜怒哀乐，隐藏在幸福生活下的诸多无奈，让人得以一窥一代文学大师，不断挑战自我，试炼文学纯度的历程。

---

① 引自毛信德《劳伦斯》研究。

目录 Contents

001 序言

025 教区牧师的花园（一九〇七年）

031 玫瑰园里的阴影（一九一四年）

049 格雷瑟利亚编年史的一页（一九〇七年）

059 红宝石色玻璃（一九〇七年）

069 白色长筒袜（一九〇七年）

083 白色长筒袜（一九一四年）

111 菊花香（一九一〇年　版本二）

143 菊花香（一九一一年　版本三）

169 密爱（一九一一年）

191 苦恼的天使（一九一一年）

217 廉价葡萄酒（一九一三年）

239 盲眼男人（一九一八年　版本一）

261 冷淡的孔雀（一九一九年　版本一）

【附录】

286 菊花香（一九一四年七月版本结局）

291 劳伦斯生平及创作年表

297 本书文本来源

序　言

本选集比任何劳伦斯的选集都更能让人感受到，他的写作功力在一九〇七至一九一四年间的突飞猛进，对短篇小说体裁的驾驭越来越得心应手。本书所收篇章的最后版本皆可在剑桥版的其他劳伦斯作品选集里找到，然而，早期版本的面貌跟经作者再三改写后的版本往往大异其趣，俨然是各不相同的作品。剑桥版的早期编辑方针是以书籍版本[1]作为底本，也并未枚举它们跟手稿或杂志版本[2]的文字歧异处。不过，这反而使得我们可以把这些极其有意思的早期版本合成一册，让劳伦斯作为一个短篇小说家的早期面貌完整呈现。只要是情形许可，本书的篇章都是按创作顺序排列，把每篇故事较早期的版本放置在较后期的版本前面。《普鲁士军官》（*The Prussian Officer and Other Stories*）、《干草堆里的爱情》（*Love Among the Haystacks and Other Stories*）和《英格兰，我的英格兰》（*England, My England and*

① 译者注：指曾收入更早期短篇小说集的版本。以下凡标明“译者注”为本书译者所加。若无标明则为原书编者所加的注。

② 译者注：指曾刊登在杂志刊物的版本。

Other Stories）等三部剑桥版劳伦斯短篇小说集[①]的序言都曾对作者的短篇小说创作历程有所说明，而这篇序言可以视为一个补充。

本书包含了劳伦斯四个不同时期的作品。在一九〇七年夏天（当时他还没有发表过任何作品），他写了《教区牧师的花园》（*The Vicar's Garden*）、《格雷瑟利亚编年史的一页》［*A Page from the Annals of Gresleia*，随即改写为《红宝石色玻璃》（*Rudy-Grass*）］和《白色长筒袜》（*The White Stocking*）。其次，在克罗伊登（Croydon）当小学老师的时期（一九一〇至一九一一年间），他也写了一些短篇，包括：《菊花香》（*Odour of Chrysanthemums*，这篇小说在一九〇九至一九一四年之间曾大肆改写过好几次）、《密爱》［*Intimacy*，它是《时髦女巫》（*The Witch a la Mode*）的前身］和《苦恼的天使》［*The Harassed Angel*，它是《春天的阴影》（*The Shades of Spring*）的前身］[②]。然后，在一九一三至一九一四年（此时

---

① 剑桥大学的劳伦斯短篇小说集包括以下几本：*The Prussian Officer and Other Stories*（《普鲁士军官》，以下简称PO），ed.John Worthen（Cambridge，1983）；*Love Among the Haystacks and Other Stories*（《干草堆里的爱情》，以下简称AH）ed. John Worthen（Cambridge，1987）；*England，My England and Other Stories*（《英格兰，我的英格兰》，以下简称EME），ed. Bruce Steel（Cambridge，1990）；*The Fox*，*The Captain's Doll*，*The Ladybird*（《狐狸、上尉的洋娃娃、瓢虫》），ed. Dieter Mehl（Cambridge，1992）；*The Woman Who Rode Awaay and Other Stories*（《骑马走掉的女人》），ed. Dieter Mehl and Christa Jansohn（Cambridge，1995）；*The Virgin and The Gipsy and Other Stories*（处女与吉卜赛人》），ed. Michael Herbert，Bethan Johns and Lindeth Vaesy（Cambridge，2006）。另外值得一提的还有两个版本，一是"企鹅版"的《骑马走掉的女人》（1996年），它是根据"剑桥版"的文本重印，但多了一篇文本：根据一份一九二五年样张整理而成的《太阳》（*Sun*）；另一是"企鹅版"的《英格兰，我的英格》（1997年），它也是根据"剑桥版"的文本重印，但多了一篇文本：根据一份修改过的录入稿整理而成的《冷淡的孔雀》（*Wintry Peacock*）。

② 这时期劳伦斯也把《红宝石色玻璃》改写为《彩绘玻璃的一块碎片》（*A Fragment of Stained Glass*）。

他已完全倚赖写作维生），劳伦斯又把《教区牧师的花园》和《白色长筒袜》完全改写一遍，并把前者改称为《玫瑰园里的阴影》（*The Shadow in the Rose Garden*）。除此以外，他还写了一篇新的短篇，称作《廉价葡萄酒》（*Vin Ordinaire*），是为《肉中刺》（*The Thron in the Flesh*）的前身。

最后，本集子还包含来自一九一八至一九一九年那个冬天的两个文本，而它们都是剑桥版的《英格兰，我的英格兰》在编辑时无缘得见的。第一个文本是《盲眼男人》（*The Blind Man*）的手稿，其内容跟已出版的版本有显著差异。第二个文本是《冷淡的孔雀》（*Wintry Peacock*）修改过的打字稿，本书也首次完整收录。

一九〇七年：早期的短篇小说

我们完全无法确定劳伦斯是什么时候开始创作短篇小说。在诺丁汉大学念书期间（一九〇六至一九〇八年），他继续创作那部他在一九〇六年已开始写作的长篇小说［先是称为《拉提莎》（*Laeitia*），后改称《内瑟米尔》（*Nethermere*），最后称作《白孔雀》（*The White Peacock*）］。他自一九〇五年起写诗，虽然他留存至今的诗歌只能溯自一九〇八年夏天。另外，他最早一部剧作的手稿虽然是写于一九〇九年，不过有可能是在一九〇六年起草。但没有证据可以显示，他最早创作短篇小说的日期早于一九〇七年夏杪和秋天。这个时期创作的短篇小说中，有五篇留存了下来，其中四篇收入了本书。我们没收入的是《前奏曲》（*A Prelude*），它已经收录在剑桥版的《干草堆里的爱情》。上述五篇短篇的其中四篇可以肯定是写于一九〇七年的八月十日和十一月九日之间，因为它们都是为了参加《诺丁汉郡卫报》（*Nottinghamshire Guardian*）举办的圣诞节短篇小说征文比赛而写。至于第五篇故事，即《教区牧师的花园》，则不可能写于一九〇七年以前，因为它是以罗宾汉湾（Robin Hood's Bay）为背景，而劳伦斯是当年八月十日才首次到过那里。虽然劳伦斯留存下来的书信里从未提过这小说，但它显然跟劳伦斯其他早期短篇属于同一时期，因为它是写在（或誊抄在）他写《格雷瑟利亚编年史的一页》[1]的相似笔记簿纸张上。但《教区牧师的花园》却不可能是为参加征文比赛而写（《诺丁汉郡卫报》是在一九〇七年八月十日宣布举行这比赛，截止日期为十一月九日），这是因为，故事内容完全与报社的要求不同。竞赛分为三个组别，一个组别要求“最怡人的圣诞节的最佳故事”，一个组别要求“最逗趣圣诞故事”，第三组别要求“最佳传奇故事，其内容须与诺丁汉郡、德比郡、林肯郡或莱斯特郡（Leicestershire）的某一栋历史建筑有关”。《教区牧师的花园》完全不符合这些要求，因为其背景是设定在约克郡的海岸，内容一点都不逗趣，没提到圣诞节，也跟任何历史建筑无关。不过，如果劳伦斯是在随家人到罗宾汉湾度假那天（八月十日）早上读到征文比赛的消息，说不定就会在度假期间开始为故事起草（或起码是构思大纲）。他后来指出，他会参加征文比赛，是出于朋友钱伯斯兄妹[2]的怂恿：从他们的书信集他们劝他何妨一试，“以显示自己有这个能耐”。《教区牧师的花园》显然出于他创作其他早期短篇小说的同一种动

① 这两份手稿现都存放在得州奥斯丁（Austin）的兰塞姆人文学研究中心（Harry Ransom Humanities Research Center）。

② 亚伦·钱伯斯（Alan Chambers，1882—1946）和凯瑟琳·钱伯斯（Jessie Chambers，1887—1944）是在一九〇〇年前后认识劳伦斯，后者还陪过劳伦斯一家到罗宾汉湾度假。

力。在本集子以前，这故事的手稿内容从未刊登过。劳伦斯也许曾经在一九一一年夏天修改过，那时他正考虑出版自己的短篇小说集。然而，这部小说集并没有出版，而到了一九一三年夏天，他把《教区牧师的花园》完全改写为《玫瑰园》（*The Rose Garden*），并把稿子送去打字[①]。在诗人庞德（Ezra Pound）的推荐下，美国杂志《时髦圈》（*Smart Set*，庞德是它的欧洲经纪人），采用了这篇小说，以《玫瑰园里的阴影》为名在一九一四年刊出。经劳伦斯进一步修改后，这故事被收入一九一四年版的《普鲁士军官》。在本选集以前，《时髦圈》版本后来再重印过，与最后的版本差异极大。

劳伦斯为参加征文比赛而完成的第一篇故事是《白色长筒袜》，要竞逐的是"最逗趣"的组别。现存的手稿大有可能就是他在一九〇七年十月二十日寄给朋友路易丝·布罗[②]的草稿。信中，他还托她以她的名义代他投稿：

> 报社要求一篇"逗趣的历险"、一篇"传奇"和一篇"怡人的圣诞节"，但每人只许参加一个组别。所以，可不可以请你以你的名义把稿子投给"最逗趣"的组别？报社说"参赛作品必须是作者自己的原创作和财产，而且从未发表过"。这挺别扭的，但我不认为那有碍，因为我会把故事

① 劳伦斯过世后，至少到一九三七年为止，《教区牧师的花园》的手稿一直都由他太太费丽达所保有（见Clarjk Powell, *The Manuscripts of D. H. Lawrence: A Descriptive Catalogue*, Los Angeles, 1937p.21）。后来，不知什么时候，书商蔡特林（Jake Zeitlin）帮她把手稿以十五美元的价格卖给了收藏家汉利（T. E.Hanley），而汉利在一九五八年又以七十五美元的价格，把手稿卖给了得州大学的兰塞姆人文学研究中心。

② Louisa (Louie) Burrows，1888—1962，是在一九〇〇年前后认识劳伦斯。

的财产权让渡给你，而你也可以按照自己的喜好改写它。好吗?

我要你参加的是“逗趣”的组别，因为那是我迄今唯一写出来的。我希望你用自己的风格改写它，因为如果保留我的风格，可能会被认出来。真的，你想怎么改都无所谓。很抱歉要占用你的时间。如果你不介意，我会把稿子给你，再给你完全的建议。至于那个“传奇故事”，你可以在下次来看我们的时候读到。下个星期六过来，好吗？你也可以选择你喜欢的时间。

如果你有什么顾虑，请直接告诉我，不要犹豫。这个故事如果出版……将会使用笔名，而我几乎可以肯定，它一定不会中选（参加“传奇”组别那篇也许会中选）。所以，你大可以放心投稿，我看不出会有什么差错。当然，决定权在你。

路易丝·布罗投给《诺丁汉郡卫报》的小说没有留存下来。我们不知道她有没有改动劳伦斯的原稿，不知道劳伦斯有没有过目过，也不知道路易丝是用什么笔名。正如劳伦斯所预测的，这篇小说没有在比赛中脱颖而出。他的手稿（大概是比赛结束后退还给他的）后来由他妹妹艾达（Ada）保有，在本集子之前从未刊行过。

劳伦斯后来至少把这小说改写了两遍，但更有可能是改写了三遍。他在一九一〇年一月二十三日告诉路易丝：“我已经把《白色长筒袜》改写过。”他这样做，大概是想把小说投给《英语评论》

（*English Review*）。这杂志的创办人休佛[①]是在上一个秋天“发现”劳伦斯的，并不遗余力地提拔这位后进。不过，我们不知道《白色长筒袜》这阶段被改写成怎样的面貌，只知道在一九一一年四月，劳伦斯又再一次对这小说进行改写。这时候，《英语评论》的主编已经换人，由休佛变成哈里森[②]。当时，劳伦斯告诉路易丝，他已经“写好”《白色长筒袜》。他的学校同事兼朋友麦克劳德[③]看过之后觉得写得“挺棒”，但劳伦斯自己却认为故事“其实不怎么样”。一九一一年六月，他在信中提到，他有几篇“很不错的故事”此刻“正躺在《英语评论》的编辑手中”，而我们几乎可以肯定，《白色长筒袜》是其中之一。到了一九一二年一月，他又在信中提到，《白色长筒袜》是“哈里森正在考虑采用的两篇故事之一”。不过，哈里森始终没有采用这篇小说，它就这样一直搁着，直到一九一三年劳伦斯才把它拿出来，再次修改，并交付录入。然后，就像《教区牧师的花园》一样，《白色长筒袜》在庞德的力荐下获得《时髦圈》的采用，于一九一四年刊出。同一年稍后，劳伦斯把小说大幅度改写，收入短篇小说集《普鲁士军官》里。在本选集以前，《时髦圈》的版本从未再版过。

他第二篇为征文比赛写的短篇属于“与历史建筑有关的传奇故事”组别。劳伦斯用自己的名字把这小说投给《诺丁汉郡卫报》，而从他那封在十月二十日写给路易丝·布罗的信显示出，他预期自己可

---

① Ford Madox Hueffer，1873—1939，是小说家、诗人和编辑人，他后来把姓氏改为福特（Ford）。

② Austin Harrison，1873—1928，作家和编辑人，他任《英语评论》的主编直至一九二三年。

③ 劳伦斯在大卫森路学校任教期间（1908—1911），麦克劳德（ArthurMdeod，1885—1956）是这学校的助理教师。

以在当月月底把小说完成。《格雷瑟利亚编年史的一页》是一篇从未刊行的早期草稿，第一页页边有一些作者为计算故事长度而写的小字。写完这草稿不久，劳伦斯便把它大幅度改写为《红宝石色玻璃》，这文本也是从未刊行过。这个版本很有可能就是劳伦斯拿去参赛的版本。就如竞赛规则所规定的，这故事的标题页有一个笔名（赫伯特·里查兹）[①]，而且故事是发生在英格兰中部的地点。这篇文章所使用的纸张和他寄给路易丝·布罗的那份《白色长筒袜》手稿相同。不管《红宝石色玻璃》在参赛前有没有再重写过，它在竞赛中都要比《白色长筒袜》成功，因为评审在报告中曾经提到它，语带嘉许[②]。其手稿留存了下来（但缺去最后一页），由劳伦斯的妹妹艾达所保有。

到了一九一一年四月一日前不久，他再次重度改写这故事（包括把叙事者改为第一人称），又把故事更名《彩绘玻璃的一块碎片》，完成后寄给《英语评论》的哈里森。劳伦斯对这次改写感到满意，向路易丝表示它的质量“好得让人快活”。哈里森采用了这篇小说，把它刊登在九月号的《英语评论》。这小说也在一九一四年经过轻微修改后收入《普鲁士军官》。

劳伦斯参加第三竞赛组别（“最怡人的圣诞节”）的作品获得了首奖。这篇小说名为《前奏曲》，是由洁西·钱伯斯以“罗莎琳德”（Rosalind）的笔名参赛，后来以她的真名登载在一九〇七年十二月七日的《诺丁汉郡卫报》。虽然这小说的稿子在小说刊出的三个月后

① 劳伦斯的全名是大卫·赫伯特·里查兹·劳伦斯（David Herbert Richards Lawrence），小时候也会被喊作狄奇。这看来是劳伦斯唯一一次用“里查兹”来署名。

② 见一九〇七年十二月七日的《诺丁汉郡卫报》的第七页。

物归原主，但劳伦斯从没想要改写它。其原因，很可能是因为劳伦斯无法声称自己对它具有法律上的拥有权。在一九二四年，他告诉为他写传的麦克唐纳（Edward D. McDonald），他第一篇登出的作品“获得了绝对意义的荣耀”。我们不知道登在《诺丁汉郡卫报》上的《前奏曲》完全是出自劳伦斯手笔还是由洁西·钱伯斯改写过。它在二十世纪四十年代才被人重新发现，并在一九四九年重新刊出。剑桥版的《干草堆里的爱情》（一九八七年）收录了这篇短篇①。

一九〇九至一九一一年：《菊花香》

在一九〇九年十一月至一九一四年十月之间，劳伦斯至少把《菊花香》改写了六遍，每一次都见证着他写作功力的快速成长。他会写这个有关矿工家庭的故事，大概是休佛在一九〇九年十月替他出的主意，而休佛更断然是第一个看出这是篇佳作的人——劳伦斯在同年的十二月九日把稿子寄他过目。《菊花香》现存的最早版本（以下称为“版本一”）是一篇用铅笔书写的草稿，但只剩下结尾（剑桥版的《普鲁士军官》把它收录为附录）。可能劳伦斯在第一次修改《菊花香》时，因为准备大改结尾，干脆用其他白纸重写，致使旧的结尾单独留存下来。所以，版本一呈现的有可能是《菊花香》的最早面貌。

休佛固然大大欣赏《菊花香》，但他未及把小说刊出便离开《英语评论》，而他的后继者哈里森显得对《菊花香》缺乏兴趣。《英语

① 一九四九年的版本是由Beaumont Wadsworth所编辑，见于A Prelude, by D. H. Lawrence（Thomas Ditton）。

评论》的承印商在一九一〇年三月十日便把《菊花香》排好字，而其印出的样张留存至今，上面留有劳伦斯的大量修改笔迹。本书所收录的《菊花香》的两个版本都是从《英语评论》的样张整理出来。第一个版本（以下称为“版本二”）是故事在样张未校对过的面貌，换言之是它在一九一〇年三月的面目，当时劳伦斯还没有开始对它进行大幅改动[①]。劳伦斯在同一个月稍后校对了样张，并把它寄回给《英语评论》。早在看到样张以前，他便已向朋友预告，《菊花香》会在《英语评论》的五月号刊出。然而，这预言并未实现。然后，大概在一九一〇年七月，《英语评论》把样张寄回给劳伦斯，要求他把稿子“删减五页篇幅”——劳伦斯形容这是一件“鬼差事”。接下来的夏天，他照做了，包括大肆删节和改写结尾，然而，到了九月，他却听说出版日期要无限期延后，因为哈里森“手上的稿子仍全部满档”。对此，劳伦斯的评论是：“它可以等。”不过，他等了六个月，哈里森才有消息。这一次，他要求跟劳伦斯碰面，谈谈这小说的事，而劳伦斯相信：“他大概是想要我修改一些些。”为此，劳伦斯在一九一一年三月三十日去了一趟伦敦。哈里森在四月六日写了一信给他，确认两人先前见面时约定好的事：“我期盼看到《菊花香》的旧氛围和它的旧结尾，以及减少前面部分的对话。”这番话证明了两件事：一九一〇年三月的故事结尾是在一九一〇年夏天被劳伦斯所删掉；他在样张结尾部分加上的那些“不删”符号[②]是在一九一一年四月加上去，以便恢复旧结尾。哈里森的信件亦显示出，劳伦斯是到了一九一一年才开始删减“较前面部分的对话”。

---

① 博尔顿（James T. Boulton）曾刊行过一篇文本，其内容与“版本二”非常相近。

② 译者注：指在删掉文字下面画上虚线，表示“不删”。

然而，在收到哈里森的四月六日来信以前，劳伦斯业已对《菊花香》进行了再一次大改写。修改日期在三月三十日至四月二日之间，因为改写得太厉害，他得把一些新增或完全改写的段落写在新纸张和纸条上。到最后，样张被他涂改得面目全非，必须重誊一遍。当时已是劳伦斯未婚妻的路易丝自告奋勇帮忙，以便他可以省去打字的费用。劳伦斯在四月一日写给她的信中说：“我会尽快把‘菊花’交给你重誊，大约一两天内，可以吗？”翌日，他把校改过的样张和额外的稿子寄给路易丝，信中又给了她一些该怎么做的指示：

> 这里是手稿，它确实是个好故事。我的任务是把第一部分做出足够的缩短。当然，这部分也是故事的重要基础。我希望你看得懂我的所有修改，我写得没有特别清楚。完成后寄给我。不必太赶，字写小一点，字体不要太花哨。如果我寄给你的纸不够用，你可以用任何纸张誊抄，甚至作业簿的纸张亦无妨……写这故事的最后两几页花了我相当、相当多的时间。你一定想象不出来，为了把因果关系挖得那么深入，花了我多大力气。

以下我们把劳伦斯寄给路易丝的这份稿子称为“版本三”。

路易丝在四月四日写信告诉劳伦斯，她已经收到稿子，读后觉得非常喜欢。劳伦斯回信说：“我很高兴你喜欢它。请不要取笑我删掉的部分。那都是一些游戏的部分，大部分都是写两个小孩。我是蓄意删掉它们的。必须让故事更快到达高潮。”他很希望路易丝可以在四月十五日学校放复活节假期以前把稿子誊好，以便他可以赶在那之前把《菊花香》连同其他两三篇短篇一起寄给哈里森：“请一誊好便马上寄给我，我希望可以在放假前把它们寄出。”到四月十二日，他仍希望誊本可以在第二天寄到，因为“如果我不能在早上收到‘菊花’，倒不如等到假期之后再寄出”。我们不知道路易丝有没有能及时寄达，却知道哈里森最迟在四月底便收到誊本。在誊抄《菊花香》的过程中，路易丝改动了两百个地方，有些是无心的，有些显然是蓄意的。后来，当故事在一九一一年六月刊登于《英语评论》以前，劳伦斯又在路易丝的誊本上做出了一些更动。他显然对路易丝的改动不以为意，但更有可能是根本没发现她改动过[①]。

我们决定不收录《菊花香》现存最早的结尾（版本一），但收入最早的样张（版本二），以及劳伦斯在一九一一年四月二日寄给路易丝誊抄那份稿子（版本三），我们没有十足把握可以把劳伦斯于一九一〇年对样张的历次改动分辨出来。版本三详细记录了《菊花香》从一九一一年四月二日起到它六月于《英语评论》刊出止所历经的各阶段。劳伦斯在一九一四年七月将这些修改全合并：他当时把《英语评论》上的文本加以改写（以下称为版本四），以便收录在达克沃斯出版社（Duckworth）准备出版的《普鲁士军官》里。这一次的改写面貌见于达克沃斯出版社在一九一四年十月寄给他校对的样张里。翌年，劳伦斯把这样张送给了朋友霍普金[②]：

> 我刚想起我有一批短篇小说的样张副本，你大概不会介意我没有先把它们装订成册便送给你。日后万一我成名

---

① “剑桥版”《普鲁士军官》的“序言”对路易丝誊抄《菊花香》一事有所叙说。

② Willie Hopkin，1862—1951，是伊斯伍德政界与知识圈的知名人物，劳伦斯和他太太莎莉（Sallie，1867—1922）非常友好。霍普金太太是活跃的女性主义者和妇女参政主义者。

了，这些样张将会非常独特，因为它们的内容跟已刊行的故事内容多有出入。你可以自行把它们装订成册，那只需要几便士。所以请你别嫌弃。我没忘记曾答应要送你一部正式的书。

这份霍普金样张显示出，当劳伦斯在一九一四年七月要把故事寄给达克沃斯出版社之前，曾把《英语评论》版本头五分之四的内容做出少许修改。然后，到了一九一四年七月，他又把结尾给完全重写了一遍（这可能是他自一九〇九年以来第六次重写《菊花香》的结尾）。本书把这个新的结尾完整收入，作为附录。不过，到了一九一四年十月，劳伦斯又利用达克沃斯出版社的样张，重新改写了结尾（是为版本五，也是剑桥版《普鲁士军官》使用的版本）。

本书收录了霍普金样张的异文，至此，《菊花香》所有版本的异文皆可在剑桥版的劳伦斯作品里找到，可供人按正确顺序阅读和研究。兹把各版本的性质再摘述如下：版本一是最早手稿的结尾，也是最早手稿唯一留存至今的部分，曾被剑桥版的《普鲁士军官》收录为附录；版本二是《英语评论》在一九一〇年三月寄给劳伦斯校对的样张原貌；版本三是劳伦斯把这样张大幅改动后的面貌，也是路易丝誊抄时的依据；版本四是达克沃斯出版社在一九一四年交给劳伦斯校对的样张，又称霍普金样张，它显示出劳伦斯在一九一四年七月对故事做了哪些增删；版本五是《菊花香》的最后面貌，是劳伦斯在一九一四年十月改写的成果，也是剑桥版《普鲁士军官》使用的版本。

霍普金后来把劳伦斯送他的样张送给了诺丁汉郡图书馆[①]。《英语评论》的样张留存至今，先是由劳伦斯姐姐艾米丽（Emily）保有，后来卖给了诺丁汉大学。路易丝的誊本由《英语评论》还给劳伦斯，现藏兰塞姆人文学研究中心[②]。

一九一一年：克罗伊登时期的短篇小说

本书收录的《密爱》和《苦恼的天使》这两篇故事都是写成于克罗伊登时期，而它们的创作灵感分别跟两个女人有关。《密爱》最早可能写于一九一一年三月或四月，其女主角玛格丽特·瓦利（Margaret Varley）是以一位叫海伦·柯克的女老师[③]为原型。劳伦斯曾在一九一一年四月十二日的信中告诉路易丝，他打算把四篇小说寄给《英语评论》的哈里森，看情形，《密爱》可能是其中之一。不管怎样，这篇小说的写成日期都不会晚于一九一一年九月十日，因为当天他把小说的稿子寄给加奈特[④]过目——加奈特专为出版社审稿，而且在八月时联络过劳伦斯，为美国杂志《世纪》（*Century*）向他邀稿。

---

① 现藏于诺丁汉文库。

② 这誊本至少到一九三七年都是在劳伦斯太太费丽达手中（不过powell搞错了一件事，那就是他以为这誊本是出自劳伦斯手笔，说它是“劳伦斯早期笔迹的绝佳样本”）。后来，蔡特林帮费丽达把这誊本以四十美元的价钱卖给了收藏家汉利，汉利则在一九五八年以三百美元的价格卖给德克萨斯大学的兰塞姆人文学研究中心。

③ Helen Corke，1882—1978，当时在克洛敦的德林皮斯学校（DeringPlace School）当小学老师。

④ Edward Garnett，1868—1937，文评家、随笔家和戏剧家，为包括“海尼曼”（Heinemann）和“达克华斯”（Duckworth）在内的几家出版社审稿。

《菊花香》在《英语评论》刊出之后获得良好回响，所以出版商塞克[①]写信给劳伦斯，问他有没有意思出版一部短篇小说集，而到了八月底，劳伦斯已经给这部准备出版的集子加添了三篇新的小说：六月写成的《老亚当》（*Old Adam*）和《两段婚姻》［*Two Marriages*，日后改写为《教区牧师的女儿》（*The Daughters of the Vicar*）］；七月写成的《密爱》。但劳伦斯对它们的质量并无自信，而他在写给加奈特的信中亦表示："如果你可以替我的手稿惠赐指正，我相信我应该能够站得较稳。"加奈特不到两星期便把《密爱》的手稿寄回，又给了劳伦斯一些建设性批评。劳伦斯回信说："谢谢你给《密爱》的忠告。我自己觉得这故事拖沓，情节推进缓慢。"加奈特同时约劳伦斯会面，两人从此建立起对后者事业帮助匪浅的友谊。

我们不知道劳伦斯是什么时候按加奈特的建议修改《密爱》。从他在一九一二年一月七日写给加奈特的信显示，他有意把《密爱》放入塞克打算出版的短篇小说集里，然而，住在加奈特家中那段时间（一九一三年六月二十一日至一九一三年七月九日），看来他曾把这故事彻底改写过，并更名为《白女人》（*The White Woman*）。后来又进一步把《白女人》改写为《时髦女巫》。最后这个版本要迟至一九三四年才出版，而更早期的两个版本则从未发表过。看来直到一九三〇年以前，《密爱》的原始手稿连同劳伦斯好些其他手稿都是由加奈特保有[②]。

剑桥版的《干草堆里的爱情》收入了《时髦女巫》，并根据《白女人》的手稿校勘过。有鉴于《白女人》与《时髦女巫》的文字差异

---

① Martin Secker，1882—1978，是劳伦斯后期作品的主要英国出版商。

② 这批手稿连同《白女人》的手稿和《时髦女巫》的录入稿，最后卖给了巴克内尔大学（Bucknell University）。

并不是那么大，所以我们没有把它收入本集子里。

一九一一年十一月，劳伦斯（当时还住在克罗伊登）感染了双侧肺炎，差点死掉。复原期间，他知道自己不愿意继续当老师，决定完全依靠写作维生。在这阶段，加奈特帮了他大忙：当劳伦斯还卧病在床时，加奈特把《逾矩的罪人》（*The Trespasser*）推荐给达克沃斯出版社，获得采用。在一九一一年十一月十五日至二十五日之间，虽然“还不能太常坐起来”，劳伦斯还是写了《苦恼的天使》（日后改写为《春天的阴影》）。这篇小说的产生，大概跟洁西·钱伯斯在一九一一年十二月十六日（或二十三日）到克罗伊登探望他大有关系。在探索希尔妲（Hilda）与赛森（Syson）的关系时[1]，劳伦斯要处理的是他在短篇小说《现代情人》（*Modern Lover*）便探讨过的“米丽安”（Miriam）问题，而这问题也出现在他当时尚未完成的长篇小说《保罗·莫雷尔》（*Paul Morel*）的手稿里（他在病倒前便已经开始改写这小说，而整部小说最终在一九一二年春天完成）。劳伦斯创作《密爱》明显是出于身不由己的冲动，因为当时他还没有完全康复，却能够在极短时间内完成。正因为这样，他对作品的质量毫无把握。他在写给加奈特的信中说：“你大概会觉得它单薄而病恹恹。我完全无法判断它的好坏，这也是我把它寄给你的原因之一。”故事刊出几个月后，劳伦斯犹向海伦·柯克表示：“这小说有一点点被疾病感染……就像是出自一个病号手笔。”但加奈特却显然很喜欢这小说，否则他不会把它推荐给美国《论坛》杂志（Forum）。劳伦斯在一九一二年三月八日得知，故事受到《论坛》的采用，但杂志社要求作者做出一些修改和换一个新的篇名。加奈特安排了打字事宜，而负

[1] 译者注：希尔妲和赛森是《苦恼的天使》的男女主角。

责打字的人看来是他外甥克莱登[①]。加奈特也许也提供劳伦斯一些修改建议，因为劳伦斯在三月八日写给他的信上说："我尽情把故事修改了一遍，你观感如何？觉得我取的新篇名行不行？随信还附有打字稿的副本（编案：指以复写纸复制的副本），可否请你转寄给《英语评论》，看看哈里森是否可让它跟《论坛》同时刊登？恰当与否，你比我清楚。"为这篇小说命名的事让劳伦斯煞费苦心。先是，他不知道什么时候把手稿上的原标题《苦恼的天使》画掉，改为《该做的事》（*The Right Thing to Do*），又用小字在下面写上另一个篇名《唯一待做的事》（*The Only Thing to be Done*），供加奈特选择："哪个标题比较好？"然后，起码到三月八日为止，他都称它为《生病的玫瑰》（*The Sick Rose*）。然而，这个篇名显然仍然"不行"，因为故事在《论坛》刊出时是被称作《染污的玫瑰》（*The Soiled Rose*）。一九一四年，当劳伦斯为了把故事收入《普鲁士军官》而加以改写时，又一度把它更名为《死掉的玫瑰》（*The Dead Rose*），但最后决定称之为《春天的阴影》。

加奈特把副本寄给了《论坛》，自己保留着打字稿的正本。这小说没有被《英语评论》采用，但最后还是在英国刊出，出现在凯瑟琳·曼斯菲尔和默里[②]主编的《蓝色评论》（*Blue Review*，这杂志的前身是《韵律》），但面貌和《论坛》刊登的一篇略有出入。这故

① Douglas Calyton，1894—1960，在南克洛敦经营一家小印刷厂。劳伦斯另外还有许多篇短篇小说也是由他录入。

② Katherine Mansfield，1888—1923，父姓比彻姆（Beauchamp），为生于新西兰的短篇小说家。她跟文评家默里（John Middleton Murry）于一九一一年创办《韵律》（Rhyrhm）杂志。一九一三年初，《韵律》因为财务困难而停刊，不过，默里随即卖掉房子偿清债务，与凯瑟琳另行创办《蓝色评论》。两人于一九一八年结为连理。

事的手稿一直没有出版，保留在劳伦斯自己手里，后由他的遗孀保有。再后来，费丽达把手稿作为礼物送给了老朋友宾纳[①]，然后宾纳又送给了哈佛大学。加奈特保存的打字稿正本最后卖给了纽约公共图书馆。

《染污的玫瑰》的两个杂志版本都与《苦恼的天使》的原始手稿非常接近，所以我们并未把它们收录在本书。

一九一三至一九一四年：卖文糊口

先前提过，劳伦斯在一九一三年夏天写了一些短篇小说。他六月便回到英国，住在加奈特的家，位于肯特郡，称为“深庐”（Cearne），劳伦斯很多手稿从前都是存放于此。这时候，他正在写那部长篇小说《姐妹》（*The Sisters*），距离完成为时尚远，而他靠《儿子与情人》（*Sons and Lovers*）获得的稿酬又已经花得差不多，所以需要想办法赚点钱。既然《英语评论》仍然需要短篇小说，而庞德也仍为一些美国杂志物色短篇作品，劳伦斯便朝这个方向努力。先是在“深庐”，然后是在金斯盖特［Kingsgate，他是在七月九日从“深庐”迁居到这个位于布罗德斯泰斯（Broadstairs）附近的所在］，劳伦斯修改许多篇旧作，把它们送给克莱登打字，再寄给杂志社、加奈特或庞德（有时候劳伦斯会先在打字稿上做出修改再寄出）。看情形，克莱登在七月为劳伦斯打过字的短篇小说不下于十三

① Witter Bynner，1881—1968，美国诗人暨作家。他在手稿的第一页写下题记：“由费丽达送给宾纳，又由宾纳于一九六一年十二月十八日送给霍顿图书馆（Houghton Library）”。

篇，而在八月又再打了一篇。其中四篇——《白璧之瑕》（*The Fly in the Ointment*）、《轮到她》（*Her Turn*）、《罢工补贴》（*Strike-Pay*）、《生病的矿工》（*The Sick Collier*）几乎马上获得杂志的接纳。靠着这笔稿费，劳伦斯得以继续创作《姐妹》［此时已改称《结婚戒指》（*The Wedding Ring*）］。与此同时，《玫瑰园里的阴影》和《白色长筒袜》两篇故事也在庞德的力荐下获《时髦圈》采用（稿酬分别是十英镑与十八英镑），在一九一三年刊出。

但在一九一三年夏天这个专注于短篇小说的时期，劳伦斯并不是只有修改旧作。在一九一三年从海外返回英国以前，他写成了三篇重要的新作，分别是《普鲁士军官》［*The Prussian Officer*，原称《荣誉与武器》（*Honour and Arms*）］、《不饶人的瞎眼诸神》（*Blind Gods that do not spare*）[①]和《新夏娃与老亚当》（*New Eve and Old Adam*）。克莱登在一九一三年夏天为前两篇打字，而两篇最终都被《英语评论》采用：第一篇在一九一四年八月刊出，第二篇（已改名为《廉价葡萄酒》），在一九一四年六月刊出。劳伦斯是在什么时候改写《不饶人的瞎眼诸神》并给予它新篇名，我们并不确知，但最有可能的时间是一九一三年夏杪，因为克莱登在七月便知道有这小说，并按照它的原篇名打字[②]。一年后，劳伦斯在信中向加奈特提到，自己已经再一次改写了这故事，并把它更名为《肉中刺》，又说：“我

---

① 这篇名出自斯温伯恩（Algernon Charles Swinburne，1837—1909）的诗歌《珍重永别》（Ave Atque Vale）。

② 在一九一四年七月三日写给劳伦斯的信中，克莱登提到，他在一九一三年七月九日把《不饶人的瞎眼诸神》的手稿和打字稿寄到“深庐”。七月九日是劳伦斯离开“深庐”前往京斯盖特（Kingsgate）的日子，所以，他有可能在离开前及时收到稿子，也有可能后来才经别人转寄收到。后来，劳伦斯从金斯盖特寄了两篇未命名稿子给加奈特，而我们几乎可以肯定，其中一篇便是修改过的《廉价葡萄酒》。

当初只称它为《廉价葡萄酒》，是因为我认为它当时的质量相当于平价酒。”所以，我们可以合理推断，《英语评论》的版本就是劳伦斯于一九一三年夏天完成的版本，只有轻微的删节。既是作家又是编辑的道格拉斯[①]日后回忆：

他有时会出现在《英语评论》的编辑部，手上带着字迹无可挑剔的手稿（如《普鲁士军官》）。但为了符合杂志的需要，我们有时会对他的稿子加以删节；它们都太枝节横生了。这个施手术的讨厌任务落在我身上[②]。

因为是《肉中刺》的前身，《廉价葡萄酒》常常被劳伦斯的研究者提及，却极少重印。这篇小说的稿酬大概是十五英镑，因为我们知道，《荣耀与武器》在经过他的经纪人平克[③]中介而获《英语评论》采用后，劳伦斯就是获得这个数目的稿酬。平克也曾把《廉价葡萄酒》推荐给纽约的《大都会》（*Metropolitan*），却不获采用（同一本杂志曾经以二十五英镑采用《荣耀与武器》）：社方在一九一四年十月十四日把稿子退回，表示“很遗憾它的内容与本杂志所需不符”。

---

① Norman Douglas，1868—1952，小说家和随笔家，直到一九一六年为止都是《英语评论》的助理编辑。劳伦斯在第一次世界大战后应该曾在意大利再碰到他。道格拉斯后来对劳伦斯的《马格努斯回忆录》（Memoir of Maurice Magnus）非常不满，加以激烈挞伐。虽然两人在二十世纪二十年代晚期略为重修旧好，但从来没有尽释前嫌，这一点，从道格拉斯的几篇后期评论（如Late Harvest, London, 1946, pp. 1-4.）便可见一斑。

② 道格拉斯在删节《廉价葡萄酒》的时候，删去了艾米丽寄明信片给巴赫曼妈妈的段落。这是故事中一个枢纽元素，却无缘无故失踪。

③ J.B.Pinker，1863—1922，也是亨利·詹姆斯（Henry James）、康拉德（Joseph Conrad）和休佛的经纪人。

一九一八至一九一九年：密德顿时期的短篇小说

及至一九一四年夏天，劳伦斯已经可以靠写作轻易赚到钱。他的大部分短篇小说都受到杂志的欢迎，他的长篇小说会马上被出版社采用，大部分知名的文学经纪人都乐于与他合作，而他的文学声望亦与日俱增。然而，随着《虹》（*The Rainbow*）被查禁，情形为之丕变。接下来三年，劳伦斯几乎完全无法靠写作赚钱：英语世界没有任何杂志或出版社愿意采用他的作品。他全靠别人接济和极少量稿费过活。第一次世界大战的结束（一九一八年十一月）为他重新打开契机，因为这时杂志的市场重又蓬勃起来，而劳伦斯也答应平克（在必要时，平克会预付他稿费），他会专心创作杂志乐于采用的那一类短篇小说。一九一八年十一月底［当时他住在德比郡的密德顿—威克斯沃思（Middleton-Wirksworth）］，他告诉平克，他写了“三篇应该卖得出去的短篇：其中两篇非常棒”。其中之一便是《盲眼男人》，这小说是劳伦斯在十一月九日的前不久开始创作，到同月二十三日前便告完成。另外两篇是《狐》（*The Fox*）和《约翰·托马斯》［*John Thomas*，后来改称《请你买票》（*Tickets, Please*）］。翌年初，他又写了《冷淡的孔雀》，并在一九一九年一月十五日把稿子寄给了平克。

《盲眼男人》和《冷淡的孔雀》都收入了斯蒂尔（Bruce Steele）在一九九〇年为剑桥所编的《英格兰，我的英格兰》。不过，在这部短篇小说集出版后，有两份相关的文本重新出土。一是劳伦斯于一九一八年十二月寄给平克的《盲眼男人》手稿。这手稿在一九九〇年被人重新发现，由收藏家拉扎勒斯（George Lazarus）购走，再于一九九六年捐赠给诺丁汉大学。斯蒂尔编辑《英格兰，我的英格兰》

时，能够找到的只有两个杂志版本和一个一九二三年的书籍版本（这版本有少量修改）。最后，他决定使用《英语评论》（一九二〇年六月号）的版本作为底本。新出土的手稿跟《英语评论》的版本有相当大出入，而劳伦斯也在写给凯瑟琳·曼斯菲尔的信上提过这版本的结尾："我已经写完《盲眼男人》，它的结尾古怪而讽刺——我知道有多少人会对这个快速收场感到厌恶。"本书收录了这文本，这还是它第一次刊出。

第二份在一九九〇年重新出土的文本是《冷淡的孔雀》的打字稿。劳伦斯还没有把这短篇写完前便已经相当怀疑它的卖相。这时候，他甚至对《狐》和《约翰·托马斯》的卖相也起了怀疑，哪怕他先前深信它们"应该卖得出去"。他在一九一九年一月九日写给平克的信上说：

> 我想你应该已经收到《狐》和《约翰·托马斯》两个小故事的手稿……我会把另一个故事（指《冷淡的孔雀》）也直接寄给你。如果你认为他们不太可能找到买主，就请不要多此一举送去打字了。

六天后，他把《冷淡的孔雀》的稿子寄给平克，又在信上说："我不知道你会如何评价。如果你认为它们值得打字，就在打好字后把手稿寄回来给我吧——任何时候寄都无妨。"平克显然认为这篇短篇值得打字，而且在收到手稿没多久便把打字稿寄给劳伦斯。在接下来十二个月的某时点，劳伦斯对打字稿做出了广泛的更动，包括把头两页完全删掉，而后面的部分亦有大幅改写。他在一九二〇年三月十日从西西里的陶尔米纳（Taormina）把这份经过大肆修改的打字稿寄给萨德勒[1]——后者准备创办一本杂志，曾经向劳伦斯邀稿。两星期后，劳伦斯请萨德勒把打字稿的副本转寄给《大都会》杂志。萨德勒照办了，而《大都会》也采用了这故事，在一九二一年按照打字稿副本的面貌刊登。当斯蒂尔编辑剑桥版的劳伦斯作品时，因为找不到那份打字稿，便把《大都会》的文本拿来作底本，又在注释里加入一些见于手稿的段落，以显示劳伦斯曾经对故事做出过大肆修改。修改过的打字稿到一九三七年还存在，因为鲍威尔（Clark Powell）曾经把它登录在《劳伦斯的手稿》（*The Manuscripts of D. H. Lawrence: A Descriptive Catalogue*）一书中，而我们也知道，费丽达在翌年把这文本送给了她的律师[2]。不过自此以后，这文本便不知所踪，要到一九九〇年才被人重新发现。

企鹅出版社在一九九五年把剑桥版的《英格兰，我的英格兰》重印，收入“二十世纪经典丛书”。当时，原编者斯蒂尔已经可以利用重新发现的打字稿来校勘文本。打字稿与剑桥版《冷淡的孔雀》的差异不够大，不够理由让我们将打字稿单独收录在本书。不过，我们倒是纳入了原手稿的文本，至此，这故事经历的所有阶段都可以在剑桥版的劳伦斯作品里找到。

---

① Michael Sadleir，1888—1957，是小说家暨传记作家。他计划要办的那本杂志并没有办成，不过，他后来倒是把《冷淡的孔雀》收入了一部称为《新十日谈》（*The New Decameron*）的选集里。

② 这位律师是费罗事务所（Field, Roscoe and Co.）的梅德利（C. D. Medley）。他有许多艺术界和文学界的客户，包括吉卜林（Kipling）、埃尔加（Elgar）和格兰维尔·巴克（Hartley Granville-Barker）等。梅德利曾帮助费丽达打赢一九三二年的官司，成功说服法官，劳伦斯在一九一四年曾预立遗嘱，要把全部财产留给妻子——只是遗嘱后来遗失了。在一九三八年，“（费丽达）因为感激他，便把《鹅市》（Goose Hair）的手稿和《冷淡的孔雀》校对过的打字稿送给他。”

教区牧师的花园

（一九〇七年）

她安静了好几分钟。从海湾[①]往上走的山坡很陡峭，一个人即便有话想说也只能先忍住，待抵达那条平坦的短径才说出来。当她开口时，我知道她一直从眼前的岬角中，渴慕地眺望着未来。而这，是我们经历了多么多的期盼、筹划和努力才到得了的地方。

“这里会是度蜜月的绝佳地点。”她说。

说完，她的脸红了起来，而我则会心微笑。

“看看，”她赶紧转移话题，“这些山丘和陆岬都好美，给了我们一个快乐的幸福小天地，就好像……”

“悬崖壁上温暖舒服的小鸟巢。”我接着说。但她经过深思熟虑后，想到的是更好的比喻。

“再来还有那大片大片的湿地[②]，让人觉得这世界就只有你我两个人。”

“失而复得的伊甸园[③]。”

她没听到这句话。因为她已经甩开我的手臂，朝路边一面高墙

---

① 指罗宾汉湾，位于约克郡海岸，离惠特比（Whitby）不远。劳伦斯一家曾在一九〇七年八月到这里度假，随行的还有洁西·钱伯斯，她自劳伦斯十六七岁起便是他的亲密好友。度假期间，劳伦斯写信告诉朋友霍尔德内斯（Ellen Holderness）：“这里棒极了，真希望你也能看看它的海湾、陡峭山丘、山丘上的街道和稀稀落落的石头房子，就像德比郡一样，这里也有长着石南的荒地。”

② 罗宾汉湾与北约克湿地（North York Moor）邻接。

③ 《失而复得的伊甸园》（*Paradise Regained*）是弥尔顿（John Milton, 1608—1674）写的一部长诗。

上的门洞向内窥望。而当我也探身窥望时，她已经蹑着脚尖，走进了里面的庭院，朝着位于屋子另一头的一片灿烂阳光走去。院子影影绰绰，地面上铺着取自海边的青、白两色鹅卵石。屋子旁边是一条高而窄的拱道，四周长满半透明的常春藤嫩叶，引领着人们走进青绿且金光四射的拱道，尽头则是一片予人温暖和绮丽的美景。

女人是敌不过这种诱惑的[①]。她继续轻手轻脚往前走。我看了看屋子那敞开的门，又望向另一边，那里有个出口，掩映在庭院的凉荫里。就在这时，有个男人从那里走了出来。我赶紧退回短径。我听见他走在鹅卵石上喀啦喀啦的脚步声，也听见她跑向我时衣裙摩擦的窸窣声和细碎的脚步声响。但那男子尾随不舍。她整理了一下凌乱的头发，准备好面对他。而我则转过身，背对着他。

"你们有什么事吗？"一个温顺的声音问道。

"那边看来很漂亮、迷人，"她说，"我很想进去看一看。"

我鼓起勇气转过身。对方是个矮个子，留着蓬乱的黑色腮须，猥琐的模样像只蛆，让我有种想要逃跑的念头！但他其实善良，内心有如流淌着善良之乳[②]和慷慨之蜜。他提着一个像柳条托盘的浅篮子，里面滚动着一些紫色鹅莓，一颗颗大且肥嫩得有如市议员[③]；篮子里还放着几串醋栗，每颗醋栗也都黑而大，透着浅绿色的糖霜。

"昨天才是花园的对外开放日。"那个讨人喜欢的矮个子踌躇地说。不过，看见她一脸恳求的神情，他又以近乎羞涩的态度说：

---

① 这是用了夏娃偷吃禁果的典故。

② "善良之乳"一语出自莎剧《麦克白》（Macbeth）第一幕第五场第十五行。

③ 英国的市议员常常穿着紫色礼袍，而在大众的印象里，他们都是些胖子。在一九〇七年，当劳伦斯创作这故事时，市议员还不是由市民大众投票选出，而是由其他市议员投票选出，直到一九一〇年才改为民选。

“如果你想看看就进去看看吧！”

她立刻走过影影绰绰的院子，不再理会那名仆人，而他则将目光投向黝黑、没有窗帘的窗户。她因踏上阳光满溢的步道而满心欢喜，因走过那条用崇高承诺诱惑着人的拱道而欢愉。她在草坪旁边那棵闪闪发光的月桂树下，不耐烦地等着我跟上，然后却不等我走到，又向草坪一侧的花圃奔去，宛如一只翩翩飞舞的白色蝴蝶。我沿着步道走到草坪远端，在一张长凳坐下，打量着眼前的景物。

我脚下的斜坡，据我猜测，会向下延伸到小溪——就是潺潺流过村子后，在波涛汹涌间急流入海的那条小溪。我抬起头，视线越过古代稀[①]和三色堇，越过玫瑰花丛，越过一座攀缘蔷薇构成的拱门，越过小溪溪谷上方黑压压的一片树冠，看见了那个还在沉睡中的北部小海湾，以及那座在晨雾中显得无限遥远的巨大岬角。璀璨一片的花朵近在咫尺，有绯红色的也有猩红色的，有粉红色的也有纯白色的，而更远处那个神秘莫测、浅灰蓝色大海正非常平静地安躺着。就连那座巉岩峥嵘的岬角，也在早晨的点染下变得柔和，显得朝气蓬勃。

我的女伴走到我身边，责备我：“怎么会有你这种人？四周那么漂亮，你却静静坐着，也不看看花。来，看看这个。”

她摘下一朵大大的玫瑰花，让我不得不把脸凑近它清新凉爽的唇瓣，吸入它呼出的芬芳气息；不得不用手指轻抚这朵深绯红色鲜花如天鹅绒般顺滑的质地；不得不品尝这有奇怪茶香的辛辣味。除非我表现出欣赏和迷醉的样子，否则我的女伴将不会善罢甘休；而当我真的陷入出神狂喜之后，她也变得快乐。她怀里揣着一大簇玫瑰，最后，松脱的花瓣满溢她整个胸口，也把她的脸衬托得神采飞扬。我向她敬

---

① 古代稀（godetias），月见草科，花朵成浅粉、白色或橙色。

礼致意，而她领着我继续前进。

山坡上的步道蜿蜒向下，两旁种有高大幽暗的树篱，迤逦着丛丛簇簇的水蔓草和铁线莲。偶尔，路经地势平坦或近乎平坦之处，会遇上一大片玫瑰，它们或是像姐妹淘般彼此依偎；或是勇敢地向着太阳招展；或是像一大群栖止的蝴蝶，紧紧朝地面飞舞。有些玫瑰几乎全黑，色彩幽暗却极美；颜色从华丽浓艳的深红转变如处子般的淡红粉嫩。还有些玫瑰有如修女，一身素白，花心深处是冰雪般的冷绿色。再来还有“无常美人”①，它们在花蕾里鲜艳如火，但颜色无常，最后往往蜕变成带点红色的枯黄。

沐浴在教区牧师的玫瑰花中让人恍如置身于一片金碧辉煌。我们沿着步道向下走，尽头是一片冷飕飕的松树林，然后，我们从另一条蜿蜒向上的步道回到花园的另一头。当我们再度在草坪尽头那长凳坐下时，那岬角已显得没那么遥远。这个早晨已逝去一小时。

“我从未——”她叹息，在我旁边坐下，“我从未这么快乐过。”

不过，她还没眺望大海，没能再次感受它的无限神秘与孤傲。

“我好奇——”她若有所思地说，“牧师会是个怎么样的人。但愿我就是他。这样，我就可以在这个花园里写讲道文，在房子里过着圣洁的生活。当我在远方辛苦工作时，牧师的女儿想必是坐在这里看书或写生。不过真谢谢他允许我们进来参观，大概我们也拥有一些他没有的东西。我还要去瞧瞧另一个花园里的那些温室。”

说完，她再度走开，她的行动就像思绪一样，飘忽不定。

① 无常美人（Beaute Inconstante）：香水月季（Tea Rose）的一种，颜色包含各种深浅度的粉红色和橘色。这种玫瑰是一八九二年从法国引入英国。

“你们去了牧师的花园！”年老的旅馆老板娘用怡人的腔调惊呼——她是个迷人的女人，“我们都喊它教区花园，因为牧师并不住在那儿。不，屋子里的人不是他，是他儿子。你们有所不知，他儿子疯了。”

“疯子！”我的女伴喊道，紧紧攥住我的手臂，“如果早知道，我应该没有那胆量走过那些窗户！原来如此，这就是为什么屋子窗户都没有窗帘，前后都没有，原来是害怕他利用窗帘纵火。我就知道一定有什么理由。”

“对！”旅馆老板娘继续说，双手一摊，摇了摇头，“我们的牧师很可怜，失去了两个儿子。这一个去打仗——先前不是有场战争吗[①]？”我点点头。她继续说：“对，他去打仗，得了热病，发高烧烧坏了脑子，从此神志不清。所以牧师就让他住在牧师宅，派人看管着，自己住在海湾。”

“那另一个儿子呢？”

“他去了澳洲蛮荒地带，在丛林里迷了路。他走了又走，却走不出来，又找不到水喝，所以就渴死了。唉，真是可怜，非常非常可怜。”老女士抹去一滴眼泪，说出结语：“而他们是牧师的全部。”

看情形，我们恐怕不会在这个美丽的北部海湾度蜜月了。

① 在故事演化的这个阶段，“战争”所指的是一八九九至一九〇二年的波尔战争（Boer War）。

玫瑰园里的阴影

（一九一四年）

一个身材略矮的年轻人坐在一栋漂亮海滨别墅的窗边，正努力试图让自己阅读报纸。这时大约是早上八点半。窗外，一朵朵金光玫瑰[①]沐浴在朝阳里，宛如一个个带着火舌的小火球。年轻人看看桌子，看看钟，再看看自己硕大的银怀表，满脸无奈。他站起来，端详墙上几幅乏善可陈的油画，最后，其中叫“海湾边的牡鹿”[②]的一幅显然让他有点满意，他定睛看了一会儿。他想要掀开钢琴盖，却发现那是锁着的。他在一面小镜子里瞥见自己的脸，便摸摸棕色的髭须，眼中闪出机灵的目光。他的长相不像坏人。他捻了捻髭须。虽然身材略矮，却机灵而有活力。从镜子前面转身时，他眉宇间混杂着顾影自怜又自我欣赏的神情。

压抑着自己的情绪，他走到花园里。他的外衣并不寒酸，穿在他健壮的身体上显得时髦而自信。他原本期待看到草坪里那棵长得茂盛的“天堂树”[③]，却发现那棵树没有得到养护。反倒是那棵佝偻的苹果树令人大感意外，因为上面结满了褐红色的果实。带着罪恶感环顾四周一眼后，他摘下一颗苹果，然后转过身，背对着别墅，清脆利落地咬了一口。出乎意料，这苹果真甜。吃完一颗他又摘了第二颗。之

---

① 一种杏色、攀缘的香水月季，在一八五三年引入英国。劳伦斯在一九一二年以这种花为题写过一首诗。

② 兰西尔爵士（Sir Edwin Landseer, 1802—1873）所画的一幅油画，在维多利亚时代非常受欢迎，被大量复制。

③ 天堂树（Tree of Heaven）：臭椿的别名，源自东方，在十八和十九世纪被引入欧洲，作为公园或花园的装饰树。

后，他转过身，打量别墅二楼的客房窗户。看见一个女人的身影时他吓了一跳，幸好那只是他太太。她正凝望大海，显然忽视了他。

他渴望又狐疑地打量了她好一会儿。她是个面貌姣好的女人，看来年纪比他大，脸色苍白，但身体健康，脸上流露出思念什么的神情。浓密的赤褐色头发层叠在她前额上。她怔怔望着大海，似乎对丈夫和他的世界关上心扉。他觉得自己被忽视，便扯下几个罂粟色的苹果，朝窗口扔去。她吃了一惊，转脸向他浅笑，再将视线转回大海，然后，突然地离开了窗边。他进入屋里找她。她风姿优雅，神情高傲，穿着一件轻软的白棉布洋装。

“我等了几个小时了。”

“是等我还是等着吃早餐？”她轻松地问，“我们不是说好九点钟的吗？我还以为你经过一番舟车劳顿，会睡得久一点呢！”

“你知道我都是在五点起床，一到六点便绝对躺不住。这样的早上还待在床上，跟待在煤矿坑没两样。”

“如果我是你，”她说，“就不会在度假的时候还记挂着煤矿坑。”

她在房间里走动，审视着，以有点轻蔑的眼神看着那些罩在玻璃罩子里的装饰品。他则站在壁炉前的小地毯上，以不安却放纵的眼神看着她。她显然觉得这套房有很多可挑剔之处。

“来吧，”她说，挽起丈夫的手臂，“趁科慈太太摆好早餐之前，我们到花园去走走。我可以听到她摆盘的声音了。”

“我只希望她会动作快点。”她丈夫说，摸摸胡子。

她轻笑了一声，依偎在丈夫臂膀上，一起往外走。他已经点起了烟斗。

他们下楼时，科慈太太已经走进客厅。这位讨人欢喜而腰背直挺的老太太连忙来到窗边，为她的两位客人准备了景观佳的用餐位置。看着这对夫妻沿着小径散步的时候，科慈太太的宝蓝色眼睛发出闪光。那男人的步态轻松，因为太太挽着自己的手臂而显得很有自信。老太太开始用约克郡腔调自言自语：

“两个人恰好一样高。我想，她不会愿意嫁给一个比她矮的人，而且他还没有她风趣幽默。”

这时，她的孙女走了进来，把托盘里的东西摆到桌上。然后，女孩走到祖母旁边。

“奶奶，他刚才摘了苹果吃。”她说。

“真的吗，宝贝？如果他喜欢的话，又有什么关系？”

“他不喜欢的话就不会连摘两次。”那女孩说，语气像是个万事通。

外面，那个长相不俗的年轻人正心满意足地聆听着餐具茶杯的碰撞声。最后，他如释重负地叹了一口气，在餐桌前坐了下来。吃了一阵子之后，他停顿下来休息，问太太说：

“你觉得这里是不是比布里德灵顿[①]漂亮？”

“当然，根本没得比。不过我不是为此而来的。”

“那你是为什么来？”

“你知道我在这里住过两年。”

他边吃东西边思考她这句话。

“照理说，没人会喜欢到以前住过的地方度假。”

她变得非常安静，过了一会儿以后才默默地丢出试探性的问题。

---

① 布里德灵顿（Bridlington）：约克郡海岸的另一个度假胜地，劳伦斯与家人曾在一九〇八年夏天到此度假。

“你认为我在这里会不愉快？”

他舒坦地笑了起来，又在面包上抹上一层厚厚的柑橘果酱。

“我希望你不会。”

她再次不理会他的话。

“别跟村子里的人谈起我，法兰克。”她漫不经心地说，“别说我是谁，也别说我在这里住过。我不想他们来烦我。”

“为什么呢？”

“为什么？你不知道为什么吗？”

“知道。但既然是这样，你又为什么要挑这里度假？”

“我回来是想看看这地方，不是看这里的人。”

他对这个回答感到满意，把它当成像头顶上的天空一样天经地义。

“女人——”她说，“跟男人是不同的。其实我也不知道自己为什么想回来，但就是想得要命。”

她帮他把咖啡添满。

“记住，别跟村子里的人提起我。要是他们知道是我，准会告诉你我以前很随便。”她妩媚地笑着说，边说边用手指尖拨弄桌布上的面包屑。

他边喝咖啡边看着她，舔舔唇髭，然后放下杯子，微微一笑。“我想也是。”他心情舒畅地说。

她带着一点点让他得意的内疚感，低头望着桌布。

“好吧，”她说，这一次表情认真，“你不会放我走的，对不对？”

“对，”她丈夫笑着回答，“我不会放你走的，我要永远把你留在身边。”

他很为自己的妙语得意。

她突然猛抬头，用极力讨好的语气改变话题：

“今天早上我要跟科慈太太谈事情，另外还有几件小事要处理。所以，你愿不愿意到海湾走走？我们一点钟再会合，吃过午餐后我再带你去看我从前住过的地方，好吗？”

“但你总不可能跟科慈太太谈一个早上吧？”

“我还有一些信要写，也要清洗裙子上的污渍。幸好我把苯锌[1]带来了！”

他看得出来她想支开他，所以，当她上楼之后，他便拿起帽子，一个人闲晃到悬崖边。

没多久，她也出门了。她戴着一顶装饰着玫瑰的帽子，白色洋装上加了一条长长的蕾丝披巾。她紧张地撑起一把洋伞，脸在伞的彩色阴影里若隐若现。她沿着狭窄的小路向前走，路面铺的青石板早被来来往往的渔夫踩踏得凹陷[2]。她似乎想要避开别人的目光，仿佛躲在洋伞的阴影里才有安全感。

她走过教堂，然后从一条小径往下走，直到一堵高墙才停下。她沿着高墙慢慢走了几步，最后在一扇打开的门前犹豫了好一会儿。门洞透出光芒，就像是嵌在阴暗墙壁上的一幅光画。门洞里面的景色更是神奇无比，各色光影投映在洒满阳光的庭院里，投射在地面铺设的青、白鹅卵石上。庭院更远处是一片绿油油、亮晃晃的草坪，边缘上一棵月桂树闪耀着。她踮着脚，胆怯地走到庭院，然后朝那栋有树荫遮盖的房子望去。没有挂上窗帘的屋子，显得幽暗和空洞。厨房门敞

① 苯锌（benzine）：一种液态的碳氢化合物，广泛用于去污和染衣服。

② 罗宾汉湾旁边的村子自中世纪起便是一个重要渔港。

开着。她犹豫不决地向前迈出一步，然后又是另一步，满怀期望地朝屋子另一边的花园走去。

就在她快要走到屋角之际，一阵沉重的脚步声从树丛中传来。一个园丁出现在她前面。他捧着一个柳条编织的托盘，盘里滚动着些肥硕和过熟的深红色醋栗果。他慢慢走到她面前。

“花园今天不开放。”园丁心平气和地对眼前这位迷人却准备离开的女士说。

她震惊地沉默了一会儿。这地方怎么会对外开放呢？

“花园什么时候才开放？”她反应敏捷地问。

“除星期天和星期二，其他时间教区长允许游客入园参观。”

她默默思考了一下。牧师竟然开放他的花园让人参观，这真令她吃惊！

“但今天大家不是都会去教堂吗？”她试探性地说。

园丁动了一动身体，托盘里的肥硕醋栗果随之滚动起来。

“教区长搬到新管区了。”他说。

两个人默默对站了一下。园丁不想开口赶她走。最后，她转头，朝他嫣然一笑。

“我可以看一眼玫瑰花吗？”她连哄带求，一副撒娇的样子。

“我想应该没关系，”他说，并让路，“只要不是待太久的话……”

她往前走去，瞬间忘了那名园丁的存在。她的表情变得紧绷，脚步也急切。她环顾四周，看到屋子所有开向草坪的窗户都是没挂窗帘且黑黝黝的。这房子显得了无生气，虽然仍被使用，但却没有一丝人气。她的心头仿佛蒙上了一层阴影。她穿过草坪，从一道由紫红色蔷薇攀缘而成的拱门走进了花园，如同穿越了一道火焰之门。从花园眺望，可以看见大海轻柔地依偎在晨雾蒙蒙的海湾里，最远处的黑岩岬角隐隐突现在水天一碧之间。她的脸渐渐放出亮光。她脚下的路向下倾斜，斜坡上遍开着花朵，让人眼花缭乱。更往下则是一片在小溪上方生长的树冠。

她转身走回花园，围绕她四周沐浴在阳光里的簇簇鲜花。她记得花园里有个小角落，那里的紫杉树树下有张座椅。那边还有一个阶梯式花坛，种着大片鲜艳的花朵，再往下有两条小径，围绕在花坛两侧。她收摺起洋伞，缓步前进，欣赏许许多多的花朵。四周全是玫瑰花丛，有成片种植的玫瑰，也有攀缘在柱子上的玫瑰，还有标准型玫瑰[①]。花园中央是其他花的花圃。如果她抬起头，就能望见远处的大海和岬角。

她漫步走下其中一条小路，沿途流连徘徊，有如在回忆往事的人一样。有时，她会突然若有所思而不自觉地抚摸一朵柔软得像天鹅的绯红色玫瑰，恰似母亲有时会不自觉地抚摸小宝宝的头。她微微弯腰，要尽情品尝它的香气。然后，她若有所思地往前漫步。有时，一朵色泽如火而没有香气的玫瑰会吸引住她的注意。她走到它前面，盯着它看，仿佛是不明白怎么会有这样的玫瑰。当她驻足在一整丛粉红色花朵前，似曾相识的亲密感又再次笼罩着她。接下来，她又被小路中央那些白得像雪、微带点绿色的玫瑰迷住。就这样，她像只梦游的白色蝴蝶，在小路上飘忽游移，最后来到种满玫瑰的小花坛。它们似乎已占满此地，如同一群欢乐的人。她不由得害羞起来，它们是如此多又极明媚，犹如正在窃窃私语、低声嬉笑。她觉得自己犹如置身在一群陌生人之间。但这一切又使她兴奋，让她双颊微微绯红。空气里

① 生长在单一直挺茎柄上的玫瑰。

弥漫着清香。

她匆匆走到白玫瑰簇拥的一张小座椅，坐了下来。她那把猩红色的洋伞和周围的颜色显得格格不入。她静静地坐着，感到自己的自我正在消失。现在，她是一朵玫瑰，一朵即将凋谢的玫瑰，白色花瓣正片片脱落。一只小苍蝇突然降落在她的膝盖，在她的白色裙上。她看着苍蝇，感觉它是停伫在一朵玫瑰上。她已不复是她自己。

突然，一个影子在她眼前掠过，有某种东西正在走动，让她大吃一惊。一个穿着便鞋的男人悄然无声地朝她走来。他穿着亚麻制外套。她的一切幻觉顿时消失，阳光变得平凡无奇，树木变得僵硬，而她只是害怕被别人查问。他走了过来，她站了起来。等看清楚那男人的长相时，她四肢一软，跌坐回椅子里。

对方是个年轻人，长相英武，只是稍微有点发福。他的黑发梳得顺滑油亮，髭须上了蜡。然而，他的步态却有点闲散。她抬起头望向他的眼睛，因为害怕而嘴唇发白。这双黑色的眼睛盯着人看，却又似乎没有。但他向她走来。

他对她行礼，动作生涩，然后在她身边坐下。他在长凳上调整姿势，两条腿反复交叉，说道：

“我——我——我没打扰到你吧？”

她因为震惊而全身麻痹。他的穿着很讲究，亚麻布外套下是深色衣服。不看他的脸使她的恐惧感消失了一些，而某种热情不羁的期盼在内心慢慢升起。看着他的手时，她恍惚了一下，那手搁在大腿上，小指上戴着那枚她无比熟悉的戒指。即使那双手独特、半蜷曲的外形也让她惊惶。她已完全乱了方寸。

“介意我抽烟吗？”他突然问，一只手伸进口袋里。

“不会。”她嗫嚅着回答，但回不回答并不重要，因为他没有在听。他八成是认得她的，只是拙于启齿罢了。她顿时振奋起来，脸也红了起来。

“我没带烟草。”他说。

但她没注意他说些什么。因为碰到他，那似曾相识的情愫朝她袭来。

“我都是抽约翰·科顿牌的烟草[①]，但最近少买。这种烟草很贵——而你知道的，我最近手头不宽裕。”

“我不知道。”她说。她的心已经变冷，她的灵魂已经从他身上退却。他挪动了一下身体，朝她行了个礼，从椅子上站起，匆忙离去。她惊魂未定地坐着。她仍然爱着他，爱着他的头型，爱着他的双手。但他身上难以言喻的僵硬感却让她害怕。他突然又走回来，手插在外套口袋里。

“你会介意我抽烟吗？”他心无旁骛地问，“我待会儿要跟我的律师碰面。”

他再次在她旁边坐下，迅速地往烟斗里倒入烟丝。她看着他双手，看着他漂亮修长的手指。它们从前就会微微颤抖。她许久以前便很诧异，这么健康强壮的男人怎会有这种毛病。现在，这双手快速而不精准地动作着，烟丝被乱塞一通，不断从烟斗口掉下来。

“我正在打官司。官司总是容易节外生枝。我已经很明确地告诉过律师，我究竟想要什么，但最后总是事与愿违……”

他显然已经疯了。她的心往下沉，世界在她四周旋转。然后，一种强大的怜爱之情充满她心房。这时，他的烟斗掉在地上。她捡起烟

① 约翰·科顿（John Cotton）烟草公司创立于一七七〇年，它的烟斗烟草在故事发生的年代是一个领导品牌。

斗，交还给他，就像把他当成小孩。双手的碰触让她颤抖：他是她爱过且仍旧深爱的男人。突然，他又站了起来，吓得她一颗心几乎要从胸膛爆出。

“我得马上走了。”他说，显得很兴奋，“猫头鹰就要来了。”接着他非常推心置腹地对她补充说道：“他的名字其实不叫猫头鹰，那是我帮他取的外号……我看我律师快要到了。”

她也站身。他就站在她面前，英俊而体格强健，是个大约三十岁的青年。她从前曾经为他感到无比骄傲。

“你会留下来吃晚餐吗？”他问。她望着他魁梧的体格，这唤起了她一些旧日的激情，但同时又让她害怕得瑟缩。他怯怯地握住她的手，随即又立刻放开。

这时，有个人走了过来，眼神里充满警戒心。

“这花园今天早上不开放。”那人说。

然后他走到长凳，捡起留在那里的烟斗。

“先生，别丢了烟斗。”他说，把烟斗放入那青年绅士的亚麻布外套口袋里。

“我刚才请这位女士抽了一些烟。”年轻人彬彬有礼地说。

她转过身，飞快往回走，在灿烂的玫瑰之间盲目地走着，走出花园，经过那栋没挂窗帘的房子，再穿过铺着鹅卵石的庭院回到街上。她机械性地且毫不犹豫地往前走，但并不知道自己要往哪儿去。她径直回到别墅，上楼回到房间，脱下帽子，坐在床边。她觉得脑子仿佛被撕成两半，不再是可思考和有感知的生物，甚至连自己的存在都让人难以忍受。她双手握拳，怔怔地看着窗外，看着一根根常春藤藤蔓在海风的吹拂下一成不变地飘荡着，起起落落，起起落落。大海在阳光的照耀下，波光跳动，散发着一种神秘感。她一动也不动地坐着，似乎生怕移出原先预设好的位置。

过了一阵之后，她听见楼下传来丈夫重重的脚步声。她没有改变姿势，但开始留意聆听丈夫的动静。她听见他的说话声，语气显得快活。然后，他结实的脚步声慢慢趋近。

他高高兴兴走进房间来，红光满面，显得对自己拥有一副灵巧、健壮的身躯沾沾自喜。她僵硬地挪动了一下身体，这令他靠近的脚步迟疑。

“怎么回事？”他问道，语气中有一丝不耐烦的味道，“你不舒服吗？”

这个问题对她是个折磨。

“没有。”她回答。

他的棕色眼睛泛起一点点愠怒。

“到底是什么事？”

“没事。”

他踱了几步，然后站住，凝重地望向窗外。

“你碰见什么人了吧？”

“我没碰见熟人。”

他开始揉搓双手。他无法忍受妻子对他心不在焉，仿佛他不存在般。他突然转过身，问她：“有什么事让你心情不好，对不对？”

“没有。为什么你会这样认为？”

他的怒气升高，脖子上的青筋突现。

“因为看样子是那样。”他说，努力压抑怒气，因为似乎没有发怒的理由。他下了楼。她继续静静坐着，对他的恨意夹杂在各种情绪当中。时间慢慢流逝。她闻到了饭菜香味，也闻到丈夫在花园里抽烟斗的烟味。他们为什么就不能让她一个人静一静？然后响起摇铃声。

她听见他走进屋内的脚步声，然后再次听到他走上楼梯。每一下脚步声都让她的心抽紧一下。他打开了门。

“晚饭好了。”他说。

她痛恨他，也痛恨晚餐。她全身麻痹，不想动弹。但她还是拖着僵硬的身体站了起来，下楼而去。她食不下咽也不想说话，对丈夫的焦虑询问一概冷冷地声称什么也没发生。他一肚子怒气，不再说话。一等到可以脱身，她便立刻回到楼上，并锁上房门。饭后，她丈夫叼着烟斗，走到花园去。累积起来的怒气让他失去了理智。他有所不知的是，他从未真正拥有她，她从来没有爱过他，没有把自己托付给他。正因为这样，她的许多作为都让他感到大惑不解。但他只是个在煤矿工作的电工[①]，身份比她低微。所以他总是一再忍让。久而久之，因为她不爱他，这伤了他的自尊。现在，他的所有怨气一股脑儿跑了出来，终于要爆发。

他突然转过身，回到屋内。她第三次听到他爬上楼梯的脚步声。他转动把手想要推门——房门锁着。他更用力再试着推门一次。她依旧提心吊胆。

“你把门锁上了吗？”他问，因为怕被旅馆老板娘听见而把声音压低。

“对，等一下。”

她怕他会撞门而入，所以站起来，打开门锁。她因为自己不爱他而感到内疚。他进了门，嘴巴里仍叼着烟斗，她则以同样的姿势坐在

---

① 煤矿的电工：指铺设电缆的电工而不是专业电工。沃加公司（Barber Walker & Co.）拥有伊斯伍德地区的大部分煤矿，在一九〇七年，它给矿坑引进电力，供照明和机器运转之用。《恋爱中的女人》里的戈珍（Gudrun）的男朋友帕尔莫（Palmer）也是电工，受雇于杰拉德·克里奇（Gerald Crich）的采矿公司。

床边。他关上门，背对门站着。

“告诉我是怎么回事！”

她恨他。她恨他说话的样子：咬着烟斗，声音从牙缝中挤出来。

“你就不能让我静一静吗？”她说，别过脸去不让他看到。他斜着脸打量了她一眼，目露凶光，然后看似冷静地思考了半晌。

“你碰到了什么事，对不对？”他问，要试试看她敢不敢对他撒谎。如果她敢撒谎，他就绝不饶她：毕竟，他从未对她撒过谎。她感到害怕。

“对。”她回答，“但你没有理由这样折磨我吧？”

“我想知道是什么事。”

“有必要吗？”

突然间，某种东西“啪嗒”一声被折断。他吓了一跳，赶紧用手接住从嘴巴掉下的大半截烟斗。然后，他用舌尖把断掉的烟嘴向外推，从唇间拿下来，看了一看。他灭了烟斗里的火，然后抬起头。

“我想知道是什么事。”

两人都没有直视彼此。她知道他的心意坚决。他的心脏猛烈跳动。她恨他，觉得他心胸狭窄。突然，她高傲地抬起头，脸迎向他。

“你凭什么有权知道？”她问。

他看着她。看到他那饱受折腾的眼神让她感到一阵怜惜。但她的心很快地回归冷硬。她一直在犯错，她从未爱过他，此刻也不爱他。

她突然再次抬头，仿佛想要摆脱什么似的。她想要解脱。她真正的枷锁不是她丈夫，而是她自己加诸自己的枷锁。一旦把这枷锁加在自己身上以后，她想摆脱便难之又难。但现在，她痛恨一切，想要毁灭一切。他站着，背对着门。她望着他，眼神冷淡而充满敌意。他那工人的大手摊放在背后的门板上。

“你知道我以前在这地方生活过吗？”她开始说，就像是蓄意想伤害他。他做好接受冲击的心理准备，点了点头。

“我当时住在多雷尔庄园[①]，跟伯尔奇小姐做伴。她和教区长自小便是朋友，而她非常疼爱奥思瓦尔德[②]。奥思瓦尔德是教区长的儿子，很小就丧母。”

他凝视着太太。她坐在床上，身穿白色洋装，一面说话一面把裙边摺了又摺，说话的语气充满敌意。

“他是个军官——海军中尉——后来他跟上级大吵了一架，离开了军队。总言之——”说到这里，她扯了扯裙边。她丈夫木然站着，看着她手上的结婚戒指和优美的身体轮廓。“他非常喜欢我，我也喜欢他——非常喜欢。”

“他几岁？”她丈夫问。

“你指什么时候？是我们刚认识的时候？还是他离开的时候？”

“你们刚认识的时候。”

“他二十七岁。现在是三十一岁，快三十二岁——因为我现在是二十九岁。他大我快三岁。”

她抬起头，望着对面的墙壁。

“后来呢？”她丈夫追问。

“我们有一年时间很要好，还私订终身，虽然没有人知道——至

① 多雷尔庄园（Torrill Hall）：这栋虚构庄园最有可能的原型是位于弗林索普（Flyingthorpe）附近的弗林老宅。

② 易卜生（Henrik Ibsen）一八八一年的戏剧《群鬼》（Ghosts）里就有一个角色叫奥斯瓦尔德（全名Oswald Alving），他在全剧最后因为遗传性梅毒而神经错乱。劳伦斯在二十世纪早期便读过易卜生的作品。根据洁西·钱伯斯姊姊梅伊（May）的回忆，劳伦斯到海格斯农场（Haggs Farm）做客时，谈得最眉飞色舞的作家便是易卜生。

少人们是猜得到一点，私底下窃窃私语，但——我们的恋情并没有公开。然后他就离开了——”

“他把你甩了？”她丈夫粗野地问，为了她曾被另一个男人抛弃而憎恨她。怒火在她胸中窜起。“是的。”她说，想要激怒丈夫。他把身体重心从一只脚换到另一只脚，愤愤地“哼”了一声。双方接着一阵沉默。

“然后，”她继续说，内心的痛苦让她的语气有种嘲讽的意味，“他突然跑到的黎波里[①]打仗，后来，几乎就在我认识你的同一天，我从伯尔奇小姐那里得知，他得了痢疾——两个月后，他就死了。”

“他不应该跑到那种地方的。”她丈夫说，这时几乎语带同情。

“不是因为我的话，他不会去那里。”她说。

“为什么？”他愤怒地问。

但她没有理会他的问题。两人又是一阵子沉默不语。

“所以，你来这里是为了追忆旧爱啰？”他愤怒地说，“怪不得你早上想要单独出去。”

她还是没回答。他从门边走到窗前。天空笼罩着一抹微黄色的暗影，看来行将会有暴风雨。他背着双手，背对着她。她望着他，只觉得他的手大而粗糙，后脑勺也难看。

最后，几乎是身不由己地，他突然转过身，问她：“发展到什么程度？”

---

① 一九一一年九月，意大利因为土耳其拒绝承认其对的黎波里和周遭地区拥有主权，对土耳其宣战。意大利的远征部队起初屡遭挫败，但最终还是占领了的黎波里，又把剩余的土耳其和阿拉伯反抗势力给镇压下来。一纸和平条约在一九一二年十月签订。这场战争的知名之处，是首度用飞机攻击地面目标。既然故事中提到奥斯瓦尔德已经辞掉英军军职，那他应该是以雇佣兵的身份加入意大利远征军。

“什么发展到什么程度？”她冷冷地说。

“你们两个发展到什么程度？”

“我爱他，不管我做了什么。”她回答，像是打哑谜。

他呆立地望着她，要求一个确切答案。

“你是说——”

他看起来畏缩极了，等待着她的答案。

“对。”

他缓缓地抬起一只手，支撑在梳妆台桌面，以稳住身体。他想要说话，却什么都说不出来。然后，他只简单说了一句：

“你应该早点告诉我这件事。”

他就是这种态度让她难以接受。她紧闭嘴巴，以沉默与他对峙。然后，一种奇怪、可怜的表情出现在她脸上，仿佛她已经准备好被痛苦淹没。

“然后，今天，”她继续说，向某样东西——非她丈夫——做出极大的忏悔，“我在玫瑰园遇见了他——他已经精神失常。”

室内一片死寂。他感到一种比自己还大的痛苦，感到自己正在灭顶。

“怎么个失常法？”他问。

“他已经不认得我——有一个看管人负责照顾他。”

她丈夫定睛看着她。她苍白而无语。他已经不能对她怎样。他站直身体，设法恢复神态自若的样子，又叹了一口气。

“那这里不能待了。”他说。

格雷瑟利亚[1]编年史的一页

（一九〇七年）

“当我们吟唱‘荣归主颂’[②]时，从东面墙壁的大窗，也就是镶嵌着我主受难图的那扇窗户，忽然传来玻璃的碎裂声。那是恶毒善妒的撒旦在破坏那幅美丽图画泄愤，企图闯进来，阻止人们赞颂我主的得胜。然后，我们看见那怪兽的铁爪戳破玻璃窗，狰狞脸孔随之现出，脸带着红色火焰，目露炯炯凶光，朝我们逼视。我们吓得心胆俱裂，双腿发软。恶魔呼出的恶臭弥漫着整个礼拜堂，我们的大腿颤抖，唯一想到的，只有死亡。火焰与毒气呛得我们无法透气，我们轰然倒下。

“就在此时，天主差遣天使前来营救我们。撒旦大声嘶嗥，简直快把我们的五脏六腑震碎了，大地翻动。随着一阵骇人的尖叫和咆哮，宛如一支魔鬼军团齐声奏鸣，那不洁之物从我们身上被驱离。我们之中较大胆的人抬头观看，只见圣博托尔夫[③]的金色翅膀光芒闪烁，从天堂降下来保护我们。他旋转手中的一根吊索，形成一圈火焰

---

① 格雷瑟利亚（Gresleria）是格雷瑟立（Greasley）在中世纪的名称，是伊斯伍德邻近的村子和教区。在写这故事之前，劳伦斯参考过教区牧师冯修比（Rodolp Baron von Hube）所写的《史诺丁格郡的格雷瑟利亚》（*Griseleia in Snotinghscire*）一书，故事中许多细节都是来自此书。

② “荣归主颂”（Gloria in excelsis Deo）是弥撒仪式开始不久之后所唱的诗歌。加尔都西修会的僧侣都是用葛利果曲调（Gregorian chant）来唱这首诗歌。葛利果曲调是一种单声部曲调，起源自基督教会的早期传统。

③ 圣博托尔夫（St. Botolph）：英国圣徒，逝世于约六八〇年，是旅行者和耕田者的主保圣人。生平不详，但一般相信他是生活在萨福克（Suffolk），并在奥尔德堡（Aldeburgh）附近创建了一家修道院。有七十多家教堂是奉献给他的（大部分位于英国东部），而林肯郡的波士顿镇（Boston）也是以他为名。

光环，继而手一挥，一道白色灼热的闪电，朝撒旦身上打去。而撒旦手中的有毒武器根本伤不了圣天使，于是仓皇逃遁，我们因而得救。

“当朝阳再度升起，圣诞节的早晨来临时，我们冒险地走到外面雪地。只见博托尔夫圣像已被撒旦击倒在地，折断解体；窗户上也出现一个大洞，而蒙福伤口经过撒旦触摸，上面的血液流出。鬼王的兽手被圣血刺痛，不得不松手，圣血飞溅到窗棂上，滴落在圣徒像上。自此，折断的圣徒像就被奉为治愈与庇佑的圣物……”

史卡拉特[①]踢着地上枯黄的草，显得暴躁而犹豫不决。他望向西面，越过结冰的河水，看着虚弱的冬阳沉落到迷蒙的雾里。他已经在森林里颓败、枯黄的蕨丛里躲了一整天，一路都没吃东西。现在，辘辘饥肠让他再也无法忍耐，为他注入拼死一搏的勇气。

史卡拉特是拉尔夫·德·莫鲁家的农奴[②]。他参加了一场佃农和农奴的造反，曾目睹史诺顿格罕的特尼律师被吊死[③]。为了挽救自己可怜的小命，他逃到森林里，无家可归，孑然一身。现在，饥饿让他狗急跳墙，驱使他走到森林边缘的巨大橡树下，用补丁的大靴子踢蹴结霜的杂草。

---

① 史卡拉特（Scarlatte）：这个名字是脱胎自史卡列特（Will Scarlet），根据传说，史卡列特是罗宾汉一群绿林好汉的其中一员。

② 在中世纪的英国，农奴是大领主辖下的农人，有义务为大领主耕作，以换取保护，不过大领主有时也会准许农奴租借田地，自己耕种，自己收成。有一个姓德·莫努（De Molun）的人曾在哈斯丁斯战役（Battle of Hastings）为诺曼底的威廉（William of Normandy）效力，他的子孙后来成了萨默塞特（Somerset）的领主，不过，诺丁汉郡没有任何姓德·莫努的家族的记载。

③ 史诺顿格罕（Snottengham）是诺丁汉（Nottingham）的撒克逊语原名，由snottenga（洞穴）和ham（家）两个字合成。诺丁汉本身和四周地区都有许多洞穴，而它最早的住民都是些穴居人。

突然，大路上响起一阵马蹄声，尽管觉得生命已无可依恋，史卡拉特还是连跑带跳地逃回森林深处，皮革马裤随着他奔跑而啪啪作响。他是个高大壮硕的汉子，动作粗拙，却因为慵懒的不羁和质朴的幽默感而显得与众不同。他摆动身体穿过森林，大步大步地吞食脚下的距离。他的步姿固然沉重、不优雅，却出奇地宁静。地上厚厚的橡树叶被他的鞋底粘起，再无声地掉落回褐色和柔顺的树叶堆里。偶尔，他会踩断一丛缠结的蕨丛，或被荆棘绊倒，但他仍然坚定地迈步向前。

过了一会儿，他再度回到森林边缘，踏入暮色茫茫的旷野。他没有左顾右盼，而是径直走过一根根疏落分布的漆黑大树，直至听到水流声才停住。这声音让他哆嗦起来。他停下脚步，四下环顾。

距离森林边缘一百码远的浅凹地上，坐落着一间农舍，其旁边是一栋较高的建筑，四周还有两三间棚屋。那是一座小磨坊。一间棚屋里传来一个男人的咒骂声，因为乳牛从牛奶桶旁走开。一个女孩肩上挂着轭状扁担，挑着两个桶子，在寒冷的黄昏中走过覆盖着肮脏积雪的院子，往另一间棚屋走去。棚屋里的猪只因为听到或闻到她走近，都兴奋得嘶叫起来。当她把桶子里的东西倒进饲料槽时，可以听见猪口水喷溅的声音，接着是猪的呼噜声、贪婪地吮吸声，以及失望和愤怒的尖锐叫声。躲在森林里那个人恨不得冲过去，拿猪饲料大快朵颐。但他还是等待着。女孩拿起一根棍棒，把最贪吃的一头猪从饲料槽赶开。接着，森林里传出一声田凫的尖叫声，但因为猪舍里太嘈杂，女孩并没有听见。于是，他再叫了一次，再一次。

她终于听到了，接着忆起在仆人厨房里，史卡拉特如何模仿小鸟和动物的叫声来逗大伙欢笑。出于好奇，她大胆地往森林方向走出一段路，紧盯着声音的来处。这时，史卡拉特现身了！女孩一看到有人，马上转身，惊慌逃跑。“马蒂，马蒂！”他用轻柔的声音喊她。

她犹豫了一下，停下来，转过身。他向她挥手，但她却裹足不前。他在心里咒骂她胆小，大步走过草地，一把拉着她进入猪舍。“拿些面包给我，小马蒂。”他恳切地低声求她。

“为什么？”她颤抖着，愚蠢地问。

“当然是要来吃，笨蛋。我在森林里饿了一整天。马蒂，摸摸我，我快冷死了，而且已经一天没吃东西。我很高兴可以触摸到你，你的身体好温暖。快帮我拿些面包来，不然我就会饿死在这里，再被猪吃掉。”

女孩瑟瑟发抖，然后天真地说：

“跟我来。我去叫爸爸给你食物，他人很好。”

史卡拉特回想起刚才从牛棚传出的咒骂声，又想起过去领主派还是农奴的他来磨坊拿面粉时、磨坊主人凶狠的模样。

“我是个逃犯，马蒂。如果被抓到的话，我就会被吊死。你不会想看到我被吊死吧？”

“不。”她低声说，几乎快要哭出来了。

“那就拿些吃的给我，马蒂。感受到你身体的温暖真是人间乐事。去吧。”

她走了之后，他设法讨好那些猪，躲在它们中间。最初，那些猪戒心很重，会突然齐声尖叫，扭动着从他身体旁走开。但他继续静静躺着，它们最终对他产生信任。

马蒂过了好一会儿才回来。最后，她弯着腰穿过猪舍的矮门，从衣服下面拿出一块褐色的扁面包和一片肉。史卡拉特几乎从她手上抢过食物，不过，他随即意识到他的饿相吓着了她，所以强忍住把食物塞进嘴巴的冲动，先吻了她一下再开始进食。他边吃东西边握住她一只手，等面包和肉都吃光以后，他说：

“我该怎么办，马蒂？今天我像一只躲猎人的兔子那样地躲在蕨丛里，全身冻僵，几乎饿死。看样子我明天和后天都得躲着，直到身体冻僵得无法动弹为止。”

“你可以跑跑，这可以让身体暖和起来。”马蒂说。

“你要我像傻瓜一样漫无目的地跑来跑去？不，我打算去史诺顿格罕。”

“你会被吊死的！”

“吊死总比现在的凄惨样子好。那不过是把绞索往脖子一勒而已，然后就不会再感到寒冷、饥饿和寂寞。到时我只会像颗烂水果一样吊在树上。”他摸摸自己好看的腿，然后把散落到他深色眼睛前方的头发往后拨去。之后他垂下头。马蒂开始哭泣，于是他把她拉向自己，把长满络腮胡的脸颊贴在她年轻鲜嫩的脸蛋上。过了一会儿——

“再见了。”他说，却一点都不想离开。

“不，不要。”马蒂说，把他紧紧抱住。

“但我能怎么样？你爸爸一出来就会发现我，那样的话，我的死期不是明天而是今天。可怜的马蒂，别为我伤心，别为我哭泣。不过，如果你真的关心我，也许可以帮帮我。”

“我真的关心你。我不要看到你像其他人一样被吊死。”

“别哭，我宁愿被人抓到也不愿让你哭泣。”他亲了亲，又抚摸她的脸颊。

“马蒂，”他以全新的语调说。“如果你趁你爸爸睡着时帮我拿一把刀子、一件外套和一些面包，那我也许就可以找到‘兔子洞’。没有人晓得那地方，我将会变得安全。”

“但天亮之后我要怎么办？啊，我不敢。”

“如果你肯跟我走，马蒂，我就会是世界上最快乐的人。你想想看，我恢复自由了，而我们可以一起生活在一个又温暖又干燥的大洞穴里。我可以不时抓些兔子和鹿，把富人们从我血液里榨走的财富给赚回来。到时候，我可以买珠宝项链送你，马蒂。还可以买耳环给你戴。你将不用再喂猪。你会是我的女主人，而我则是你的仆人。”

“呀！”她说，“爸爸在叫我。你在这里等一会儿。”她说，然后匆匆回到屋子里。

她心思单纯，却巧妙地简单回答了父亲几个问题。

“我在猪圈里替母猪铺干草。我看它明天就会生产。”

“我去看看。”她父亲说。

“不要，千万不要！”她焦急地说，“它现在很暴躁，而且你也知道，倘若它受到刺激，它就会把小猪崽吃掉。森林里有一群流浪汉，我听见他们的声音。磨坊的门已经闩好了吗？”

“我到磨坊去看看，你先回屋里去。”凶狠的磨坊主人说。一会儿之后，他回到屋里，准备睡觉。

“你最好把弓箭准备好，爸爸，以防那些流浪汉闯进来。”女孩说。

“别蠢了，”他说，“他们不敢来惹我的。上床睡觉去吧，别坐在这里浪费灯芯草蜡烛了。”

“天气好冷，我要找张羊皮来盖盖。”她拿了一张羊皮，然后回到小房间去。房间里堆满柴堆和食物，她平常就是睡在这些东西之间。

一阵子之后，她父亲开始打呼。她从床上爬起来，用羊皮包起一些食物，穿上斗篷，蹑手蹑脚地走进隔壁房间。老头儿还在打呼，身旁放着弓和箭。她把弓箭拿走，又拿了一把猎刀，然后悄无声息地打开门闩，溜了出去。那是一个没有月亮的夜晚，遍地都是霜雪，天气苦寒。她跑到猪舍，轻声唤他。他一拐一拐地走出来，揉了揉僵掉的四肢。他吻了她，把羊皮包搁到肩上，又从她颤抖的手中拿过弓箭和猎刀，然后不发一语地握住她一只手，牵着她匆匆走进森林。

没多久，他们便再次走出森林，来到开阔的草原。眼前立着几棵孤零零的树，犹如从森林里潜逃般。史卡拉特开始得意地笑了起来。从他的笑声，马蒂知道他想到了自由以及恣意的生活，也许还想到她丰满柔软的身躯。他用一只手搂着她斗篷下的腰际，这让她颤抖了起来。

突然，他们前方出现一座又高又暗沉的修道院[①]。史卡拉特护着她退回森林边缘，离修道院的礼拜堂约有一百码。此时忽然传出僧侣的歌声。马蒂感到好奇。她央求他让她听得清楚些，于是两人便悄悄走近礼拜堂。东面那扇大窗闪耀着色彩，把迷蒙的光线投射在冷硬的雪地上。

“啊，啊！”看见这片色彩奇幻的彩绘玻璃时，马蒂猛抽大气。“啊！我要那些红色的！”她指着基督受难图上那从手、脚、肋旁如激流般涌出的大量圣血说。

“不行，”他说，“我办不到……况且你也不是真的想要。”

“我真的想要，你说过会送我东西的。啊，我好想要！它好神奇，比罂粟花还要红。”她怔怔地望着那片光熠熠的红色玻璃，任他如何央求她都不肯离开。最后，他咒骂了两句，放下包袱，带着那把

---

① 加尔都西修会位于波维尔（Beauvale）的修道院，就在格雷瑟立的外头，坐落在伊斯伍德东北方两英里。修道院由坎特卢普的尼古拉（Nicholas de Cantilupe）于一三四三年创立，于一五三九年解体。这修道院的礼拜堂是奉献给施洗约翰，不是奉献给圣博托尔夫。

猎刀，沿着雕有雕像的外墙向上攀爬。最后，他终于爬上一个圣徒像的头顶，伸手就能摸到最下面的那块红玻璃。他用刀尖撬开铅条，却无法把玻璃撬出来。他生起气来，奋力敲打，玻璃窗竟然被敲出一个洞。透过这个洞，他看见了一些吓得魂飞魄散的僧侣——先前他们都是平静地唱着圣诞诗歌。看见他们那惊恐的模样，他不禁咧齿而笑，甚至还伸长脖子，要把他们看得更清楚些。但这个动作带来了灭亡。只见他脚下的石头圣徒像突然失去平衡，带着他和他手上的一小片玻璃，一起从基座上摔下，着地时发出轰然巨响。过程中，他的手臂被割伤，血如泉涌。

马蒂尖叫着跑向他。他站起来，除了臂伤外，没有其他地方受伤。他拿起那块红色玻璃和其他家当，往森林飞奔而去，马蒂一面跑一面啜泣和喘气地跟在他后头。

当他们到达那口罗宾汉从前饮马的小泉[①]之后，史卜拉特跪在泉边，大口痛饮泉水：奔跑和伤口都让他口渴异常。马蒂坐在他旁边，继续啜泣。

“拿去吧，傻瓜——”他说，并从她衣服上撕下一块布条，用来包扎伤口，“就是你要的这东西，给我们惹来一堆麻烦。”他把玻璃递给她。

“这不是我要的，”她哭着说，“这东西黑乎乎的，不是我要的那个。唉，但愿我没有跟你一起走。”

“帮我包扎伤口，我的手臂好痛。”她擦干眼泪，为他包扎伤口，但还是会痉挛似的不时抽泣一两声。

---

① 这小泉名为“罗宾汉井”（Robin Hood’s Well），位于伊斯伍德附近的海帕克森林（High Park Forest）。这是劳伦斯第一次在小说里提到这口泉，但不是最后一次。

到达洞穴前她已相当疲累，需要挨靠着他手臂才能走。不过，最后他们还是抵达了目的地。他扶她坐到沙地上，把羊皮裹在她身上，然后收集了一些枯干的橡树叶，生起火。等他身体暖和后，把她拥在怀中。

红宝石色玻璃

（一九〇七年）

以下一页记载出自波维尔修道院的编年史，该修道院位于诺丁汉郡的格雷瑟利亚教区：

“其时，吾等高歌吟哦‘荣归主颂’，忽闻玻璃碎裂。声音自东面墙壁的大窗而来，即镶有我主受难图像。何人所为？邪恶善妒撒旦是也。彼忌我主之得胜，欲毁此图泄愤。吾等见其爪击破玻璃，其面狰狞如火，目露炯炯凶光，逼视吾等。吾等心胆俱裂，膝为之瘫软，皆跪于地。邪灵吐露恶臭，充弥礼堂，吾等股栗，抱必死之念。焰高气炽，吾等仆于地，几欲昏厥。

“当是时，吾主遣天使下降，打救吾等。路西法[①]大声嘶嗥，五脏六腑皆碎，地为之震。未几，恶灵号啕，其声凄厉，宛如百万鬼兵齐声奏鸣，秽物乃去。有无畏者举目望之，见圣博托尔夫金翅灼灼，自天而降，以护吾等。其手擎一圈光环，以足为轴旋转，成火焰圈，掷白电于恶灵。吾等遂为荣光所救。

“日初升，圣诞临，吾等胆大，行至浅雪庭院。见圣博托尔夫像崩裂倒地，巨窗赫然一洞，图中圣痕因撒旦触，血流。魔鬼之手为圣血所伤，因欲去之，血溅窗棂，后滴于圣像上。从今而后，尊崩裂之圣徒像为治愈与庇佑之圣物……”

史卡拉特踢着地上枯黄的草，显得暴躁而犹豫不决。他望向西面，越过结冰的河水，看着虚弱的冬阳沉落到迷蒙的雾里。他静静站着，用

① 译者注：“路西法”为撒旦的别名。

粗糙的靴子踢掉簇簇草叶上的白霜，嘴巴里嚼咬着少许他吃掉的蔷薇果外皮。除了森林所生长的浆果以外，他已一整天没吃过其他东西。

先前，他一直躲在缠结枯黄的蕨丛下，身体瑟缩发抖，眼前不断闪过前一晚发生的一幕幕。他是拉尔夫·德·莫鲁家的农奴，昨晚从纽索普领地[①]偷跑出来，参加一场佃农和农奴的小暴动。他心脏再次狂跳，回忆起在造反者之间以嘶嘶细语传开的命令声，回忆起大伙轰然的欢呼声——这欢呼声吵醒了正在熟睡的领主。然后，他眼前出现了一幕幕惊心动魄的混乱情景：谷仓熊熊火光把每张脸照得血红；一张张羊皮纸在火焰里扭曲翻卷，吱吱作响；在场的每个人嘴巴都张得大大，面带狞笑。然后他听到了不同情绪的呼喊声："管家来了！管家来了！还有一队弓箭手！"听到这个，他跑得比谁都快，因为他知道管家是个可怕的人，具有超乎凡人的力量。黎明悄悄地到来，四周一片灰蒙，比可怕的夜晚更难熬的白昼降临。他躲在蕨丛里，一动也不敢动。不断反复回忆往事，让他疲惫不堪。随着饥饿感越来越强烈，迫使他思考他该如何找到食物。而这给了他一个美好的遐想，"今晚——"他对自己说，"将有甘蓝菜和猪肉可吃。明天我的工作是砍柴。"然而，他立刻惊恐地记起那令人不安的事——他再也无法回去了。当傍晚饥肠辘辘时，他不能再回去领主府邸的厨房吃晚餐，再也不能睡在温暖的灯芯草堆或麦秆堆之间。当这些事实朝他袭来，饥饿感也越来越难以压抑。最后，他不得不奋起冻僵的四肢，站了起来，跑过一丛又一丛的灌木，采摘小鸟吃剩的浆果果腹。他也扒开一

① 纽索普领地：伊斯伍德东南方的一条小村。在征服者威廉（William the Conqueror）统治的时代，纽索普领地是由佩弗雷尔（William Peverel）领有。他把这领地和其他几片领地的财产和收入都献给了伦顿修道院（Lenton Priory），后者是克吕尼改革运动的产物，建于一一〇三年。

些兔子洞，把手猛然伸进去，但从未抓出一些温暖、挣扎的毛皮。随着下午逐渐逝去，不习惯于饥饿的他生出了铤而走险的勇气。他无法忘记大木碗里放得满满的面包块，无法忘记挂在农舍墙上的腌猪肉。于是，他慢慢地走近森林的外缘，最后又因为犹豫不决而停下脚步，不知道自己是不是应该把生命托付给那个女孩。那女孩曾在他去磨坊取回磨好的面粉时，与他牵手散步；曾趁父亲吹风笛[①]的时候，跟他在大谷仓里跳舞；曾亲吻过他，曾抚摩过他的脸颊。

突然，在雾茫茫的前方响起了马蹄声。史卡拉特猛抬起头，狂乱地四下张望，接着往回跑去。他跳到一丛缠结的荆棘后面，透过枝叶构成的孔眼后面向外窥探。随着马蹄声越来越近，他的心愈跳愈快，然后，他看见一组七名骑士。为首的是个高瘦的男子，骑着一匹精神饱满的灰马。他憔悴的黄脸东张西望，时而望向森林，时而望向更远处的宽广草原。他的头发剪至耳朵，露出一对尖耳朵，他脱下蓝色兜帽，让自己可以听得更清楚。史卡拉特认出他就是领主的管家，赶忙把头埋在地上的落叶堆里，一动不动地躺着。管家的尖鼻子似乎嗅到了些什么，但还是继续向前行，他身后的六名跟班都佩戴着弓箭和剑，还带着小圆盾并穿着腕甲，身上的配备发出叮叮当当的碰撞声。

史卡拉特像只躲猎人的兔子般躺了一段时间。然后，他又突然快步向森林走去，荆棘划破他裸露的膝盖以及他唯一一件外衣。“我要找她要食物。”他在惊恐平复后对自己说，“然后我要穿过大森林，去到领主管家无法追踪得到的地方。”夜色渐临，对又一个漫长夜晚

① 一种初期的风笛，一般由吟游诗人吹奏，在中世纪的英格兰乡村地区相当流行。劳伦斯写这个的时候，心里有可能是想到的是小说家乔叟（Geoffrey Chaucer, c. 1343—1400）笔下的磨坊主。乔叟在《坎特伯里故事集》（*The Canterbury Tales*）也这样描写过类似的情节。

的恐惧此刻攫住他。他加快在崎岖路面走惯了的难看步伐。他的沉重的脚从厚厚的橡树叶抬起，再无声地踩上褐色和柔顺的树叶堆里。最后，他来到了森林边缘，巨大橡树渐渐疏落，偶尔看见几棵壮硕的大树在覆满草地的山坡上。他侧耳聆听，听见了水流下坠的轻溅声：这声音让他哆嗦起来。他的视线往下延伸约两百码，可以看见一栋石板农舍，旁边有个池塘。那就是他经常带着谷物前去磨成面粉的磨坊，也是他的甜心马蒂居住的地方。她体态丰满，一头红发。他快步往下走，然后蹲伏在一丛密集赤杨之间，眼前的磨坊池塘渐窄，与一条小溪相连。

他等了没多久，便有个长着红色络腮须的大个子[①]从农舍走出来，用公牛般的吼声对某人咆哮着，挑桶橡实和酿酒后的谷渣去喂该死的猪，然后大声对他身旁的年轻人说了一句粗鄙的玩笑话。走过小溪上的垫脚石时，磨坊主用风笛吹奏出诡异的尖锐音声。据传说，妖魔经常会在森林这一带出没，又会跟水精灵大打出手。史卡拉特是个迷信且几近愚昧的人，再者以往总有其他农奴做伴，所以听到风笛声刺穿薄暮的宁静时，他心胆俱裂，孤单感也越发浓烈。

接着，一个女孩从农舍里走了出来。她肩上挂着轭状扁担，挑着两个木桶，大步轻松地走过结冰的院子，向一间低矮的棚屋走去。他模仿田凫的鸣叫声，她听到了，却以为是妖怪装成他的声音骗她。他又叫了一次，但这时候猪只感受到饲料接近，而他的喊叫声全淹没在它们兴奋的狂呼声中。于是他沿着小溪结冰的边缘奔跑，直到最窄的一段溪面，他纵身一跳，踩着溪中间的一块大石头跨越到对岸。就在她把木桶里的饲料倒到贪婪的猪只挤攘的鼻子前时，史卡拉一把抓住

① 乔叟笔下的磨坊主同样是个红头发的大个子。

她手臂。她大吃一惊转过身，然后在幽幽的光线中认出他枯槁的脸。“是他的鬼魂！”她喊道，然后转身就跑。木桶从她手中掉落，刚好砸到他的脚。他在疼痛中还是紧紧抓住她的手臂，好让她知道他不是鬼魂。

“放开我，好痛！”她喊道，又马上说，“你来干什么？爸爸去了小酒馆，今晚不会让我出门。酒馆来了个卖艺人，他们要去跳舞。我得待在家里，不能跟你去散步。”

史卡拉特把一把橡实和湿透的谷壳塞到嘴里。

“笨蛋！”马蒂惊呼说，将他的手从地上的饲料中拉开，“这些东西会让你肚子胀痛！你什么时候变得这么贪吃的？”她疑惑地盯着他看。他那双动人的深色眼睛回望着她，但嘴巴却因塞满东西而无法回答问话。他长相英俊，从脸颊上细致黑色络腮胡可以判断出大概二十或二十一岁。

“‘红猪’没告诉你发生什么事？”他终于开口说话了，“我们杀了庄园里的鹿，烧了契据[1]，放火焚烧谷仓。现在管家带着几个弓箭手在追捕我们，要把我射杀或吊死。我在森林里看到他。如果被他找到，我一定……”

“来，”马蒂说，“混进猪只里。”说着把他推进了猪圈。

“可是我饿了一整天，”他说，“先给我一些面包好不好，马蒂？”马蒂爬出猪圈，挑起两个木桶，跑回农舍。他坐在脏兮兮的猪圈里，看着四只猪嘎吱嘎吱地啃咬橡实，口水喷溅谷壳，每当吃不到东西时，便会互咬耳朵，发出刺耳的嘶叫声。它们又瘦又扁。按照当

---

① 指暴动者烧了那些证明他们受领主支配的“羊皮纸”文件。劳伦斯写这个的灵感也许是得自那个关于惠廷顿（Dick Whittington）的著名故事：相传，惠廷顿在当上伦敦市长后，烧掉国王向他借贷的契据。

时的习俗，冬天是宰猪的时节，只留下明年可以配种的猪。但这些可怜的幸存者不会得到太多饲料喂食，几乎也没有为它们储存食物。

最后，马蒂再次弯腰，出现在猪舍的低矮门口。她给了他面包和培根，又说：

“我告诉妈妈今晚天上有颗幸运星，我必须出来瞧一瞧。但接下来你该怎么办？”

他没有停止吃东西，只是以摇头作为回应。她举起手上的提灯，打量他的脸。他的脸苍白而肮脏，帽子下的头发一片蓬乱。他的眼睛回望她，用殷切的眼神向她求取爱与怜惜。她放下提灯，抹掉眼泪。

“马蒂，”他吃完东西，舔过手指后说，“独自一人又冷又好可怕。”说着伸出一只手臂搂住她，“你的身体好温暖、好柔软。我好冷，你摸摸看。这寒冷让人疼痛。”她爱怜地把脸颊贴在他的脸颊上。

“我看我还是被吊死好了，”他继续说，“比因被狗追逐而躲在树丛中的饥饿野猫好。”

“不，不……你可以到修道院去请求僧侣收留。”

“厨官[①]会向领主总管举发我的。”

她因同情而方寸大乱，她用双手抱住他的脖子，眼泪沾湿他的脸颊。

“哭有什么用！如果我要被吊死，眼泪将不会有任何帮助。哭并不能让人想出办法。”他绝望地说。这语气让女人因无助而陷入慌乱。

“不过，我听说过了森林之后会有一些城镇，那里的房子就像森林里的树木一样密密麻麻。我混在人堆之中便不会被发现。”

“那你快去，快去。”她说，但却把他抱得更紧。

---

① 厨官（Kitchener）：在修道院或领地主管厨房事务的官员。

“那要走许多天的路。比起在漫漫长夜中、独自在森林里被冻死，我宁愿和同伴一起被吊死。”

“不，我不要你被吊死。那我们该怎么办？”

“如果你愿意和我一起去的话，我才会去。”

“爸爸知道会杀了我！”

“他得先抓到你才行。我会在这里待到天亮，到时你爸爸一定会发现我，然后……”

“我该怎么跑来呢？好，我们一起走，现在就走。”

“不，不是现在。等你爸爸睡着以后再过来，到时带一些食物、一把尖刀和几张羊皮一起来。我们要到一个有许多房子的城镇去，然后我们为自己找一栋房子住，然后我们可以结婚——不用管爵爷同意不同意。”

现在她安静下来，也停止啜泣。

“我会永远爱着你，到时候你会打扮得比孔雀还要亮丽，比天上的白云更娇嫩。人们看到你都会眼睛一亮，说道：‘看，贵妇啊。’”

“我怎么可能当得了贵妇？谁——”

“嘘！是你妈妈。记得等到他们睡着后再来找我。”

“好。”她低语，然后离开。

他躺在猪之间取暖。起初那些猪很有戒心，会突然齐声尖叫，扭动着身体从他身边走开。但他以前养过猪，知道怎样取悦它们。慢慢地，几只猪安静下来休息。然后，磨坊主和他儿子边走边吼叫地回家了，他们微醉的喧闹声惊破夜晚的寂静。不过，没多久一切又恢复宁静，而史卡拉特也打起瞌睡，最后进入梦乡。恍惚中，他感觉自己被一根绳索勒紧脖子；有某种东西在他耳边发出咕噜咕噜声。他猛然惊醒，踢到一头大母猪。大母猪转身喊叫，如野兽般低吼，然后咬住他的腿，撕开以皮带系住的羊毛绑腿，刮伤了皮肉。他吓得往外冲，颤抖地跑出猪圈。怀着极大的恐惧与不安，他蹲在猪圈外，揉搓冻僵的四肢。天上星星已经被云朵遮蔽，一些雪花轻盈飘下。

最后，马蒂偷溜出了农舍，两只手臂都挽着东西。他走上前跟她会合，她也在发抖。

“好可怕！”她说，“我梦见大母猪吃掉了猪崽，血沿着下巴流下。然后，当我要从墙上拿下羊皮时，又听见爸爸在睡梦中骂人。我们快快走吧。”

他把羊皮披到身上，把刀子插到腰带，一只手拿过她手上的面包，然后两人手牵着手，一起朝森林里跑去。他们默默赶路，有一段时间不发一语。渐渐地，一种自由的胜利感浮上他心头。他伸出一只手臂搂住马蒂丰满的身体，轻声笑了起来。

“你笑什么？”她问。

“我现在没有主人了，”他说，“爱做什么便可以做什么，而且你是我的。还有这些土地也属于我们的。你不高兴吗，小宝贝？我感受到我的心在笑呢！”

马蒂欣喜地朝他靠去，但这新情绪多少让她有些担心。

“我们要往哪里去？”她问。

“去山洞—— 一个隐藏在山岩里的洞。是有一天我在追逐一只走失的猪时发现的。我们在里面休息到明天，然后步行到城镇去。”

为了避免绕弯路，他们一度走出森林，抄另一条近路。然后，要再次往森林边缘走去时，他们看到了一幢幢色泽暗沉的建筑物。那是一座小修道院，更确切地说，是波维尔修道院。两人沿着修道院朝森林前进，经过修道院的礼拜堂时，他们看到里面灯火通明，正在进行圣诞节清晨的弥撒。僧侣开始唱歌，他们站着聆听。

“看，”马蒂突然大叫，“看！是不是很奇妙？”她边说边指着礼拜堂东边大窗户上的耶稣受难图。她显然并不理解那幅画图所代表的意义，却被几片光彩夺目的玻璃所吸引，并为此惊呼。

“啊！”她激动地喃喃自语，“看看那红色！”她指着蒙福伤口上的血液说，“它比罂粟花和野蔷薇的浆果还要红。帮我拿一些来，啊，我好想要那红色。”

“不行，你不是真的想要它，而且我不认为我办得到。”

“你办不到？我认为你可以。你说过……”

史卡拉特把手上的包包和身上的羊皮扔到地上，被她失望的表情和自己想冒险的心态打动。于是他爬上一块扶壁，踩着一些雕饰物，最后站到位于大窗户底下一尊圣徒像的头上。继而，他一只手扶着雕饰物，另一只手用刀子试图撬出耶稣受难图底部几块红色玻璃来。但玻璃里的铅条挡住刀子，让他越来越没耐性。最后他一怒之下，用刀子在窗户上敲出一个洞。透过破洞，他看到礼拜堂下方十二个目瞪口呆的加尔都西修会僧侣①。（手稿结束于此。）

① 加尔都西修会是一〇八四年由圣布鲁诺（ST. Bruno）创建于法国的加尔都西山谷（他在该处隐居）。第一家英国的加尔都西修会修道院建于十二世纪末。这修会从一开始就以生活清苦、纪律严格著称，其僧侣除了在弥撒时间之外很少会聚在一起（若是在俗的修道者，自由会略大一些）。值得指出的是，加尔都西修会的教堂并不会有画图或任何装饰，而且修会的规章规定，僧侣在弥撒时必须两眼直视，不管发生任何干扰都不许分心。

白色长筒袜

（一九〇七年）

一位年轻小姐坐在镜子前，用她圆胖小手指卷头发。她以极大耐性，抚平棕色发丝，再将头发缠绕到粉红色手指上，固定成一绺亮泽且富有弹性的鬈发。然后她向前探身，擦拭日渐暗淡、灰蒙的小镜子，她皱起眉头，嫌这面镜子太小、太暗、太多黑斑点，完全无法显现她细致的肤色。一根火舌摇曳的蜡烛摆放在桌子另一头，她脸颊因烛光映照而泛红。她开始卷另一绺头发。

一群小男孩沿着斯内顿街[①]，拐进这条小巷。他们本想到街角的医生家献唱诗歌，但一条狗朝他们冲来，于是他们往街道的另一边飞奔，直到跑过那些老旧的麦芽作坊后，才停了下来。小卧室窗户透出的光影吸引了他们注意。

“看看她，她在为外出打扮呢！”

“她的下巴很肥。”另一个说。

“我真想看看她的鬈发被蜡烛烧到的样子。要是她继续摆头，头发就会被烧到！”

“那容易，我们齐声大喊来吓她吧！”

“好主意！——等一等。有个男人来了。”

---

① 斯内顿街（Sneinton Road）西起诺丁汉中央的蕾丝市场（Lace Market）区，向东通至斯内顿街。劳伦斯的妈妈出生前，她父母住在此，后来在她十九岁时又搬回附近的约翰街。劳伦斯创作《白色长筒袜》时，仍然住在约翰街。写完不久，劳伦斯曾在写给黎德（Robert Reid）的一封信中，描写自己走过斯内顿区时的所见：“我穿过斯内顿最底层，要去吃晚餐，我看见，许多贫民窟里的女人带着孩子，都是这个样子：身有瘀伤、醉酒、半露出胸部。”

这群小男孩悄悄地离开这栋四十五年前便已伫立在此的房子[①]，他们互相推挤，随身携带的提灯藏在外套下。这时，黑暗崎岖不平的路面上，传来一阵沉重的脚步声。这脚步一度停顿下来，然后从对街朝他们而来。

“喂，你们想干什么！”一个不高兴的声音说。

“我们什么事也没做，”一个桀骜不驯的小男孩说，“我们只是要报佳音。”

“到别的地方去。拿着——”他说，塞给他们几块铜板。那些小男孩一哄而散，没拿到铜板的追着拿到的，边跑边鬼叫。

那位年轻小姐刚卷完一绺头发，听到外面一阵吵闹，便从窗户探身，想要一看究竟。但屋外一片漆黑，于是她继续卷头发。

不过那个男人没有走开。他高大的身躯靠在墙边，往窗内窥视。

老天，他自忖，她的手臂真好看。我敢打赌她的脖子和下巴是全世界最漂亮的。

头发卷好以后，她把脸两侧的发绺固定好，然后站起来审视效果。他看着她努力审视后脑勺，当她转头，紧身内衣上的精巧小褶边随之被拉扯。有时她会踮起脚尖，这让他看见她身上那条隐隐闪亮的黄色衬裙。对自己一头鬈发感到满意之后，年轻女子手臂交叉，搓揉两条裸露的胳膊，嘴巴因感到冷而噘起。之后，她再次转过身，背对着他，一头璀璨而有弹性的鬈发尽在他眼前。她跪在床边，双手轻快地拍了几下，然后拿着一条深色的丝绸裙子站起来。她抚摸裙子，神情迷醉。然后她把裙子套到头上，小心地让它慢慢滑落，一个钩子却

---

① 这句话等于是把故事发生的时间设定在一八六二年。《时髦圈》的版本（一九一三年）把这话改成“四十年前”。最终的版本（见于一九一四年的《普鲁士军官》）把故事的时代设在当代。

缠住她的头发。窗外那可怜的男子皱起眉头，伸出双手，仿佛这样就能帮她脱困。不过这时她已经摆脱钩子，然后努力地从背后勾好裙子。她再穿上紧身胸衣。这件棕色丝绸上衣柔软而弹性十足，密贴在她的身体曲线上。为了让衣服更服帖，她双手沿着丰满胸部的两侧往下抚摸，先是纤细的腰肢，最后到圆滚的臀部。她对镜中的自己粲然一笑，踮着脚，旋转了一下。

“去她的。”那男的低声说了一句，然后循原路往回走。

她向镜子探身，屏住呼吸，看看能不能在精致的小脸蛋上找出一丝瑕疵。因为她金棕色的皮肤剔透如昔，她再次展露笑颜。在脖子四周缠上一条蕾丝饰带后，她又将一条橘色丝巾披在肩膀上。

“普莉丝，”她妈妈在楼下喊她说，“你还要多久才会好？等你去到那里的时候大概都散会啦！”

普莉丝皱起眉头，说马上就好。但在这之前，她先将颈间的披肩交叠，接着抬头，试图摆出优雅的举止，装出直率、娇纵的模样，接着故作腼腆、最后则转为庄重。她自顾自笑了一下，然后往楼下跑去。

她妈妈看到她打扮得那么漂亮，眼睛为之一亮，赞叹说：“哇，谁会相信你是我女儿！但乔治为什么还没来接你呢，真是奇怪。”

“他八成还在生气。帮我在丝巾后面别上别针好吗？”

“还在生气啊！”她妈妈说。

“他如果够聪明的话，就该继续气下去——”她爸爸说，一双蓝色眼睛从眼镜框上方打量她，“我的宝贝女儿可自认比他还厉害！”

“爸爸！”她妈妈用责备的口吻说。

“我忘了带手帕。”普莉丝说，快步走回楼上，裙子在她走动时发出窸窣声响，让她感到满足。回到房间后，她打开一口小箱子，一股强烈的薰衣草香气迎面而来。她挑了质地最细致的一方手帕，然后戴上帽子，披上大披肩，她就出发了。

“记得要在十一点前回家。”她爸爸说，“否则我会亲自抓你回来。”

“老古板。”普莉丝低声嘀咕，砰一声关上门。

在四十五年前这个平安夜晚上，街道清洁而封冻。普莉丝快步沿着潘尼福街朝圣玛利亚教堂的方向[①]走去，一面走一面想：

“好吧！如果他不为我而来，我照样可以自己玩个痛快。他有什么权利为了奥斯本先生给了我五英镑买参加舞会的衣服而生气！多亏我提醒他，他的饭碗就是他口中的‘老坏蛋奥斯本’赏的。他休想管我。”普莉丝是个花边女工[②]，正要前往雇主山姆·奥斯本的家，参加圣诞节舞会。

到达之后，她怯生生地走上大屋子的前台阶，把请柬交给仆人。在衣帽间里，她脱下帽子和灰色大披肩，对着镜子端详了自己，然后忐忑不安地往大厅走去。站在大厅入口，她有点不知所措，心里满是赞叹：宽敞的大厅闪亮着枝形吊灯，垂挂着长毛绒窗帘，一派金碧辉煌，许许多多男女正在快乐地跳着方块舞[③]。这时，她真希望自己不是单独赴会。放眼望去，大厅旁边的另一间厅室有人在打纸牌和多米诺骨牌。一时间，她茫然失措，最后决定等这支舞跳罢，男生把舞伴送回座位后，再低调走到靠墙的一排座位，找些相熟的货仓女工搭讪。不过，在她还没有发现山姆·奥斯本之前，他便已走到她身旁，

---

① 潘尼福街切过斯内顿街去到蕾丝市场和圣玛利亚教堂。

② 蕾丝工厂里设计或复制花边图案的女工。

③ 方块舞（quadrilles）：一种方阵舞（square dance），源自法国，通常由四对男女合跳。

向她伸出一只手。

和他握手时，她微微颤抖，一方面是因为他穿得非常有派头，另一方面是因为她觉得大厅里每个人都在看她。

“你像大人物一样姗姗来迟哦。”他说，嘴巴咧着一个大微笑。

“我花了好久才打扮好。我希望自己今晚看起来好看。”

“大厅里没有女生比你好看。第一次穿丝绸长礼服吧？这身行头可热死我了，老天！”

这个肥硕矮男人掏出胸前口袋的手帕，擦拭脖子上的汗，然后又擦了擦额头。虽然还不到四十岁，但他的前额已快光秃。他们在靠墙的椅子坐下。

“好吧，我有这荣幸邀请你跳哪支舞？我特别为你保留了六七支舞。”

“我舞跳得很差。”

“就算这是你第一次跳舞，你也不可能会跳得差。所以请别让我失望。我盼着这份荣幸已经一整个晚上。”

她把舞卡[①]递给他，垂下双眼，只希望他不要把脸凑得那么近，心里又奇怪自己为什么会不喜欢他的眼睛。

当他们跳完第一支舞，他把她带回座位的时候，她内心充满得意扬扬的喜悦。

“你简直就是莎乐美[②]，”他说，“我没碰过比你更让人愉快的舞伴。”

---

① 参加舞会的客人都会拿到一张卡片，上面列出所有会跳的舞，每个舞名旁边留有空位，供人填入舞伴的姓名或姓名缩写。

② 莎乐美（Salome）是希律王（Herod）的继女，舞技精湛，有一次，希律王观看她的表演后龙颜大悦，表示要满足她一个心愿，作为赏赐。结果，她要求得到施洗约翰（John the Baptist）的人头。

“我真的没跳错舞步吗？我紧张死了。”

“我认为你跳得丝毫不差。我们坐这里好吗？谢谢。我希望舞池地板的状态让你满意，希望一切都让你喜欢。”

“我很满意，一切都很棒。”

“那就好——啊，我来介绍，这位是我侄子亚瑟。他是蜂巢里最聪明的一只蜜蜂，总是能闻得出哪朵花儿最香。亚瑟，这位是根特小姐。现在恕我失陪一下。真对不起，但没办法，谁叫我今晚扮演的是最累人的角色：主人。”

“请便。”普莉丝说。

“可怜的叔叔，他得去陪史东豪斯小姐跳舞了。”亚瑟说，一双蓝眼睛闪过一丝光芒，“但愿她不会惩罚他的脚趾，他患痛风的脚可承受不起！你想跳舞吗，根特小姐？还是想休息一下？那好。你看到对面那个女孩没有？就是红头发、穿粉红色衣服那个。她告诉我，她有一晚梦到我。我受宠若惊，便问她梦见什么。她说她梦见自己走进棕室[①]找东西，却发现我就睡在那些蕾丝之间。然后不知怎的，她在剪一段蕾丝的时候在我胸前刺出一个洞。这时我醒过来，告诉她必须把洞给补好。我听了快笑死了！”他就这样快活地说个不休。

在另一个厅室里，乔治·惠斯顿正在跟三个女孩子打纸牌。他身材高大，年约二十八岁，比他善变的情人普莉丝大八岁。嫉妒普莉丝的女工都说他长得丑。“他的皮肤好粗，”她们说，“会让人怀疑他是不是得过天花。还有张血盆大嘴——想象一下亲吻它的感觉！真可惜，他毛发稀疏，无法蓄须来遮住嘴巴。稀疏的毛发让他的尊容更让人不敢恭维。”

① 棕室（brown room）：指蕾丝工厂的贮藏室，用来存放蕾丝，以供裁切。

“虽然是这样，”当普莉丝还爱他时，就会这样告诉自己，“他很贴心，会帮我做任何事，而且非常体贴。另外，他有一双漂亮的蓝眼睛，眼神很宽厚，有时还很温柔。即使我还不知道他正直得像木头，更不比街上任何一个男人逊色，但光是这双眼睛便足以让我爱上他。”

然而，每当两人闹别扭时，她就会说他坏话：“哼，他这个人很可恶，每次我叫他别管我闲事他就会生气。他休想对我颐指气使！那双瞪着我的眼睛，仿佛想把我一口吃掉。”

在打惠斯特牌[①]的过程中，他屡次怒视。他一直观察普莉丝周旋在奥斯本叔侄之间的样子。他注意到她的自尊因为雇主的奉承而逐渐膨胀、自负。他注意到她用一种冷淡和不屑一顾的态度对待工厂里的熟人与办公室员工。她越来越有自信，会在亚瑟·奥斯本说笑话时无拘无束地开怀大笑，有时还会用俏皮话回应对方的俏皮话。受到别人恭维时，她都是凝眸浅笑，摇摇头，让一头鬈发弹跳。她甚至与山姆·奥斯本应对时，强装镇定，自在与他交谈，这让她的雇主乐不可支。

“我说啊，惠斯顿先生，”他的搭档生气地说，“真不知道你的聪明才智都到哪儿了！”

“心之所系处即是家。”一个对手嘻嘻嘻地笑着说，她因为他的分心赢了不少钱。

于是他把更多注意力放回牌局，凶猛地出牌。

打完牌之后他走进大厅。普莉丝正被三四个男人围绕着，而靠得她最近的人，依旧是山姆·奥斯本。她手上拿着一杯葡萄酒，每喝

---

① 译者注：惠特斯牌由四个人打，两两搭档，捉对厮杀。

一小口前都会回眸浅笑，说上一两句话。她深色皮肤焕发着红色光彩，让她越发迷人。经过他们旁边时，他在心里暗骂她水性杨花，希冀怒火能在欢乐的同伴陪伴中消弭。于是他朝着两个没人理会的姑娘走去，她们一个是高个子，有着灰色眸子和深色头发，另一个皮肤白皙，有一双棕色眼睛，穿着白色丝绸衣服。

“哎哟，真巧，惠斯顿先生，”白衣女孩说，“我们刚刚才在为兰斯洛特爵士来了阿斯托拉脱这个伤心地[①]而感叹。”

“我恐怕你们的感叹徒劳。”

“为什么？你不是来了吗？”

“但我不是兰斯洛特。”

“兰斯洛特是谁？”高个子女孩问。

“你不知道？你竟然没听过亚瑟王手底下最了不起的武士？”

“我只知道我想吃些点心。”

“我真粗心——让我为你效劳。”惠斯顿说，然后转头询问穿白衣的女孩，“你需要一点吗？”

“不，我不想吃蛋糕，只想喝几口咖啡。”

他把她们要的东西拿了回来，在她们旁边坐下。

“你不吃点什么吗？”高个子女孩说，“这个给你，吃吃看，很

---

① 在亚瑟王传奇里，兰斯洛特是武艺最高超的一位圆桌武士。他因为爱上亚瑟王的王后葛妮薇儿（Guinevere），所以答应化名参加在阿斯托拉脱（Astolat）举行的比武。在比武中受伤以后，他受到伊莱恩（Elaine）的悉心照料。后来，伊莱恩因为得不到兰斯洛特的爱，忧伤成疾，让自己躺在一艘小舟里等死。小舟把她的尸体载到亚瑟王位于迦美洛（Camelot）的宫廷，而她手上握着一封信，解释原委。诗人丁尼生（Alfred Tennyson, 1809—1892）以这个传奇故事为基础，写成《夏洛特的女士》（*The Lady of Shallott*）和《伊莱恩》（*Elaine*）。《白色长筒袜》的故事发生在一八六二年，因为丁尼生的关系，亚瑟王传奇仍是当时人们的热门话题。

好吃。”

“不用，谢谢。”他说，说着打开外套。

“热吗？”她问，随即打开一把绘着野蔷薇和蝴蝶的黑色扇子，为他扇风。

“觉得怎样？”她问。

“很凉快，”他回答，“但这会让你累坏的。”

“我累的时候自会停手。”她说，然后咬了一大口馅饼。

另一个女孩啜饮了一口咖啡，接着往后靠，用一双棕色眼睛打量眼前的人群，继而喃喃自语：

“我的心在痛，困顿和麻木刺痛了……”

“我的感官①。”

“你们在说什么！”高个子女孩说。

“真奇怪，每次参加舞会都会让我产生这种感觉。”

“不管你的心为何而痛，我的心总不会痛。你会吗，惠斯顿先生？”

“不会。”他回答。

“在这一片喧闹轻浮的气氛中，”具有诗魂的那个女孩继续说，“有什么让我感伤。就像望着一杯冒泡的啤酒却无法畅饮，心知这酒到第二天便会走味、变酸。”

“那样的话，”高个子女孩说，“你应该改喝姜汁啤酒。不过我不在乎是什么酒。你这个人就是喜欢自寻烦恼。你说是不是，惠斯顿先生？”

---

① 济慈（John Keats，1795—1821）《夜莺颂》（Ode to a Nightingale）一诗起首的诗句：“我的心在痛，困顿和麻木刺痛了／我的感官。”

“说不定是事出有因。”乔治说，觉得自己找到同病相怜的伙伴。

“不是，纯粹是眼前的景象让我感伤。我就是忍不住想象，月光银辉洒落在这房舍的情景，以及在犹太墓地[①]反射的景象，然后思考，这里的一切跟外面的大世界多么截然不同。”

“我倒是想再来一杯咖啡。”扇扇子的女孩说，她已经吃掉了半打甜食。乔治站起来，为她服务。

往回走的时候，他脚步谨慎地走过滑溜的地板，眼睛一直盯着手上那杯微微颤抖的咖啡。途中，一个声音从他手肘边传来：

“小普莉丝的眼神本来就冷洌，她再吃冰的话准会变成不折不扣的美杜莎[②]。”

“别说我坏话。”普莉丝说，“不管怎样，我就是想吃点冰，请帮我拿粉红色那一种，谢谢。”

听到这个让乔治吃了一惊，他犹豫了一下，眼睛往旁边瞧去。就在此时，山姆·奥斯本因为替普莉丝拿冰而转过身，刚好跟他公司的业务员撞个正着。咖啡被撞翻，整杯淋到山姆·奥斯本的腿上。

“该死的家伙！”他说。

“你才该死吧！”乔治怒冲冲地说，“是你自作自受。”

说完，他昂首挺胸地往客厅的另一头走去——继续把空杯碟端在胸前。

这场小意外引起了在场所有人注目。

---

① 诺丁汉的犹太墓地位于蕾丝市场以北的斯伍德街（Sherwood Street），离诺丁汉大学不远。它是诺丁汉法团在一八二三年所设置，但到了该世纪后半叶荒废。今天不留下任何痕迹。

② 美杜莎（Medusa）：希腊神话中三个蛇发女妖之一，谁正眼看她都会变成石头。

“老天爷！”高个子女孩笑嘻嘻地说，“看看胖山姆的样子，整条腿上都沾着我的咖啡。他是强忍住才没有大发雷霆：看到没，他的脸涨红得像西红柿。”

亚瑟和普莉丝都笑得抖起来，而普莉丝更是指着那个虎背熊腰业务员的背影笑：他端着个空杯碟向前迈步的样子着实滑稽。她不得不假装取笑惠斯顿，因为她的雇主已经坐回她旁边的座位。他侄子接替叔叔的任务，替普莉丝拿冰。

“哼！”山姆·奥斯本说，“惠斯顿是头笨驴。”

普莉丝笑着表示同意，笑声像气泡般冒出。矮个子的胖先生要费了好大的劲才恢复平静。

“明天厂里的女工一定会拿这件事取笑他。”他说。不过，这话让普莉丝感到有点不自在，她预期自己也会是取笑者之一。

“对，”奥斯本笑着说，“女工一定会笑他。不过这家伙很狡猾，有两把刷子，一定可以摆平那些女工。人不可貌相，别以为他这人有多老实。他只不过是把自己满肚子坏水藏得比别人好些。哼！”

普莉丝的心情低沉，变得非常讨厌这个不可爱的雇主。这时亚瑟拿着她的冰拿回来。

“叔叔，你会着凉的。”他对着他叔叔说，“你不要把裤子换掉吗？”

“不换，别傻了。”

“穿着湿裤子坐着会让你的痛风加剧。”亚瑟坚持说，期待能在下一支舞当普莉丝的舞伴。

“你不闭嘴的话我的痛风才会加剧。”他叔叔说，“换不换有什么差别？我从一开始便全身大汗。”

“随便你啰——”那侄子不以为然地说，然后转头跟正在吃冰的普莉丝聊天。

她才刚吃完冰，钢琴师奏出舞曲的开场和弦。奥斯本领着她往大厅另一头走去。这支舞需要一对对舞伴先鱼贯走到大厅的另一头，而走最前头的是普莉丝和她的雇主。其他人就绪，等待着普莉丝和奥斯本先移动，以接续他们的位置。她感到这是自己最无比骄傲的一刻，所以尽量放慢脚步。所有目光都落在她身上。钢琴师左右环顾了一下，正准备用力演奏时，普莉丝却在摸索她口袋的手绢：她需要把刚吃过冰的嘴唇擦干。她优雅地抽出手绢，面带微笑地看着山姆的红脸，一面抖开手绢一面对她的舞伴说："你看来很有活力，好像随时准备好跑步或跳过任何东西似的。不过——"她补充说，"你的脸很红，我希望这不是心脏病发作的前兆。"

然后，她注意到对方的肥躯体抖了起来，眼睛冒出泪水，喉咙里传出一丝奇怪的嬉笑声。她惊讶地看着他，然后，他以刺耳的声音说道：

"你的腿一定很漂亮。"

她担心地往下一望，一只白色长筒袜映入眼帘，散发着薰衣草香味，正在她指间晃荡。然后，她听见了哄堂的大笑声，感觉血液直冲脑门。她听到身边的肥男人从喉头发出嘻嘻笑声，又看见他双手捧腹。因为气恼他的无礼，她把长筒袜扔到他身上，接着跑出了大厅。长袜落在奥斯本肩膀上，袜头垂挂在他背后。在场所有女孩都尖声大笑。

"哎哟，哎哟！"摇扇子的女孩尖声说，"我不敢想象自己会向男人扔袜子！"

"嘻嘻嘻，呵呵呵……"那个多愁善感的女孩笑着，笑声在不同的音域来回往返。"这可不是她向他展示自己长筒袜的适当时候。"

“哈哈哈……”高个子女孩笑着说，笑得几乎精疲力竭，一面笑一面用手指指着站在大厅中央的山姆·奥斯本：他仍然大笑不止，全身抖得像颗果冻。他把长袜从背上拿下，握在手中，把袜头甩来甩去。

惠斯顿快气炸了。他一个箭步跑到大厅中央，从矮个子手上抢过长筒袜，再冲出大厅。他在城堡山岩[①]山脚下赶上普莉丝：她没有戴帽子，正喘不过气地啜泣着。他把她拉到一个阴影处，用白色长筒袜为她擦去眼泪，设法安抚她。

“噢，乔治！”她啜泣着说，“我恨死那个老坏蛋，我恨不得杀了他！他刚才说你坏话的时候我就已经恨他。我忘了把帽子带走，怎么办？”

他安慰她，招了一辆出租马车送她回家。

① 诺丁汉城堡筑在一片称为“城堡山岩”的高耸断崖上，山岩基部有城堡大道（Castle Boulevard）通过。

白色长筒袜

（一九一四年）

1

“我要起床喽，泰迪林克。”惠斯顿太太说，说完迅速地爬起来。

“你今天有什么事情要做吗？”惠斯顿问道。

“没事。”她回答。

那是四十年前的一个寒冷且灰蒙蒙的早晨，时间大约是七点。

惠斯顿生性不喜欢追根究底，所以只能躺在床上盯着妻子看。她是个漂亮的尤物，一头略短蓬松的黑色头发。她迅速穿上衣服，一件件随便地往身上套。她全身上下不修边幅，但这却让惠斯顿觉得莞尔和温暖，即使他还看到她随手撕下裙摆上的一条松了线的蕾丝，扔到梳妆台上。她站在镜子前，衣衫不整，草草地梳了梳蓬乱的短发。他多么爱她幼嫩肩膀的柔软和利落。

“起床吧！”她笑着对他说，“发出光来！①”

他们结婚已有两年了！但每当她一离开房间，他依旧觉得似乎生命力、温暖和趣味也一并离开，他强烈意识到早晨的阴冷。

“她今天是哪里不对劲？”他疑惑着。往常，她不到九点绝不起床。但既然床铺已经没有什么值得他留恋，他也爬了起来。

他们住的是那种月租七先令六便士的小住宅。穿上衬衫裤子和系好皮带之后，他走下又陡又窄的楼梯。他听到她断断续续地唱着

---

① 这句话出自《新约·马可福音》十四章四二节“起床，我们走吧！”和《新约·马太福音》八章三四节“那时人将会发出光来”。

歌——她唱歌都是这调调。穿过狭窄的厅堂，他往厨房方向走去。他身材壮硕，大约二十八岁。他听见她往烧水壶里注水的声音，又听见她开始吹起口哨。他爱她利落地点燃一根火柴往瓦斯炉的喷嘴里送时闪躲的模样。然后，她以一个得意的小动作把烧水壶搁往火焰圈上。

当她转身看见丈夫的时候，她惊呼了一句："泰迪林克！"然后她走入阴暗的厨房。她穿着一件绣有紫藤图案的黑丝绸和服式罩衫，两片衣襟用别针别在胸前。有只袖子松了线，裂开一个口，露出可爱的小手臂。

"为什么不把袖子缝起来？"他问，一想到她外露的手臂会冷到便觉心疼。

"哪里？"她问，左右打量，"啊，可恶！"当她看到裂口之后惊呼。然后，她开始利落而轻盈地把餐具铺排在桌子上。

他们住的是一栋老房子。厨房中等大小，但颇为阴暗。里面陈设简单，给人一种冷冰冰的感觉。突然，大门的邮箱盖传来声音。

"我去。"她大喊，一溜烟地跑过走廊。惠斯顿开始准备柴枝和引火物。

惠斯顿太太打开大门。邮差有张通红的脸，曾经当过兵。他此刻正笑得开怀。

"有几封你的信。"他说，声音充满讨好的味道。她用一只手整理头发，向邮差点了点头。

"真是谢谢你。"她说。

"不用谢我，没有一件是我寄的。"他笑着说，站在门槛上，没有打算离开。

"但如果不是好消息的话，你不会替我送来。"她说，开始检视邮件，立即忘记那邮差的存在。他站着观望她，等了一会儿，希望她会再跟他说说话。然而，她却浑然未觉地转过身。

“再见。”邮差说，有点沮丧。

“再见。”她大声地回答，但根本不知道自己是对谁说话。

关上门后，她撕开一封薄薄的信封。里面是一张长形情人节卡片[1]，漫画里画着一个男人悲哀地回首，却看到一个咧齿而笑的年轻女鬼。图说写着：“她的灿烂笑容仍然萦魇着我。”

她感到不悦，把信封和情人卡扔到地板上。第二个信封里面装着一方白色丝质手绢，她像鉴别似的闻了闻手绢的香气，又用手绢摩挲脸颊，然后撕开第三个信封。里面装的东西看似是条折叠整齐的白色西装胸襟袋。她使劲把它抖开，却发现那是一只白色棉布长筒袜，质地非常细致。随即，她便意识到袜头里面藏着东西。

她打开背后的门，走进起居室。里面的陈设相当雅致，壁炉架上放置着鎏光的玻璃器皿，墙壁上挂着水彩画。她把白手绢扔在圆桌上，然后伸手到长袜袜筒里。她习惯性地咬住下唇，努力去拿藏在最深处的东西。最后，带着一点点胜利的喜悦，她把东西拿了出来，用灵巧的手指打开这个小盒子，里面是一对珍珠耳环。她因为高兴而脸色绯红。然后，她匆匆走到镜子前面，试着将耳环戴到穿了耳洞的耳朵上。因为做这事需要费一点小气力，她再次咬住下唇。她把头歪向一边，手指摸索耳垂，神情充满好奇，又显得无比专注。终于，珍珠耳环戴好了，珍珠在她玫瑰色的小巧玲珑耳朵下方悬荡。她满意地看着镜子中的自己，摇晃着头，想看看耳环摇荡的模样。耳环轻轻摩擦她的脖子，带给她一丝丝寒意。她对着自己傻笑起来。然后，她突然

---

① 在十九世纪七十年代早期的维多利亚时代，情人节卡片通常都是些装饰精致的纸卷轴，有时还会以蕾丝镶边，卡片上面画着潘趣风格（punch）漫画或是前拉斐尔派油画，而且会附有诗歌。

转过身，拿起本来包裹在耳环上的小纸条，阅读上面的诗句：

珍珠诚美丽，佳人更美丽。

为我戴上它，我爱佩戴人。

她不喜欢这诗，嗤之以鼻地“哼”了一声，但随即快乐地走回镜子前，耳坠闪烁。

正在生火的惠斯顿见太太迟迟不回来，意识到她可能收到噩耗，于是一跃而起，快步走过走廊。听到脚步声，她吓了一跳，迅速转身，双颊绯红，蓝色的眸子警惕地观望。他站在门口，身材显得益发高大，他蓄着浓密的胡须，一双蓝眼睛显得非常宽厚。

“什么事？”他问，走进了起居室。

“情人节礼物。”她轻快地说，但又问心有愧地转身，走向圆桌。她抓过丝手绢，递到丈夫的鼻子下。

“闻闻看，多香。”她说。

“唔，”他说，“谁寄来的？”

“既然是情人节礼物的话，我怎么知道！”她说。

“怎么？我以为你不会有情人节礼物，现在，竟然从你不知道的人那里收到？”

“为什么不可以？我就是不知道是谁寄来的！”她说，故意逗他。她摇头，但又突然停住——她记起自己耳朵上戴着耳环。

他默默地站着一会儿，表情慢慢凝重。

“他们现在无权送你情人节礼物。”他说。

“为什么？为什么我不能收别人的情人节礼物？反正你也没送我任何情人节礼物。”

“我根本不知道今天是情人节。你真的不晓得东西是谁送的？”

“不知道，一丝丝概念也没有！看看，这手绢用淡紫色丝线绣着我的姓名缩写。E代表‘埃尔茜’。”她说，说着把手帕绣着字母的一角递给丈夫看。

“说实话吧！”他说，“你一定知道是谁寄来的。”

“我说过了，我不知道。”她说，又问，“你看到那幅漫画了吗？”

“没有。”他咕哝着说，然后看到了那只躺在桌上的白色长筒袜。“这也是情人节礼物？”他问，拿起袜子。她的脸变得通红，身体一动也不动。

“是从山姆·亚当斯[①]寄来的……”她回答，“他去年也送了我一只白色长筒袜。我是怕你气炸才没告诉你。”

惠斯顿捡起那张纸条，另一只手继续悬垂着长筒袜。

> 珍珠诚美丽，佳人更美丽。
>
> 为我戴上它，我爱佩戴人。

“该死的蠢货！”他生气地说，“白色长筒袜应该留给他自己穿，最适合他了！你去年干吗不告诉我？”

“因为我不想你生气。”

“我才要让那蠢蛋生气！”他说，愠怒地转过身。他并不英俊，粗糙的皮肤像得过天花似的满是坑疤。不过，他的脖子光滑，而且身

① 诺丁汉的第二商业广场（2 Commerce Square）有一家生产蕾丝的山姆·亚当斯公司（Samuel Adams and Sons）。

体壮硕。另外，他还有双真诚而宽厚的蓝眼睛，当初就是这双眼睛让她一见钟情。他的其他优点还包括好脾气和易相处。

她害怕他会看到耳环，便不声不响地从他身边走过，回到走廊，然后再一次高声问他：

“你有看过那幅漫画吗？”

“没有。”他说，尾随她走出起居室。看到她赤裸的手臂仍然从罩衫撕裂的袖口外露，他便用大手轻柔地抓紧，满是疼惜。这动作让她意识到他有多爱她，有一刹那，她只觉得天地都静止了。

“好恐怖的漫画。”她指着走廊地板上的情人节卡片说，接着她飞快跑上楼，站到镜子前面，一面喘气，一面摘下耳环。

惠斯顿弯腰捡起那幅漫画。

“她明亮的眼睛仍然萦魔着我。”他低声默念漫画图说，“垃圾！”但这幅漫画并没有引起他太大激动。

“很恐怖吧！”她高声说，再次出现在楼梯顶端。

“一群白痴。”他说。

他站着看那漫画。她从楼梯轻快地往下走，走到最后几级时一跃而下，伸开双手，搂住他脖子，身体垂挂在他身上。因为喉咙被她的手腕挤压，他呼吸略感困难。他低下头，而她则继续垂挂着，并轻轻晃动身体。他喜欢被她搂住脖子的感觉，喜欢她全身重量加在他身上。接着，他双手把她抱起，带她走入厨房里。她卧在他臂弯里环顾了四周一眼。

“炉火又熄了。”她说，两手各抓住他一把头发，往下拉扯，让他点了点头。他把她放了下来。

她忙着准备早餐，而他则跪在壁炉前面，企图使它回复生气。弯着腰吹煤时，他脖子上青筋突现，显示出他的衬衫领口有点太紧。她喜欢他，但心思此时却不在他身上。想着那双耳环让她更感兴奋。她把它们藏在抽屉的一个小盒子里，那白色的精巧物件让她快乐无比。她一点也不在乎山姆·亚当斯。有一天在电车上，那个蠢蛋恰巧坐在她邻座，又邀她喝咖啡——有何不可呢？再说她挺乐意到餐厅喝杯咖啡的。不管怎样，那双耳环都是她心中的喜乐。等爱德华上班后，她便把耳环戴起来，再好好打扮打扮，享受一段欢乐时光。她有种获得了珍宝的美妙感觉。

他用食指搓搓一块微红的煤炭，然后起身，裤子的膝盖部位鼓胀。

“火还要多久会生好，泰迪林克？”她从洗碗槽那问他，声音响亮而愉快。他去看她。她转过身，把头靠在他肩膀上，对着他笑，样子妩媚，有点像罗姆尼画作中那个女孩[1]。

“你的情人节礼物让你心情大好喔。”他说，眉头间有一抹焦虑，但仍然面带微笑。

“才没有呢！”她高声说。

他卷起衣袖，把衣领往后翻，准备盥洗一番。她喜欢他的稳健，也因为他的稳健，让她自己无事一身轻，可以尽情享受戴耳环的乐趣。他使尽全力往脸上和脖子擦肥皂的样子让她莞尔。洗好之后，他开始把脸和胸膛擦干。他的头发在前额竖起，脸因为冷水刺激而发红，双眸清亮而湛蓝。

“你最近没有见过山姆·亚当斯吧？”透过毛巾的皱褶缝隙，他粗声粗气问她。

---

① 这幅罗姆尼（George Romney，1734—1802）的画作大概是“算命时的汉密尔顿女士”（Lady Hamilton in Fortune Telling）。

“有。有一天早上我在电车上遇到他。”

“你跟他说话了吗？”

“是他先跟我说话的。”

“我以为你不会跟他说话的。”

“我总不能一看到他上车便大喊：‘你不许跟我说话。’我能吗？”

他没有回答，直接走进厨房，一面走一面跟领口奋战。她没有注意他，但他的一举一动，甚至是扣袖扣的声音，都让她有一种轻松自在的感觉。他的存在是为了照顾她，让她可以做自己喜欢做的事。

他早餐吃得很匆促，几乎有点狼吞虎咽。她并没有因此不快——他从没有什么举止会让她不悦。只不过，他的态度有时会让她恼怒。

“我打赌你一定像只喜鹊似的跟他聊天。”他说，放下刚刚长饮了一口的杯子。

“没有，才不是这样。”

“你们聊了些什么？”

“我不记得了。但他问我想不想参加圣派翠克节[1]晚上的舞会，我说没有人陪我去。”

“你想参加的话大可以参加。”

“我不想拖着一个老是注意着我一举一动的人参加。”

两人的谈话已经触及了一个痛处。

“我觉得奇怪，你怎么没有请他陪你去？”

“他说他会寄一张票给我。”

① 圣派翠克（St Patrick）是爱尔兰的守护圣徒。圣巴特里克节是每年的三月十七日。

“你这该死、一无是处的女人！竟然跟他说话！”他生气地说，狠狠瞪着她，眼神充满敌意。他这种态度总是让她恨得牙痒痒，因为他的瞪视似乎带点鄙视意味。他的大嘴巴愠怒地嘟着，低着头。此时，他轮廓分明的五官和稳定的双眼似乎都因为被下半边的脸如野兽般的怒火丑化了。

“唉，亲爱的，如果我一整天都非得紧闭嘴巴，我一定会闷死。”她说。

他也知道，每当他去上班后，她都相当寂寞且无事可做，这让他的心情更加郁闷。

两人都带着怒意。就在他出门前的最后一刻，他因为觉得无法不去与她道别，所以还是亲了亲她。

“我晚上七点回家。”他说，“出门时小心点。”然而，他的吻对她殊少意义。他吻她仅仅是因为若不这么做，接下来的一整天他都会浑身不自在。换言之，他吻她是为自己，而不是为她。

过了一会儿，她走上楼，再次戴上那双她心爱的耳环。它们让她感到快乐——至于为什么，她既不明白也不想知道。每一次感受到耳环的重量，每一次摇晃脖子，每一次在镜子里看到它们在耳垂下跃动的模样，一阵欢愉都会涌上她的心头。

整个上午她都戴着耳环做家事。戴着它们去开门也让她兴奋不已。不知面包师傅会不会注意到她有什么不同呢？那天，她到过的每家店家都称赞她变得分外漂亮和迷人。

惠斯顿是一家小蕾丝公司的推销员，在周边地区推销。他一整天都忙不停，想着工作，想着怎样获得订单：他提着手提包匆忙赶火车，去找不同的零售商；中午在商务旅馆匆匆用餐，在火车厢里跟人谈论政治和最新颖的机器。他几乎没有意识到，他让自己这么忙碌、鞭策自己完成一桩桩大交易，是因为内心深处有某种东西啃咬着他，刺激着他：跟太太的龃龉让他焦虑，想用别的事情加以掩盖。

至于他太太，一想到丈夫便觉得生气，所以干脆把他忘掉。只要有他在，她便会觉得不快乐。他总是要介入她和她的快乐之间，切断她和快乐的联系。

2

婚前，她是个货仓女工，在亚当斯开的蕾丝工厂工作。她的雇主山姆·亚当斯拥有一家规模不大的工厂。他单身，大约四十三岁，因为养尊处优的生活而日渐发福，亮色红润，但身体健康。他蓄着一把军人样式的棕色八字胡，头发稀疏。因为生活安逸，他的眼神有点呆滞，但个性活泼且脾气温和。他爱喝酒，所以常常有惊人之举。

在所有女工里，他特别注意她。他常常造访货仓，身穿浅黄褐色的双排扣海军外套[①]，黑白相间的格子裤，头戴一顶帅气帽子，上衣扣孔里还会插上一朵猩红色康乃馨。然后他会站着与她聊天。他在骑兵队当过军官，迄今仍然胸膛外挺。他总是戴着帽子，唯有如此才不至于损及他好看的外表。因为秃头和他的红润脸孔不太相称。

跟他聊天总让她觉得不太自在。她固然喜欢他的高雅发音和绅士腔调，但他说的话有点轻浮，特别是当他喝过酒后。

与此同时，惠斯顿也正在追求她。她也喜欢他。惠斯顿为人正派，让人觉得可靠。她也喜欢他的嗓音，这嗓音诚恳，予人温暖，所

---

① 一种双排扣的厚布短外套，原是供海军水手穿着，让他们在恶劣气候时可以保暖。到了十九世纪中叶，这种上衣在平民之间蔚为时尚。

以，她觉得自己可以委身于他。

每年圣诞节，亚当斯都会在家里举办舞会，招待员工。第一晚招待的是内勤人员、监工和货仓女工，第二晚是招待工厂的工人。惠斯顿答应了陪埃尔茜·斯温出席舞会。当时他们还没有订婚，也尚未私订终身。但他问她是不是可以去接她，而她说可以。这是两年前的事。

那个晚上天气寒冷但干燥，天空上的月亮不断有缕缕云丝飘过。因为从她家到亚当斯的公馆只有大约一英里的路，所以埃尔茜决定步行前往。再者，对他们来说，出租马车也是负担不起的奢侈花费。她为自己那件朴素但剪裁合身的蓝丝绸晚礼服自豪，因为这衣服让她的好身材展露无遗。她身上披着一件大披肩，快乐地走过幽暗的街道；惠斯顿走在她旁边，口袋里放着她的舞鞋。经过公园的铁门时，她的心开始狂跳。城堡山岩耸立在他们旁边，又高又幽暗。她匆匆走过一棵棵光秃秃的树木，在黑暗中，路灯投射出黄色的光晕。墨黑色山岩伸向月影流动的天空，而方正的城堡，轮廓格外分明。

她到达得稍晚。在衣帽间里，她用颤抖的手指解下披肩，站在镜子前端详自己。两束松散的鬈发垂在脸颊两侧，长鬈发洒落后背。望着镜中人的蓝色双眸，她告诉自己，她一定办得到。

在大厅入口，她犹豫了一下，不敢进去。大厅里金碧辉煌，灯光闪耀，人影绰绰，许多人如鱼得水地玩乐着。然后，她听见了山姆·亚当斯银铃般的笑声。这笑声让她感到微微不舒服。他明显是喝了一些酒。

但她还是走了进去。同一时间，她看到山姆·亚当斯朝她走来。他身上的晚礼服很称头，但他的脸很红，泛着油光，秃头也闪闪发亮。尽管如此，他仍然长得高大和好看。有一会儿，他把她的手握在自己温暖的手掌里，而且没来由地放声大笑，表示欢迎她。她看到他头顶上冒着小汗珠，小树丛似的胡须后面露着两排大白牙，目光迟缓，蒙上一层欢闹的潮气。她纳闷他干吗直对着她笑。

“你终于来啦！”他说，朝她伸出一只手，“你就像王室成员一样姗姗来迟。”走向大厅时，她感到脚步虚浮，就像是身体浮在了半空中。不管你对山姆·亚当斯有什么批评，他都是个相当讨喜的人。

他对她比对谁都殷勤。这时她已几乎忘记惠斯顿的存在。一路下来，她感觉自己仿佛轻飘飘地悬浮在半空中。山姆·亚当斯的舞卡一直保持空白，为的是把自己第一支舞保留给她。

“但你跳舞跳得那么棒，我……”她说，心里感到害怕。

“不是这样的话，我又怎敢请你俯尊屈就呢！”他微笑着说。

她因为这话而脸红起来，但却没有取悦她。她答应跟他跳一支苏格兰漫步舞①和一支方块舞。

“但你可不能有所保留！”他说，显然语带真诚。这话让她高兴起来。

“就跳接下来第一支舞，好吗？”他看了看舞卡之后问她。

她红着脸答应了。于是他在五六支舞后填上自己的名字。

这时音乐响起，大厅里又闹哄哄了起来。他们一起共舞。

“地板还好跳吗？”他语带焦虑地问她。

“很棒。”她说。

“真的都没问题吗？”他反复问她。

她一直担心自己会跳得不好。但在他的协助下，她完全没有出

---

① 苏格兰漫步舞（Schottisch）：也称萧蒂什舞，源自波希米亚的一种民族舞蹈，在维多利亚时代的跳舞场非常流行。跳这舞的过程中有许多跑、单脚跳和踏步的动作。

错，舞步如行云流水。她感到满心欢喜。他的手牢牢搂着她腰际，仿佛在跟她说话似的，忽而将她抛出，忽而将她拉回怀中，随时提醒她需要注意的事情，提醒她该往哪个位置挪步。他是个真正的行家。

结束时，她激动得脸蛋泛红，直视着他，快快说了一句："好美妙。"

他的嘴角泛起古怪的笑容，对自己的完美表现很得意。接下来他都在陪伴她。

她没看见惠斯顿。既然他没跳舞，那八成是去了打牌。她并不牵挂他。一切都显得朦胧，而她的血液似乎产生了某种微妙变化。很多男人都找她聊天，而她也跟他们寒暄。在场的女人都嫉妒她。她是众所瞩目的焦点。主人单挑她一个。她知道，除了她，山姆・亚当斯几乎没理会大厅里其他人，而她也只在乎他一人。

又一支舞跳罢，当她独自坐着休息时，哈利・亚当斯一跛一拐地向她走来。他是山姆・亚当斯的侄子，因为滑雪时扭伤脚踝，无法跳舞。他跟惠斯顿是好朋友。

哈利・亚当斯身材瘦削，一头黄棕色头发，满脸雀斑，年纪约三十岁。事实上，工厂里的事大都由他处理。

"我是狩猎场上的跛狗。"他说，在她身边坐了下来。

"真是可惜！"她回答。

"那些女生不是常常说，好男人都是不跳舞的？"他笑着说。

"我可没说过这样的话。"她说。

"你是没机会说罢了！玩得开心吗？"

"唔，开心极了。"

"我想也是，叔叔是个跳舞高手。陪我到牌室走走好吗？即便没有荣幸跟你跳舞，我也希望有荣幸被你挽着臂弯散步。"

她不太知道该如何接话。对她来说，他太彬彬有礼了，让她感到不自在。被他邀请陪他散步比山姆·亚当斯献的殷勤还要让她受宠若惊——却无法让她满足。

她陪着这个跛脚男人走过大厅。牌室里人人都在抽烟。

“你可以把这里喊作‘太虚幻境’。”他对她说。

“你都打哪种牌？是惠斯特牌吗？”她问。

“我打几便士输赢的扑克。”

她左右环顾，四周烟雾弥漫。有些人在打多米诺骨牌。骨牌的啪哒声和人语声此起彼落。然后她看到惠斯顿和一名男子在打克里比奇牌[①]。

“你是白色还是红色？”她问他，说着往计分板望去。

“红色。”惠斯顿沮丧地回答。他没有穿晚礼服，头发蓬乱，看来心情欠佳。

“哎哟，你处于下风呢！”

“你最好代他切牌，帮他转转运。”哈利·亚当斯笑着说。

“我可以吗？”她尖声说，为自己的重任感到兴奋不已。惠斯顿向椅背靠去。她探身到他前面，把牌切好。他拿到的牌一共是十点。

“你看！”她尖声说。

惠斯顿轻声地笑了一下，心里感到安慰。

就在这时候，山姆·亚当斯走了进来，一脸红通通。他已经更换过圈领。

“大家在这里玩得开心吗？”他喜洋洋地问道。

---

① 克里比奇牌（Cribbage）：一种可溯源至十七世纪的纸牌游戏，通常由两个人对打，以两种颜色木栓在计分板上标示双方得分。

“开心得不得了。”有人这样回答。

“需要的东西都有吗？”他又问了一句，说完走到埃尔茜和侄子身旁。对惠斯顿来说，眼前老板庞大的身躯蕴含着某种压迫感。亚当斯这粗鲁的举止似乎有些唐突，他永远都是亲切和说话大声。

“啊，埃尔茜小姐，原来你跑来这里！”

“是来带些好运给惠斯顿的。”他侄儿语带讽刺地说。

“哈，真高兴听到这。斯温小姐确实会为人带来好运。你的牌局进行得怎样，惠斯顿？”

“还好。”惠斯顿回答，脸上涌起一片红潮。

“牌局还好？那就好。那么，埃尔茜小姐，tu me feras le bonheur（我有这份荣幸吗）？”说着臂弯朝向她。

“你要的是什么样的bonheur（荣幸），叔叔？”他侄儿明知故问。山姆·亚当斯放声大笑。

“别问蠢问题，孩子！”他说，一副乐不可支的样子。

埃尔茜不由自主地把手搭在他衣袖上。她隐约感觉自己做着不想做的事。然而，她确实喜欢挽着山姆·亚当斯的臂弯走到大厅。她只是讨厌他大声笑的样子。她有时也不喜欢他的声音。不过，当他沉默时，挽住这个笔挺男人的手臂在众人面前走过，还是让她感到非常骄傲，有鹤立鸡群之感。

期间，他带她到餐点桌拿了一些点心。餐点桌四周挤满人，仆人们忙得头晕眼花。看着山姆·亚当斯按照她的意思吩咐用人时，她感到非常得意。她甚至兴奋得吃不下。她拿了一杯香槟，但因为怕呛到，只敢小口啜饮。

她没注意到惠斯顿已经走进大厅。一如往常，他都是找些朴素、不爱交际和年龄莫测的小姐搭讪，这些人都非常爱他，他替她们效劳，因为他不忍她们受到冷落或轻视。但他却心不在焉：他只知道山姆·亚当斯正向埃尔茜大献殷勤，而埃尔茜的长鬈发掩映着酒杯，正小口地喝香槟，她注视着那个红脸男人说话，眼睛睁得大大的，就像是受到催眠。

惠斯顿从餐点桌为布菲特小姐奋力夺得一杯咖啡。他仍然可以听见山姆·亚当斯的说话声：受到酒精和面前漂亮女孩的影响，他越来越口沫横飞。他又说又笑，声音几乎就像马嘶声。惠斯顿犹如受这声音魅惑似的，朝他们走去，两只手各端着一杯咖啡。

这时，山姆·亚当斯正眉飞色舞地谈到自己在上一次巴黎革命期间那段激动人心的时光[①]。他从椅子上站起来，站在埃尔茜前面，抬头挺胸，假装自己受到某人的挑衅。然后他手一挥，比出挥剑的动作。

没想到他这一挥，却撞翻了惠斯顿端着的其中一杯咖啡。

“老天，烫死我了！”山姆·亚当斯喊道，姿势夸张地跳上跳下，一手拉开那被咖啡浇到的裤管。惠斯顿木然站着，上下打量他。埃尔茜忍不住咯咯笑了起来。整个大厅一时鸦雀无声。

山姆·亚当斯脸色紫胀，抬头望着惠斯顿，竭力压抑自己的怒火。

“你走路不看路？”他说，声音里带着怒意。

“是你把我手中咖啡撞翻的。”惠斯顿说。

一个仆人拿着一块抹布匆匆赶过来。

---

① 由于这故事的时代背景是一八七三年，那么，“巴黎上一次革命期间”指的应该是一八七一年三月爆发的那场革命，当时，巴黎公社（the Commune）因不满政府在普法战争战败后签订丧权辱国的和约，号召市民革命，占领了巴黎。

"烫死了，真要命。"山姆·亚当斯说，然后推开那个想帮他擦干裤子的仆人。"别擦！别擦！你愈擦我愈烫。请恕我失陪，埃尔茜小姐，我得去处理一下这事。"

他情绪激动地离去，瞬间消失得无踪无影，在场宾客的笑意凝固在脸上，但很快又开始高声交头接耳。山姆·亚当斯刚才叫得那么大声，拉起裤管的姿势又是那么滑稽，让大家难以忍俊。

埃尔茜匆匆吃完手上的食物。哈利·亚当斯走过来帮助她化解尴尬。

"你觉得亚当斯先生真的很痛吗？"她问哈利，但语气中明显带着一点幸灾乐祸意味。

"但愿不会，"他回答，"他打翻的是caf au lait（牛奶咖啡）还是黑咖啡？"

"加了牛奶的。"

"就我所知，加了牛奶的咖啡温度会远低于沸点。所以，我想我们不用为他挂心。"

"那就好，"埃尔茜说，"如果是黑咖啡就糟了。"

"如果是那样就很可怕。"哈利·亚当斯说，"惠斯顿有没有被这吓了一跳？"

"我不知道。"她说。

"我们去看看他。"

说完便一跛一拐，带着埃尔茜，来到惠斯顿跟前。他旁边坐着布菲特小姐。

"刚才的意外真是要命！"布菲特小姐高声说，"但如果说这件事该怪谁的话，那应该是亚当斯先生自己的错。不过那真的纯粹是意外。我也很惶恐，因为毕竟是我那杯咖啡造成的。"

“没关系，”哈利·亚当斯说，“我叫女佣再端一杯给你。惠斯顿，看来你心情低落。”

“我是个笨蛋。”惠斯顿说。

“谁不会犯错？”哈利·亚当斯说，然后吩咐一个女佣去拿咖啡。

“你不是在怪自己吧？”埃尔茜问，因为看到他郁郁不乐的样子而心生怜惜。他突然望向她，两人眼神交会。他的眼神仿佛能穿透她那个跟山姆·亚当斯打情骂俏的潜层自我，直达她最里面的真我。这目光让她感到刺痛，于是她转头，因羞愧而脸红。然而她似乎无法抵挡那双真诚蓝色眼眸的影响力，它们似乎在向她索求什么。

“为了打翻一杯咖啡而自责？”他高声说，“才不会！”

“为打翻的牛奶而哭是无济于事的[①]。”布菲特小姐说。

“那要视乎你溅到的是谁。”那个侄子说。

“被溅到的是亚当斯先生的腿！”埃尔茜说，“但我却无法不笑。”

“可不是，”那侄子说，“那一跳活像只活泼淘气的小鹿[②]。”

“老天，烫死我了！”埃尔茜模仿山姆·亚当斯的口吻笑着说。不过，这时山姆·亚当斯已回到大厅。听到被她取笑，他不禁火冒三丈。他不能忍受别人奚落他，所以他刻意避开她。

当舞曲再度响起时，惠斯顿的情绪渐渐缓和下来。山姆·亚当斯试图恢复泰然自若的样子，却无法释怀自己刚才出丑的模样，对一切感到很不自在。他尽可能回避埃尔茜。她郁闷地坐在那里，只希望舞

---

① 这是起源自十七世纪的谚语，意指“覆水难收”“为无法挽回的事情悲痛是不智的”。

② “活泼淘气的小鹿”一语典出华兹华斯（William Wordsworth）的《她在阳光和雨露中生长了三年》（Three Years She Grew in Sun and Shower）一诗：“她将如小鹿般活泼淘气／有时兴冲冲跃过草地／有时又奔上山坡”。

会快点结束。一度，惠斯顿曾经走过来——宣示主权的象征——跟她聊了聊天。

最后，轮到她和山姆·亚当斯一起跳这支方块舞了。他向她走过去，动作非常僵硬，先前那种欢愉的态度已经消失。因为神经紧张，他不时用指尖搓搓胡须。他也不再流汗。他与她交谈时，目光越过她的肩膀后方，没有正眼看她。她备感羞辱，却又无法拒绝与他共舞。她困惑而羞愧地挽住他手臂，往舞池走去，感觉得到惠斯顿的眼睛盯着她看。她整个晚上都在卖弄风骚，现在不禁后悔起来，也因此恨极了山姆·亚当斯。

在最后一分钟，当所有人都就绪，准备起舞之际，她忽然想要拿出手绢擦擦嘴巴。她慌慌张张地从口袋掏出手绢，匆匆抖开，感觉到亚当斯正在等她。然后，她惊恐万分地发现，她手上抖着的不是手绢而是一只白色长筒袜！她尴尬万分，一面把长袜塞回口袋，一面偷瞧四周，看看别人是否看到这糗事。

这时，山姆·亚当斯在她身旁爆出响亮笑声。因为心情紧张，她手忙脚乱，无法把袜子完全塞回口袋里。袜头还露在外面。最后，她干脆把袜子扔到地上。一下子，整个大厅在她眼中变成了红色，变得模模糊糊。人人都在窃笑。

山姆·亚当斯更是放声大笑，又把长袜从地上捡起，保持在如手臂一样的长度。整个大厅响起哄堂大笑。埃尔茜牙齿咬着下唇，窘得脸色紫胀。

几乎同一时间，惠斯顿从椅子跃起，冲上前，把长袜从山姆·亚当斯手中夺过。后者吃了一惊，向后退出两步。但惠斯顿没再理会他。

“走！”他对埃尔茜说，头朝着大厅入口方向点了点头。

她无地自容，根本不知道自己是如何走出大厅。

“哪些是你的东西？”他在衣帽间里粗声粗气问她，而没多久，两人便快步走到了公园。她紧紧搂住他手臂，心想刚才要不是有他保护，她将不知如何是好。

没多久后他们便结婚，而惠斯顿也换了一份工作。两人曾有过一个孩子，但已夭折。

3

以上这些都是两年前的旧事了。如今，埃尔茜已经习惯跟丈夫生活在一起，把他当成呼吸的空气一样天经地义。她在婚姻里找到真正的自由，不用再害怕什么。而这种无忧无虑的生活让她想要冒险。她有大把的精力，却无任何重要的事情可做。惠斯顿每天都要工作十小时，回家后又不喜欢说话。所以，当山姆·亚当斯重拾向她献殷勤的老把戏时，她深感刺激。她在街上碰到过他一两次，跟他聊过几句。她感觉自己比以前更了解男人，但她早已结婚。山姆·亚当斯确实是个讨喜的人，对她又极为恭敬。她虽然没有把这些恭维话照单全收，仍然芳心窃喜。

现在，他又送礼一副耳环给她。他们让她感到快活，所以她决定收下——为什么不可以呢！

那天下午，纯粹出于淘气心理，也是因为无事可做，她戴上耳环，在山姆·亚当斯通常会离开货仓的时间跑到市中心。闲晃一阵子之后，她看见他们叔侄二人从货仓走出来。看见她，两人脱帽致意。山姆·亚当斯朝她走来。

“最近可好？”他问，“今年收到几份情人节礼物啊？”

“一两份。”她回答。

“我猜，都是喜欢的东西吧？”

“有喜欢，也有讨厌的。”

“这样啊。我想，你扔掉讨厌的，留着喜欢的。”

“就是这样。”

“你留着礼物是因为送礼的人吗？”

“我不知道是谁送的。”

“一点概念都没有？”

“一丁点都没有。”

他向她使了个眼色，为自己擅于看穿女人的口是心非而得意。

“不管怎样，你应该喜欢那礼物吧？”

“非常喜欢。”她说，又出于调皮心态，轻轻摇头甩动耳环。

“那就好——戴着耳环以表示谢意，对不对？”

“也许。”

他站得离她很近，脸色红润而口齿流利，显得居高临下。突然间，她对他产生了强烈反感。她也害怕起来，感到自己仿佛已落入他的股掌之中。她匆匆离开，但仍然感到他的控制力如影随形。回到家后，她心情越发沉重，非常沮丧。她觉得似乎她的生命一无是处。一切都不对劲。她摘下耳环，穿上围裙，开始准备晚餐。然而，她却无心工作。

惠斯顿回到家的时候脸色苍白，样子相当疲倦。他似乎也情绪沮丧。两个人都没心情哄对方开心。她吃饭时仍然穿着围裙，默默地吃着饭。

“你看来不是很开心。”她说。

“对。”他回答，但没有再多说什么。每当丈夫用三言两语打发她的时候，总是让她生气。出于恼怒，她开始断断续续地哼歌。然后她站起来，动手收拾桌子，而他甚至还没有吃完饭。他瞧了她一眼，但继续沉默。她开始洗碗。通常她都是把碗留到隔天清晨清洗，这样就能和丈夫一起享受晚上的时光。吃完饭后，他走到厨房的壁炉边，坐下来抽烟，默默瞪视着前方。她气炸了，因为他这种态度让她觉得自己犯了什么过错。最后，她也走到壁炉边坐下。

她知道他压抑着怒火。他手背上的青筋突现。他的衬衫袖口相当肮脏。

“你怎样处置那只白色长筒袜？”

“收到抽屉里。”

他默默而缓慢地吐着烟雾，显得很有男人味，样子若有所思。

“你留着它干什么？”

“拿来穿。连同去年收到的一只，刚好凑成一双。我现在就要去试试合不合穿。”

说罢，她便上楼了。愤怒的火苗穿过她丈夫全身，如同一团郁闷、滞重的火焰行将从他体内爆发为烈火。他坐着，设法压抑这火焰，默默抽烟，一动不动。

几分钟后，她回到厨房。

“好漂亮！”她说，故意要刺激他。

然后，她走到他面前，拉起裙边。她穿着一双灰色鞋子。他迅速瞄了一眼，接着断然地别过脸去。

“你说是不是很适合我？”她问。

但他不打算回答。于是，她绕着厨房跳起舞来，高高地踢起穿着白色长筒袜的脚踝。

“坐下，别像个傻瓜。”他厉声说，语带鄙夷。

“你就只会说这种话吗？”她回嘴。他的语气已经刺伤她，也将她的活力全部带走。她在他对面坐下，拉起裙边，露出白色的长筒袜。袜子多么漂亮啊！而他也很喜欢。但是，此刻他在生她的气，看到她的脚踝让他感到难受。

“你是存心告诉我，你打算穿着山姆·亚当斯送你的这双袜子？”

“为什么不可以？”她回答。

这个反问让他怒火中烧，几乎不能呼吸。过了好一会儿，他才说得出话来。

“它们是他自己的袜子吗？”他问。

“它们是我收到的情人节礼物。我不知道是谁送的。”

“真的？你最近见过他吗？”

“今天见过。”

接着，她听到他吃力地说出一句话，就像是从滞闷的胸膛里把字句逼出来似的：

“你跟他说话了吗？”

“是他先跟我说话的。”

现在她逐渐害怕起来，内心开始颤抖着。

“他说了什么？”

“他问我，有没有人送我情人节礼物。”

他的脸一下子阴云密布。他狠狠地盯着她，瞳孔放得大大，充满恨意。她心里害怕，却装作无所谓的样子。

“他还说了些什么？”

她觉得他的声音像是在审判她，却反而兴奋起来。她此时的心情已经完全错置。

“没有。他只问我，是不是因为送礼人而故意穿上袜子。”

他的脸慢慢变得狰狞。这时她真的害怕了，觉得自己并不认识眼前这个狞笑的人。

“哦——他真是这样说！”他的声音似乎并非发自他本身，毫无起伏、充满讽刺。

接着鸦雀无声。她宁可他动一动或说说话。只有他可以让两人脱离目前的僵局。但他却僵坐不动。她越来越疲惫。她应该撒个谎或挖苦他一下吗？她也已陷入困局。但一转念，她又觉得满不在乎：这一切都是他的错，难道他不是应该把她捧在手心吗？

“那你现在为什么要穿上它呢？只是为了惹我生气吗？”

这问题问得直接且伤感。她无法回答，在椅子上坐立难安。

“我知道你根本不在乎山姆·亚当斯……”他说，语气带着自信。他说的是事实，但她却不想承认。她讨厌他用道理而不是用爱来逼她就范。

“你明明讨厌他。难道你被他的钱打动了？还是被他入时的穿着迷昏了头？还是……”

这番话让她非常愤怒，也许这也是她鄙视自己的原因。

“我不觉得他很坏。”她反驳。

他静静看着她一下子。

“你看不出来？拜托！那秃头公猪从不放过任何女工，差只差在他是否逮到机会——”

“你又怎么知道！他没你说那么坏。”

“他不是坏，是坏透了。”

“你怎么知道？”她问

这话让他生气。火焰再次从他胸中窜起，差点让他完全失去自制力。他觉得自己快疯了。

“你是说你打算继续跟他往来？”他问。

这话让她生气。为什么他要用这些问题拷问她呢？他应该知道她不想跟山姆·亚当斯有任何瓜葛，而他应该好好对待她。她不愿意回答。

“你不回答是默认吗？”他继续追问，声音带有奇特的警觉。他眼睛狠狠地盯着她，就像两道强光，让她不敢直视。

“你所谓的‘继续往来’是什么意思？”她问，不甘示弱地仰着头。他满怀恨意，态度变得冷冰冰，嘴唇扭曲成一个奇怪的形状。

她感觉自己身体僵硬，心如槁木。

一会儿后，他因为怕自己失去理智，出手打她，便缓缓起身，走出屋外，踏上几级楼梯，来到小花园里，融入夜色中。远方低洼处，市镇上灯火通明。但他的心却因为愤怒和恨意，一片漆黑，再也没有东西可以感动他。他靠在花园的篱笆上，感受着漆黑的笼罩，充满杀意的狂怒。

她觉得生气和受到侮辱。他为什么选择这种方式处理问题呢？

如果他有多爱她一点点，她就会把事实告诉他，然后两人便可快快乐乐地将此事抛诸脑后。但他不让她有选择的余地，直接用羞辱和鄙夷来对待她。她怒不可遏，她恨他。然而，在心底深处，她又对自己的淘气行径感到恐惧。万一……

最后，她站起来，到屋外找他。他看见她从屋里走出来，站在花园下方的小院子里，环顾四周。因为四周一片黑暗，她没看到站在上面的他。接着，她绕到大门。他看到她白色长筒袜反射出微光。然后她消失了。一会儿后，她再度回到院子，到处张望。

“泰德！”她非常轻柔地喊道，“泰德！”

他无法回应，因为他的心变得无比倔强。她失魂落魄地走回屋内。这时，他开始后悔。然而，他仍然觉得自己身体麻木，动弹不得。他回想起她失魂落魄的样子，回想起她频频移动的白色脚踝。

最后，他慢慢往下走，回到屋里去。当他一进门那瞬间，她抬起头，感到害怕和畏缩。他的脸色煞白，一双眼睛黑沉沉。这震慑了她。她害怕他的情绪。这种害怕甚至摧毁她的怜悯之心，让她变得漠然。

但他却用恳求的姿态走向她。他受不了她因为他而瑟缩的模样。她也鼓起勇气，向他走去。他紧紧把她抱在怀里，那动作快得让她无法动弹，并感到害怕。他没说话，只是僵直地站立着，身体微微颤抖。她不太明白他的态度，感到恐惧和犹豫。她不敢信任这种剧烈起伏的情绪。

不过，她还是再次鼓起勇气，双手搂住丈夫脖子，把他的头拉近，吻他嘴唇。

“吾爱，吾爱！”她嗫嚅着说。

这只让他抖得更甚，搂她搂得更紧，但还是一语不发。她突然得到一个体悟：“他多么依恋我啊，仿佛他无比需要我！”但一种新的恐惧又降临，恐惧自己向丈夫吐露真心。

“吾爱！”她低语，内心带点狂喜，“吾爱！”

她搂住他，身体震颤着。

“我爱你。”她向他低语说。

被他紧紧搂住的时候，她感觉到丈夫的身体在激烈震动。他依旧没有说话。她非常震撼，非常困惑，相当害怕这种强烈的情绪。为什么他不说些什么，好让她可以明白他的心情，好让她以后可以执为凭据？她又该如何看待他这种让她恐惧的情绪呢？现在，他什么也没做，只管把头埋进她身体里，把她抱得紧紧的，这样她就永远不能逃离。

但她爱他。说到底，在她的骨髓深处，她是爱着他的。在此之前，她的爱从未扎根得如此之深。她很高兴。这爱让她觉得自己变得巨大。

第二天，她把白色长筒袜和耳环寄还原主，但自始至终没向丈夫提及耳环一事。

菊花香

（一九一〇年　版本二）

拖着七节载满煤的台车，一辆小型的四号蒸汽火车头当啷当啷从塞尔斯顿[①]摇摇晃晃地开过来。行经拐弯处时发出很大声响，速度很快似的——不过，荆豆花丛里被它吓着的小马只慢跑了一下便把它远远甩在后面。在阴冷的下午，荆豆花丛摇曳着朦胧的亮彩。这时，一个女人正沿着铁轨往安德伍德的方向走，见火车开过来，便退到树篱边，篮子挽在身边，看着火车头的踏板从眼前经过。车厢一节接一节隆隆开过，闪烁着，她被夹在黑色火车和树篱之间，无所事事。火车弯弯曲曲地朝前方的灌木丛开过去，在那儿，栎树的枯树叶悄无声息地落下。暮色已经爬上林梢，在铁路边啄食红蔷薇果的鸟儿听见火车开来纷纷散去，消失在苍茫的暮霭中。进入开阔地带后，火车头喷出的黑烟向下沉落，煤屑黏附在乱草丛中。田野空旷寂寥，像是被人遗弃似的。通向芦苇坑塘[②]那片沼泽地上，本来有许多家禽在桤木林中奔跑觅食，不过，这时它们都已回家，栖息在涂了柏油的家禽棚里。矿井口隐隐出现在坑塘的另一边，积尘的井沿被午后凝滞的阳光闷烧得犹如血红的伤口。再过去便是布林斯利煤矿场[③]那些圆锥形的烟囱

① 指塞尔斯顿煤矿场（Selston Colliery）。该矿场由沃加公司拥有，位于下文提到的安德伍德（Unterwood）。安德伍德是伊斯伍德以北两英里的一个村子。

② 提供蒸汽火车头或消防用水的池塘。

③ 布林斯利煤矿场（Brinsley Colliery）：劳伦斯父亲和两个叔叔都是在布林斯利煤矿场工作。其中一个叔叔詹姆斯在一八八〇年死于一次煤层坍塌，享年二十九岁。詹姆斯的妻儿住在铁路边一栋村屋（称为“藤蔓屋”），《菊花香》中的村屋便是以其为蓝本。

和粗拙的黑色井架。井架上两个转轮在长空的掩映下快速转动着；卷扬机吱吱嘎嘎哼着，痉挛似的把一批批矿工从井下运上来。

火车鸣着汽笛，驶进了布林斯利煤矿场旁边那片广阔的铁路停车场，那里停着一排又一排的台车。台车之间有矿工穿行，那些要回安德伍德的人都让到一边，让火车通过，又仰着乌黑的脸，跟火车司机说了些话。然后他们继续前进，一面走一面高声交谈着，疲惫的灰黑色身影跟阴冷的十一月下午融为一体。茶瓶[①]在他们口袋里滚动，大靴子踩踏在枕木上所发出的声音在远处回响。

火车在驶近一栋位于铁路停车场旁边的小村屋时放慢了速度。从月台走下四级楼梯，走过一些老旧的枕木会来到一条煤渣路，直通到村屋的院子门。村屋小且肮脏，一条粗大嶙峋的藤蔓自下而上把它卷住，像要把瓦片屋顶掀掉。砖墙围绕的院子积着一圈煤灰，四周长着些清冷的樱草。院子尽头是一个长条形花园，向下延伸，直到灌木丛生的小溪边。花园里生长着许多细枝繁茂的苹果树，被冻得树枝裂开的树木，黑黝黝显得乏人照料；还有一些长相参差不齐的卷心菜。步道旁边零星而凌乱地点缀着粉红色的菊花。花园的半路上有个用毛毡遮盖的家禽棚。一名妇人弯着腰，从家禽棚走了出来。她关上门，上好锁，然后起身，掸掉白围裙上一些小羽毛。

这妇人身材高，面貌姣好，两道黑眉毛非常显眼，光滑的黑发整齐地分在两旁。她静静地站着，打量那些沿着铁路走回家的矿工。然后，她转身朝小溪走去。她的表情平静而果决，但抿紧的双唇泄露出她的失望心情。走了一会儿之后，她喊道："约翰！"没有人回答。

---

① 矿工都会携带锡制茶瓶上工，以便工作时喝茶解渴。在《儿子与情人》里，劳伦斯这样描写保罗·莫雷尔（Paul Morel）早上上班前的准备工夫："他在锡茶瓶里灌满茶。他偏好在矿井工作时喝不加奶和糖的冷茶。"

她等了一下，然后又用清晰分明的声音喊道：“你在哪里？”

“这儿！”一个小孩闷闷不乐地从灌木丛中回答。妇人眯着眼，打量笼罩暮色中的灌木丛。

“你在小溪那边吗？”她厉声地问。

小孩没有回答，却从攀缘在榿木丛的悬勾藤蔓中间现身。他是个五岁的小男孩，矮小但身体结实。他静静倔强地站着，没有再向前走。

“唔，”母亲说，口气缓和了不少，“我还以为你跑到下面那条小溪了，你记得我是怎么跟你说的。”

男孩没动也没吭声。

“走吧，我们回家去，”她说，声音变得更缓和，“天要黑了，天气也更冷了。听！你外公的火车快来了！”

小家伙满心不情愿，磨磨蹭蹭地往前走着。他穿的裤子和背心都太厚太硬，明显是从大人的衣服改短而成。他没穿外套。母亲看着他的法兰绒衬衫袖子，等待他走到自己的前面。

“这种时候不穿外套到处跑很容易会着凉。”

在走向屋子的路上，小男孩边走边扯下一些菊花的破败花瓣，沿路大把大把地扔撒。

“别这样——这种举止很粗鲁。”他母亲说。他不再扯了，然而她却突然怜惜地折断一枝花梗，将它朝脸贴近。花梗上长着三四朵花色黯淡的小菊花。母子二人走入院子后，她的手犹豫了一下，最后还是没有扔掉花梗，而是把它插在腰际的围裙边上。母子二人站在木头前台阶下面，视线越过那片铁路停车场，望向那些陆续回家的矿工。这时，蒸汽小火车头向他们快速逼近，最后在村屋的前方停住。

火车司机从驾驶室探出头来。他是小老头，蓄着一圈花白络腮胡。

“我正好赶上喝茶的时间。”他说，一副开心的样子。

“我还没沏好茶，要再等一分钟。水正在煮。”她回答。

“没关系，没关系，那就别费事了，真的不用——”但他的呼喊纯属徒然，因为那妇人已走进了屋内。不一会儿工夫，她重新走了出来。

“我礼拜天没来看你。”花白胡子的小老头说，“我答应过要来，可是……”

“我本来就没指望你会来。”他女儿冷冷地说。

火车司机瑟缩一下，但努力恢复原来快乐的神态。

“那么你是听说了？我想一定是有人跑来向你通风报信。你有何看法？”

“未免太快了一些。”她回答。

听到她这简短直接的指责，小老头不耐烦地挥了挥手，开始连哄带劝地为自己辩解：

“唉，一个男人孤孤单单的像什么样？以我这把年纪，并不适合与陌生人住在一起。我习惯有家，有太太。如果我打算再娶，迟些娶倒不如早些娶——早几个月晚几个月有什么差别？”

他女儿没回答，转身走回屋里。小老头站在驾驶室内，显得不自在地东瞧瞧西望望，直到看到女儿手里端着一杯茶和一碟牛油面包走过来。她走上几级阶梯，站在踏板旁边。

“其实用不着给我牛油面包，”她父亲说，“一杯茶就会让我心满意足。”他用鉴赏的神情啜了一口。“好喝。”他说，然后又啜了几口，“我听说瓦尔特死性不改。”

“我没指望他会改。”妇人愤愤地说。

“我听说，他去‘纳尔逊爵士’[①]之前夸下海口，说这一回不花半英镑酒钱就不走出酒馆大门。”

“什么时候？”妇人问。

“星期六晚上。我知道这事不假。”

“很有可能，”她充满怨恨地笑着说，“那天他赚了不少，还给了我二十三先令。我倒宁愿生活苦些，让他没有太多钱可以花天酒地。”

“真是可耻，这种人合该抽他一顿马鞭！”小老头说。他女儿感到不耐烦和疲惫，别过脸去。喝完最后一口茶之后，她父亲把杯子递还给她。

“唉！”他擦擦嘴巴之后叹了口气，“我真后悔当初同意让你跟他。”

他一拉控制杆，小火车头便紧绷和呻吟起来，向着平交道方向隆隆开去。妇人再次望向铁路停车场那边。暮色越来越深，她看不大清楚这片空地上的铁轨和台车，只有一群群矿工的灰色身影依稀可见，他们晃动着身体，跨过一道道铁轨回家去。卷扬机继续快速运转着，每隔一阵子便停歇一下。送这批疲惫的人流一会，妇人走进屋子。

“饭好了吗？”小男孩问，双手搁在桌子上。桌子已经铺好桌巾，茶杯和碟子也摆放好了。

“别把手臂搁在桌子上！煮好了，等你爸爸或安妮回来便可以开始吃。挖软煤层的矿工[②]正陆续下班……”

---

① 伊斯伍德的诺丁汉路有一家叫“纳尔逊爵士”的酒馆。

② 很多煤矿都同时包含“软煤层”和“硬煤层”，它们位于不同的层次，由不同组别的矿工负责开采。“软煤层”比较易采，但在故事发生的年代，安德伍德很多矿井的“软煤层”都已几乎被采光。

"我可以先呷点什么吗？"

"'呷点什么'？你从哪儿学来的！等开饭之后你就可以'吃点什么'。"

小男孩拖着脚步走向楼梯底，从厨房可以看到白色的木头楼梯的最后两级[1]。

"别拖着脚走路！"他母亲说，盯着他看，"地板已经修理不完了。"

厨房很小，洋溢着熊熊火光；炙热的煤堆高到了烟囱口，漂亮而生气勃勃地发着红光。白色的炉膛看来很热，把钢制的炉口围栏照映得火红。地板没铺地毯，磨损得厉害，有些地方微微凹陷，但在柔和的深红色火光中显得一尘不染。餐桌光亮洁白而舒适；长沙发位于靠窗位置，铺着猩红色的印花棉布，让人觉得温暖而想坐坐。小男孩坐在屋角最下面一级梯级，用一把钝刀子削着一块白色木头，神情坚决，削得很使劲。他妈妈在烤箱边忙碌着，不时瞧瞧挂钟。试了试马铃薯的味道之后，她从炉火上拿起炖锅，放回锅架上。她让烤箱门微微打开，厨房里顿时弥漫炖肉的香气。她再次瞧了一眼时钟，开始切面包和牛油。现在是四点半。切了四五片厚片面包之后，妇人伫立着，除了等待已无事可做。小男孩仍然弯着腰在削木头。

"你在做什么？"她问。

他没回答。

"你在雕刻什么？"她再问一遍。

"矿车。"他说，指的是矿坑井里面使用的台车。

"可别弄得满地屑屑。"

---

① 译者注：这两级阶梯后面是一扇楼梯门，门与墙壁齐平。

“我会削在楼梯底的‘达垫’上。”

“很好，”他妈妈说，又把他的话重复一遍，要纠正他的粗俗发音，“那就记得把屑屑集中在楼梯底的踏垫上，做完后记得抖掉。”

她转身走开。儿子的个性跟她很像，但有些部分又让她不愉快，引起她的反感。他像他父亲一样粗野，却不会像父亲一样吵闹。她再次瞧了挂钟一眼，然后拿起泡着马铃薯的炖锅到院子把水沥掉。花园和小溪再过去的田野全笼罩在无边的黑暗中。把冒着热气的锅水倒掉之后，她端着炖锅站起身，看见公路上的黄色路灯已全亮了起来——这条公路位于铁路停车场和田野再过去些，向着山丘上蜿蜒延伸。然后，她再次望向那些成群结队回家去的矿工——人数越来越少了。

在屋子里，炉火已渐转弱，黑夜逐渐向透着暗红火光的厨房进逼。妇人把炖锅放回炉旁的锅架上，又把一个调好的布丁放在炉口旁边。然后，她一动不动地站着。怒意和悬念如同四周的黑暗，在她心里愈积愈浓稠。就在这时，门外传来令人愉快的轻快脚步声。门把咔嚓响了一声，接着一个小女孩走进来。

“哇！”她激动地说，大力用鼻子吸气，“是炖肉！我可以吃吗，妈妈？”

她脱掉外衣，摘下帽子——这动作也把一大簇由金转棕的鬈发扯了下来，罩住她眼睛。

“把门关上。”她妈妈说，“你干吗这么迟才回家！”

“有吗？现在几点？我们在尼德格林[①]那边玩了国王游戏，好好玩。妈妈，饭煮好了没？我在平交道等火车通过时就想要吃饭。然后

---

① 尼德格林（Nethergreen）：位于伊斯伍德北郊，铁路在该处与曼斯菲路（Mansfield Road）交错。

我跑了起来，一想到吃饭便高兴得不得了。”

她把灰色围巾和外衣挂在门上。母亲责备她放学后不应该这么晚才回家，又说以后冬天入黑后都不会准她出门。

“哎呀，妈妈，现在还不算黑呢！路灯还没点亮，爸爸也还没有回来。”

“对，他是还没回来，但你知不知道再一刻钟就要五点了！你在路上有没有看到他？”

孩子变得认真起来，苦苦思索，眨着一双蓝色大眼睛望着母亲。

“没有，妈妈，我没看见他。哎呀，他会不会又是到老布林斯利喝酒了？但应该不是，刚才我经过那里时没看见他。”

“他贼得很，傻孩子，”她母亲愤愤地说，“他会防着你，一看到你便躲起来。没错，我肯定他是去了‘威尔斯亲王’[①]喝酒，否则不会这么晚还不回家。”

女孩可怜地看着母亲。小男孩仍然低着头削木头。这时，本来蜷缩在母亲心里的怒气和怨气，全都爆发出来。她没说多少话，但低气压仍然像八爪鱼的触须一样，把两个孩子的心房卷得紧紧的。

“妈妈，咱们先吃饭吧，好不好？”女孩郁郁不乐地说，女性本能让她回避害怕的事情。母亲叫约翰过去吃饭。他把踏垫拿到炉口前面，抖掉木屑。

“不是这样，”他母亲说，“那是懒人的方法！”她伸手把儿子往后拉。“拿到屋外抖。”

他走得很慢。她为他打开门，然后又探身朝已是黑暗一片的铁路

① 位于老布林斯利（Old Brinsley）的一家酒馆，离故事中的村屋四分之一英里远。今已不存。

停车场望去。她看不见半个人影，连卷扬机也不再轰鸣了。

“也许，”她自言自语地说，“他被留在矿井里做些杂活。”

他们坐下来吃饭。约翰坐在桌子靠着门口那头，几乎隐没在幽暗里。大家都看不见彼此的脸。吃完一片面包以后，女孩问母亲：“我可不可以吃‘脆皮面包’[①]？”

“我也要！”约翰说。

母亲考虑了半晌。

“可以。”她最后说，“但这种吃法很浪费牛油，几乎要用上比平常多一倍的牛油。”

女孩蹲在炉口围栏前，就着火慢慢翻动一块厚厚的面包。幽暗笼罩着小男孩，让他的脸像是灰蒙蒙的斑点。他瞧着姐姐：在灼热红色火光的照映下，她的脸像是发生了什么变化。

“我觉得炉火很美。”小女孩说。

“是吗？为什么？”她母亲问。

“这么红，煤块上还有许多灼热的小洞屑，让人觉得很舒服，而且闻起来很香。”

“那就表示需要添煤了。”母亲回答，“如果你老爸这个时候回来，准会抱怨他在矿井工作了一整天，全身湿答答，回到家来却连个像样的炉火都没有。对他而言，酒馆总是比家里暖和。”

接下来谁都没有说话，过了一会儿之后，才听到小男孩抱怨说：“烤快点嘛，安妮。”

“我不就在烤嘛！难不成我可以叫火烤快些？”

“她是故意磨磨蹭蹭才会这么慢。”男孩嘀咕说。

---

① 其做法为在面包片的一面抹上牛油，再叉着面包片在火上烤另外一面。

“别胡猜瞎想，孩子。”母亲说，“我看已经可以了，安妮，再烤下去只会把牛油都给滴掉。你看你！”

未几，昏暗的厨房里只剩下忙碌的清脆咬嚼声。母亲吃得很少，只管喝茶和想心事。她站起来，要从烤箱里拿出那个约克郡布丁时，从她僵硬挺直的头可以明显看出她的怒火正在上升。她看着炉口围栏上的布丁，突然失去自制，破口大骂：

“一个男人连回家吃晚饭都做不到，真是丢脸！既然他不在乎这个家，我看不出我为什么要在意炉火只剩下灰烬。我在这儿做好饭等着他，他却偷溜过家门口买醉。”

她走出屋外，带回一畚箕的煤。当她把煤一块一块地丢到炉火去时，阴影慢慢覆盖上四面墙壁，最后整间厨房几乎一片漆黑。

“我看不见。”隐没在黑暗中的约翰抱怨。他母亲忍俊不禁，笑了起来。

“你总知道怎么把食物送进嘴巴吧！”她说，说完把畚箕拿回屋外，回来后走入食品收藏室洗手。再次回到厨房时，她站在炉边，像个朦胧的影子。小家伙再一次嘟囔地抱怨说：

“我看不见。”

“老天哪！”他母亲生气地骂道，“你们父子俩都一个德行，只要稍微黑一点便鬼叫个没完！”

说归说，她还是从壁炉架上的一束纸条中捻出一张，用它作为引火物，去点亮挂在天花板中央的油灯。踮着脚伸手够着油灯时，她因怀孕而浑圆的腰身显得格外分明。

“妈妈！”女孩突然喊道。

“怎么了？”母亲正要把玻璃罩罩上，听到女孩一喊就停了下来。她转过头看女儿，手里还举着灯罩，铜制的反光镜把她映照得很美丽。

“你围裙上有花朵呢！”她女儿说，对这件特别的事情感到惊喜。

“我的天啊！”妇人叫道，松了一口气之余又感到一点点恼怒，“我还以为房子着火了！”她把灯罩罩好，过了一会儿才把灯芯捻高，地板上随之出现了一个微微晃动的模糊身影。

“让我闻闻看！”女孩说，仍然兴高采烈。她走上前，把脸凑到母亲腰间。

“走开，傻瓜！”母亲说，同时捻亮灯。灯光似乎把厨房里蓄积的压抑气氛照得一览无遗，让妇人几乎难以忍受。这时安妮仍弯着腰，凑在她腰间。母亲生气地把花梗从围裙边抽了出来。

“噢，妈妈，别把它们拿出来！”安妮喊道，抓住母亲的手，要把花梗放回原处。

“胡闹！”她母亲说，闪身走开。女孩把花梗贴在唇边，喃喃地说：

“不是很香吗？”

母亲冷笑了一声。

“才怪！”她说，“我痛恨菊花。我嫁你爸爸时正是菊花季节，生你们的时候也是菊花季节。甚至他第一次喝得烂醉，被人抬回家里的时候，外套扣孔里也是插着一朵枯掉的菊花。每次闻到菊花的气味，我都会想起那天帮他脱外套，费了多大的劲……”

她看着孩子们。他们睁大眼睛，张着小嘴，一副可怜兮兮的样子。母亲坐在椅子里无言地摇晃了一会儿，然后又看了看钟。

“差二十分钟就六点了！”她以略带苦涩的语气，故作不在乎地说，“哼，他不会回来的了，会回来也是被抬回来。他可别想上床——因为我不会让他洗澡的，就让他一身煤灰地睡厨房地板好了！唉，我真是个傻瓜，一直以来都是个大傻瓜！我为他守着这个满是老鼠的肮脏狗窝，而他却偷偷溜过家门，跑去喝酒。上礼拜有过两次……这回又犯了……”

她让自己闭嘴，站起身收拾桌子。每当有事要忙，她都可以按捺着情绪，但一等闲下来，怒火便会像好斗的小恶魔，在她心里冲撞，无法控制。

安妮快步地跟在母亲后面收拾碗碟，又帮忙擦拭干净，一路下来不停说话，近乎聒噪。胡乱说些话总胜于被笼罩在凝重的沉默气氛中。当所有家事都做完以后，安妮绝望地伫立了好一会儿。面对正在逼近的风暴，她感到自己像是在进行一场强弱悬殊的角力赛。因为害怕，她强迫自己去玩耍。

“约翰，我们来玩吉卜赛人游戏好不好？”

他们把铺在长沙发上的红色旧桌布挂在父亲坐的大扶手椅上，用背后的角落充当他们的吉卜赛篷车。他们玩得出奇的专心、非常有创意，以此对抗一种不知名的恐惧。约翰扮演焊锅匠，而安妮假装卖衣服夹子。他们敲五斗柜，想象有个主妇出来应门；敲食品收藏室的门，想象里头走出一只狗，向他们摇尾巴：约翰摸了摸小狗下巴。然后，他们又去敲楼梯门，卖出两个晒衣夹，把它们放在踏垫底下。继而，约翰回到食品收藏室，接了一宗生意：焊补一个锡罐。他在补罐子的同时安妮在洗衣服。约翰交货后，安妮问他：“你有赚到十便士吗？有，那太好了！我们晚餐要吃些什么？”

“刺猬。”约翰粗声建议。

“不，我不要吃刺猬！”

但在弟弟的坚持下，她不得不假装烤刺猬。他们拿来父亲一双带红斑点的黑色长袜，卷在抹布里，当成刺猬。几秒钟后刺猬便烤熟了。虽然一想要吃刺猬便觉得可怕，安妮还是勉为其难把它吃下。

最后，他们玩腻了吉卜赛人游戏，约翰要求改玩采矿游戏。安妮讨厌这游戏，但她愿意玩任何游戏来逃避即将来临的危机。

约翰爬到沙发底下，像父亲教过他那样，侧着身子，用一根小棍子假装在墙壁上挖洞。“我在挖定额[①]。”他说。这时，安妮拖着一个带轮子的小盒子，把找到的靴子和拖鞋全放进去，假装那是一辆装煤的台车。小男孩在沙发底下念念有词，满身大汗，玩得不亦乐乎。但安妮只能假装对马说话：“快跑，多宾！好，停下来。”这游戏让她无聊透顶，只觉得是一大负担。

他们的母亲都一直坐在摇椅里，用米色厚法兰绒做一件“背心”[②]；她撕下灰色的布边时，衣料发出一声沉闷的撕裂声。她使劲地缝制，一边听着一对儿女玩耍。因为怒火渐渐委顿，像只关在笼里的无能野兽，想躺着休息，但仍然眼观四面，耳听八方。有时，当外面的枕木响起脚步声，她就会停下手中的针线活，猛抬起头，吩咐儿女安静：“嘘！”直到脚步声走过了院子门才回过神来。两个孩子始终自顾自地玩耍。

最后，安妮终于叹了口气——她玩腻了。她瞧了瞧她的拖鞋台车，只觉得厌恶。她脚步犹豫地把“台车”拖到屋角，把它留在那里，然后转过脸，可怜地看着母亲。

“念个故事给我们听，妈妈。”她恳求说。

她母亲一直低头缝东西。如果说有什么事最让她害怕做的，一定

---

① 指每个矿工下班前须达成的采煤数额。

② 指矿工采矿时穿的一种衣服，由厚法兰绒裁成，领口剪成低低的半圆形，有两个内衣般的短袖子。

是提高声音，因为这声音就像个不听话的小孩，需要她费尽全力才能驾驭。于是她双唇紧闭，闷不吭声。

“可以吗，妈妈？”女孩坚持说。沙发底下的约翰一动不动，等待母亲回答。她看了看挂钟。这时是六点三刻，而小孩平常都是七点才宽衣就寝。一刻钟的时间有时可以长似几百年。

“你们要听哪个故事？”她问，显得勉为其难。

“‘无花果树’！”女孩高兴地走到五斗柜，从抽屉中找出一本老旧的安徒生童话故事集。

“把书给我。”母亲说，很快就翻到故事所在的书页。女儿欢快的神情软化了母亲的嘴唇。她开始念了起来，边念边倾听自己的声音。约翰像只青蛙似的从沙发底下爬了出来。母亲抬起头，瞟了他一眼。

“好啊，”她说，“瞧瞧你衬衫的袖子！”

小男孩手臂举起，看了一看袖子，但没说话。母亲的责备是种讯号，反映出她多少恢复了往日的平静，这点让人感到愉快。刚开始的时候，她把故事念得有声有色，直到从铁轨处传来粗嘎的人声，沉寂才再度被唤醒，弥漫着整个房间，直到有两个人说着话从屋外走过。接着母亲继续朗读，但语调枯燥。然而刚才驱使孩子们勉强玩耍的微妙心态，也驱使着母亲把故事念完，尽管那对谁都没有意义。最后，故事终于念完。

“好了！”她高声说，松了一口气，“该上床睡觉了，已经过了七点钟。”

“可是爸爸还没回来。”安妮哭着说，终于不再隐瞒自己的心情。

但她母亲却很坚定：

“别担心。自会有人送他回来，到时他会睡得像木头一样沉。”她意指丈夫回来时一定已经烂醉如泥，夫妻俩不会有大吵一架的机会。“我会让他睡在地板上，睡到自己醒来。这样一搞，他明天铁定无法上工！”

两个孩子用一块绒布把手和脸擦干，然后站在壁炉小地毯上脱下衣服。他们都很安静。穿上睡衣后，他们跪下来，女孩的脸埋在母亲膝盖上，小男孩的脸则靠在母亲另一边的裙上，进行祷告。小男孩嘴巴念念有词。母亲低头看着他们：女儿颈背垂着一大束缠结的丝质鬈发，小男孩则是一头黑发。妇人的眼睛闪烁着怜爱的光芒。但藏身其后的是愤怒，甚至隐隐流露出恨意、轻蔑，宛如闪现危险光芒的魅物，在她灵魂黑暗的舞台上上演。两个孩子把脸埋在她裙子上，感到宽心和安全；他们祷告，因为她就是他们的上帝。祷告结束后，她点起一根蜡烛，带他们去睡觉。

等她走下楼时，屋内显得出奇地空荡，又积蓄着一股因期盼心理所产生的紧张气氛。她拿起针线，低头缝了好一会儿。她的怒意不断升高。最后，她猛地停下工作，抬起头来。差十分钟便八点了。她望向放在炉口围栏上的布丁，又看看炉灶里面那个沾上马铃薯的炖锅。然后，担忧恐惧第一次造访，吞噬了其他情绪。她的表情改变了，她开始急速思考。

当挂钟敲响八点时，她蓦地站起身，把针线扔到椅子上。她走到楼梯底，打开楼梯门，侧耳倾听。两个孩子显然已经熟睡。她非常轻声地把门关上，然后毫不犹豫地到食品收藏室拿来一个铁纱网，罩在炉火上头。卷起小地毯，戴上帽子、披上一块灰色的大围巾。接着她走出屋外，把门锁上。

院子里突然响声大作，吓了她一跳，但随即明白那是老鼠乱窜的声音——这里是老鼠的天下。夜色黑魆魆。那片停满台车的铁路停车场看不见一丝灯光，不过，在更远处的矿井顶部，倒是亮着几盏昏黄的油灯，而闷烧着的井口平台也在夜空中抹出一片红色。她看得见铁路停车场和田野再过去那片山坡下的路灯，它们在平交道的位置显得特别大盏而光亮；而当她往布林斯利望去时，也看到一片闪烁灯光，像是一群萤火虫在飞舞。她匆匆沿着铁路停车场边缘往前走，小心跨过每根道岔的杠杆，然后越过铁轨的交会点，来到称重机器旁边的白色大闸门，从那儿的阶梯走到马路。这时，刚才一直驱策她往前走的恐惧心理毫不犹豫地松开了，退却了。路上有些人正朝新布林斯利方向走去。她看见她婆婆位于平交道口旁边的房子还亮着灯，从那儿再走二十码便是“威尔斯亲王”，它的大窗子明亮而温暖，男人的闹嚷声清晰可闻。这时，她开始觉得自己蠢：她丈夫正快活着，她却担心他出了事！他不过是在“威尔斯亲王”里喝着酒罢了，这原是这肮脏村子最平凡不过的活动。她的悲剧感消失了，随同这悲剧感而来的庄严感也一起消失。她的脚步犹豫了起来。接下来她要怎么办？她从没来过这里把丈夫抓回家，也永不会这样做。但她既然出来了，总得有个结果。所以，她继续走着，沿着右手边的黑色木篱笆和铁轨，朝坐落在公路旁的一长排凌乱且空荡的房子走去。随后她越过公路，走进房子间的一条通道。

这入口道路向下倾斜，路很陡，因为社区就盖在小溪旁的坡地上。房子都是两栋一组，厨房在底楼，两户人家共享一个带砖墙的小院子，后门彼此相对。她走到房子前面，不确定哪栋才是她丈夫的死党杰克·莱格利的家。她选了错误的房子敲门。

“不是，莱格利住隔壁。那边！”于是，伊丽莎白·贝慈便转过身，走过两栋房子亮着灯的厨房窗户，去敲另一扇门。

“莱格利？对，这就是他家。你想找他？不好意思，他这会儿不在家。”

那个骨瘦如柴的女人从昏暗的洗碗槽探出身，眯着眼看她。一道黯淡的光线从厨房的百叶窗透出，照在窗外的女人身上。

“你是贝慈太太吗？”厨房里的女人问，语气带点敬意。

“对。我想知道你先生是否回家了。我先生到现在还没回家。”

“有这种事！杰克已经回来过，早早吃过晚饭。不过他刚刚又出去了，要在睡前溜达半小时，但不会去太久。你到‘威尔斯亲王’找过了吗？”

“没有。”

“哦，了解。那种地方让人不舒服！”屋里的这个女人安慰地说。接着两人都不知要说些什么，气氛有点尴尬。然后莱格利太太补充说：“杰克从没说过关于……关于你先生的事。”

“当然，但我猜他八成窝在那里。”

伊丽莎白·贝慈毫不顾忌愤怒地说。她明知院子另一头的那个女人就在门后听，但她不在乎。她转身准备离开。

“等一下！我这就去找杰克，看看他知不知道你先生在哪里。”莱格利太太说。

“啊，不用了，我不想你把孩子……”

“不要紧，只要你帮我看家便行。别让孩子下楼闹出什么火灾之类的。”

伊丽莎白·贝慈喃喃说了句不好意思便走了进去。她在厨房门口犹豫了一下。

“进来啊！请坐。我去去便回来。家里很乱，我刚刚才把孩子全部弄上床。”

这厨房确实乱。沙发和地板上到处是小上衣、小裤子和小孩的内衣，玩具也是扔满一地。桌子铺的黑色桌布上，掉满了面包渣、饼渣、面包皮，还有一壶凉掉的茶。

“没关系，我们家也是一样乱。”伊丽莎白·贝慈说，两眼望着那女人，不去打量房间。莱格利太太在头上披了条披巾，急急忙忙往外走，一边说：

“我马上回来。”

贝慈太太坐了下来，看着厨房的乱象，微微感到不以为然。厨房乱是乱，却很干净，带着女性的好奇心，她开始点算地上零星散布着多少双大小不同的鞋子。一共是十二双。她叹了口气，心想：“怪不得！”然后再度扫视四下乱丢的东西。没多久，院子里传来两个人的脚步声。莱格利夫妇回来了。伊丽莎白·贝慈站起身。莱格利身材魁梧，骨架粗壮，头颅特别有棱有角。他一边的太阳穴横着一条疤痕，是在矿井里受伤造成，伤疤里因为残留着煤灰，乍看就像蓝青色的文身。

“他还没回家吗？”莱格利也不寒暄便直截了当地问，但语气中带着尊敬和关切，“我不知道他人在哪里，但肯定不在那儿！”——他把头一摆，意指“威尔斯亲王”。

“他可能是去了‘紫杉’[①]。”莱格利太太说，语气却透露出沮丧。

“对，八成是去了‘紫杉’。”她丈夫附和说，“但也可能是去了杰克·萨蒙家。他非常喜欢去那里。杰克·萨蒙的女儿昨天才出嫁。”

---

① 一家酒馆，位于新布林斯利（New Brinsley）的考迪径。

接下来莱格利沉默了半晌，像是想起了某件让他不安的事。

“我出坑时他还没完成定额，那时已吹了下班哨大约十分钟。我大声问他：‘瓦尔特，你还不走吗？’他回答说：‘你们先走，我再半分钟便来。’所以我和鲍威斯就先从坑底出来，以为他会随后跟上，搭下一个罐笼上来……”

他困窘地说着，仿佛是为人家指控他丢下同伴不管而答辩似的。这时，伊丽莎白·贝慈再次断定丈夫是出了事，但还是马上安抚格莱利：

“我猜他应该像你所说的，去了‘紫杉’。这不是第一次了。我是因为气昏了头才会胡思乱想。等他醉到不省人事自会有人抬他回家。”

“唉，老是这样真是不太好！”另一个女人哀叹说。

“这样吧，我帮你到杰克·萨蒙家瞧瞧。”莱格利自告奋勇说，一方面是害怕同伴真是出了事，另一方面是害怕对贝慈太太不够周到。

“噢，不用了。我不要给你添……”伊丽莎白·贝慈说，她是个喜欢自己管好自家事的女人。

“这事对我一点都不麻烦。”男人极力劝说。伊丽莎白·贝慈开始有点被说动。

“对，去吧，杰克！”他太太一旁怂恿，“你不妨顺着铁路再越过田野。这条路并没有更远，先送贝慈太太回家。”她说，说完意味深长地望着丈夫。

伊丽莎白·贝慈知道，莱格利太太等于是暗示丈夫，要他去矿井，请那里的人打电话到矿井下面，请副经理瞧瞧有没有出什么状况。

“对，对，就这么办！”莱格利说。他再次戴上鸭舌帽，陪着贝慈太太往外走。

“晚安，贝慈太太。我确信不会有事的，你就别担心那么多了。”

当他们跌跌撞撞地沿着入口道路往外走时，伊丽莎白·贝慈听见莱格利太太跑过院子，推开邻居的门。听到这声音，她全身的血液似乎突然一下都从心房流走了。

“当心！”莱格利提醒她，“我不知说过多少次了，要是再不填平这条路的坑坑洼洼，迟早会有人摔断腿。”

听他一说，她才回过神来，跟着他快步走去。她想要回家，怕小孩会有状况。

“我不放心留两个孩子独自在家。”

“那你就先回家，不必陪着我一道去。”他客气地答道。不久，两人就走到她房子的院子门前。一切都静悄悄。

“我去一下就会过来。你不要担心，他不会有事的。”莱格利说。

“真谢谢你，莱格利先生。”她说。

“哪里的话……别这么说……不过小事一桩！”他结结巴巴地说，说完便继续往前走，“我待会儿就来。”

屋子里静悄悄的。伊丽莎白·贝慈摘下帽子和披巾，铺好壁炉边的小地毯。接着她点亮油灯，开始收拾厨房。她把布丁和炖肉放入食品收藏室，把马铃薯倒在一个盘子里，再把盘子收起。她收拾得很匆忙，甚至把儿女的衣服折好，放在沙发扶手。她知道，待会一定会有人来[1]。她摺起那件缝到一半的背心，收在五斗柜里。她知道她今

① 译者注：应是指从酒馆抬她丈夫回来的人。她卷起小地毯是为了让丈夫可以睡在火炉边。

晚不会再有心情缝衣服。做完这些，她便坐了下来。这时已经是九点过几分了。然后，她突然听见卷扬机急速的转动声和制动闸放下绳子时的吱嘎作响声，让她心惊胆跳。她再一次感到全身血液一下子流光似的，痛楚不堪。然后，她一手插着腰，大声责备自己："我是怎么搞的！明明只是副经理九点钟的例行下井巡查[①]，我却吓成这个样子。"

她一动不动坐着，倾听外面的动静，一颗心悬着。半小时之后，她感到精疲力竭。

我这样子是何苦，她自怜地想，除了伤身又会有什么好处！

她想到的并非只有自己。

为了打发时间，她又把那件"背心"拿了出来。然而，因为那是一件矿工服装，看到它只让她更心烦意乱。她宁可去烤些蛋糕，但待会儿有人要来，她不可能做这事。所以，她动手修补儿子一件外衣的衣袖肘部。

九点三刻的时候，外面响起脚步声。她一动不动，竖起耳朵。是一个人的脚步声！她盯着门，看着它打开。推门的是个老女人，头戴黑色无边女帽，身披黑色羊毛披肩——原来是她婆婆。她六十岁左右，个子不高，脸色苍白，一双蓝眼睛，脸上满是皱纹，显得悲苦和自怜。她关上门，径直走到儿媳面前，一只苍老的手放在对方强壮、能干的手上。

"唉，丽兹[②]！这下可怎么好！这下可怎么好！"她悲鸣着说。

伊丽莎白猛地一惊，微微蜷缩起身子。

---

① 指矿场副经理下矿井查看里面的环境是否适合下一班矿工工作。

② 译者注：伊丽莎白的昵称。

“发生什么事了，妈？”她问。

老妇人走到沙发坐下。眼泪沿着她旧日愁苦所留下的皱纹源源流下。

“我不知道，孩子，我无法告诉你！”她缓慢地摇了摇头，显得绝望。伊丽莎白盯着她，又是焦虑又是恼怒。

“我无法告诉你。”老奶奶重复了一遍，深深叹了口气，“烦恼的事总是没完没了，真是的。我已经吃过那么多苦头，可现在又……”她任由眼泪流淌，没有去擦，像在回顾一生走过的那条漫长黝黑的烦恼大道。

“可是，妈，”伊丽莎白果断地打断她的话，“你来这里总有理由的，快告诉我！”

老奶奶慢慢地擦着眼泪。她的泪泉被伊丽莎白的单刀直入暂时堵住。她缓缓擦干眼泪。虽然知道自己无疑是雪上加霜，但她感到儿媳恼怒了她，她不想别人在她纵情悲伤之际被打断。

“可怜的孩子！哎，我可怜的孩子！”她呜咽着说，“我不知道我们该怎么办——发生了一件可怕的事，真的很可怕！”

伊丽莎白感觉自己像被一根吊索勒紧脖子。

“他死了吗？”她问。话一出口，她的心便噗噗狂跳起来，另一方面又为自己肆无忌惮的话感到羞惭，脸微微发热。她的话吓坏了老妇人。

“别说这种话，丽兹！我猜情形不致那么糟，上帝一定会放过我们的。是这样的，伊丽莎白，正当我喝着睡前酒，准备就寝时，杰克·莱格利来敲门，他告诉我：‘贝慈太太，你得到铁路那边一趟。瓦尔特出事了。所以，你最好到媳妇家等着，等我们把他抬回家里。’我没来得及问他什么，他便掉头走了。所以我就戴上帽子，直接过来了。我边走边想：唉，要是我那可怜的媳妇突然听到坏消息，真不知道会受到多大打击。丽兹，你千万要冷静，毕竟你有孕在身。你怀胎多久了？六个月，还是五个月？”老妇人摇了摇头，“唉，时间过得真快，过得真快！唉！你们在一起多久了？”

伊丽莎白此时正想别的事。如果他死了，她有办法靠那微薄的抚恤金和自己工作所得过日子吗？她迅速计算了一下开支。但如果他只是受了伤呢？采矿公司一定不会提供他住院费，那要天天照顾他有多烦人啊！不过这也好，如此一来，她就能让他戒掉酒和其他不良嗜好。她一定会逼他戒掉。想到这里，她的眼眶充满了泪水。然后，她又冷静下来（他已经扼杀了她的“多愁善感”），想到了子女。不管怎样，他们绝对少不了她的照顾，所以，任何情况下她都必须保持坚强。因为把心思放在儿女身上，丈夫在她心中的丑陋形象被掩盖了起来，也让她产生了怜悯。这是一种女性的怜悯，接近于爱，但只有在对象体衰力弱时才会出现。他将会是个脆弱的人，事事得要靠她。此时，柔情蜜意充满了她内心。然后，婆婆忽然问了她一个问题，让她回过神来。

“多久？”她回答，“到圣诞节便满八年。”

“八年了！”老妇人惊叹，“回想起来，他头一次领到工资交给我，仿佛只是一两星期前的事。唉，他是个好孩子，伊丽莎白，他真的是个好孩子。我不知道他后来怎么会染上那些毛病，我不知道。他小时候是个好孩子，又乖巧又懂事，可现在却染上一大堆毛病。但愿主这一次会饶过他，给他机会改过自新，但愿如此。我知道他带给你不少烦恼，我知道的。但他以前真的是个好孩子，这是无可否认的，伊丽莎白。我不知道他后来怎么会……唉，养育小孩真是不容易！一点都不容易！他们小时候会让你跑断腿，累得要命，而等他们长大，还是会继续带给你超过可负荷的烦恼。这就是人生……”

老妇人用一种一成不变且惹人厌烦的声音不停地絮絮叨叨，但伊丽莎白没在听，只是全神贯注想心事。一度，她被突然响起的卷扬机快速运转声和制动闸的尖叫声吓了一大跳。但卷扬机马上减速，制动闸也变得悄无声息。老妇人并没有注意这些声音。伊丽莎白不安地等待着。老妇人继续絮叨，时断时续。

“他不是你儿子，丽兹，你我的差别就在这里。不管他后来变得怎样，我都记得他从前是个好孩子，而且长得漂亮，让人眼睛舍不得从他身上移开。”

十点半了。老妇人犹在独自嘀咕：“烦恼事总不会有完——不管多老，烦恼的事还是会找上门，跟你没完没了，让你什么都不剩下，只剩下烦恼——”这时，院子门被砰一声打开，继而前台阶响起了沉重的踩踏声。

“我去开门，丽兹，让我来开。”老妇人喊着，站了起来。但伊丽莎白已先到门口。门外站着个穿矿工服的男人。

“太太，他们正在把他抬回来。”他说。伊丽莎白的心跳停止了一下子，随即剧烈跳动起来，几乎使她窒息。

“他——严重吗？”她问。

那男的点点头，别过脸去，望向花园：

“他已经死了几小时。这是医生在灯房[①]里替他验尸时说的。”

老妇人就站在伊丽莎白背后，听到这话，她颓然跌坐在一把椅子上，十指互扣，哭叫着说：“啊，我的儿呀，我的儿呀！”

“嘘！”伊丽莎白说，眉头一蹙，“妈，安静，不要吵醒孩子。

① 灯房（lamp cabin）：放置工人安全灯的建筑

我不要让他们下来看到这一切！”

老妇人改为低声呜咽，身体前后摇晃。那男的正想要掉头离开时，伊丽莎白往前走出一步。

“怎么发生的？”她问。

“嗯，我也说不上来，”那男人局促不安地回答，“等他完成定额时，大伙都已走了，一大片岩石突然从他头顶上方塌了下来。”

“那他有……有被压成肉酱吗？”寡妇问道，全身震颤。此刻，她最害怕的莫过于他死状凄惨，面目全非，这是她无法承受的。

“没有，”那男的回答，“他是在开采面下面干活，岩石没碰着他，但却把他密封住。他是被闷死的。”

伊丽莎白低喊一声，身体瑟缩起来。一想到丈夫的死法她便如被刀割。只听见背后老妇人哭叫道：

“什么？你说他是被闷死的？”

男人更大声回答：“对，是这样。”

老妇人顿时号啕大哭，但这反而让伊丽莎白冷静不少。

“妈，别哭。唉！”她说，用双手搂着老妇人，“不要吵醒孩子，不要吵醒孩子。”

她也哭了一下，而老妇人则在她怀里前后晃动和呜咽。伊丽莎白想起丈夫的尸体就要被抬回家来，自己必须先准备一下。她又牢牢记住，自己必须为子女保持坚强。“把他放在起居室好了。”她自言自语说，脸色苍白，茫然失措地站着。

然后，她点燃一根蜡烛，走进小小的起居室。里面阴冷而潮湿，但她无法生火，因为这里没有壁炉。她放好蜡烛，四下看看。起居室里有一张长沙发、四把椅子和一个矮柜，这几样东西把空间占得满满。烛光闪烁在玻璃器皿和两个插着粉红色菊花的花瓶上。空气里弥漫着菊花冰冷的死灰味。伊丽莎白望着这些菊花，模糊地忆起自己的婚礼。然后她转过身，估算了一下长沙发和矮柜之间的地板是否宽敞得能放得下他。她把长沙发推到一边后，空间增大了许多，不仅可以放他，四周还可以站人。然后她拿来一块红色旧桌布和另一块旧布，铺在地板上，以免地毯遭殃。她离开起居室时打了一阵寒战。她从厨房五斗柜里取出一件干净衬衫，放在火边烘。她做这些事的时候，她婆婆都坐在椅子上，身体前后摇晃地呜咽。

“妈，你得挪一下位置，”伊丽莎白说，“他们就要把他抬回来。你坐到摇椅里吧。”

老母亲机械性地站起身，坐到炉火旁边，继续悲泣。伊丽莎白走进食品收藏室拿另一根蜡烛，然后，就在这间屋顶没铺瓦片的小单间里，她听见一行人正在接近。她一动不动地站在食品收藏室门口，聆听他们的脚步声。她听见他们走过房子的一头，费劲地下了三级台阶，拖沓的脚步声混杂着窃窃低语声。老妇人站了起来，安静地等着。三个男人走进了院子。

然后，伊丽莎白听见矿井经理马修斯说：“你先进去，吉姆。留神点！”

门开了。两个女人看见一个矿工倒退着走进厨房，双手抬着担架的一头。从担架的这一头，可以看见死者脚上的矿靴。两个抬担架的人慢了下来，为首的人低着头，避过门楣。

“把他放在哪儿？”长着白胡子的经理问，他是个矮老头。

伊丽莎白回过神来，拿着未点燃的蜡烛从食品收藏室走了过来。

“放在起居室。”她说。

“抬到里面，吉姆！”经理指点着说。当抬担架的人笨拙地倒退着走过两道门时，盖在死者身上的外套掉了下来，让两个女人见着她们的男人。因为矿工都是打赤膊躺着干活，所以这时尸体也是光着上身。一看见儿子，老妇人顿时低声呜咽起来：“我的孩子！”伊丽莎白尾随三个男人走入起居室，与经理迎面相对。他紧站在第二个抬担架的人后面。

“把担架放这里。”经理大声吩咐，“把他放在布上，小心点，小心！哎呀，你看你，真是的！”

一个工人碰翻了一个插着菊花的花瓶。他手足无措地愣了一下，接着放下担架。伊丽莎白没有朝她的丈夫看。她一进到起居室就先忙着收拾花瓶碎片和菊花。

“等一下。”她说。

她把碎玻璃和菊花收拾到炉火盘，用抹布把地上的水擦干。等她做完这些事后，三个男人把尸体从担架抬起，放到地上的布上。然后他们松了一口气地站起来，眼睛望着尸体。

“唉，真是见鬼，真是见了鬼！”经理说，一面说一面用手指揉眉心，显得困惑不解，“我一辈子都没碰过这种事！他明明已经干完活，准备好离开。可大石就是嗖一声掉下来，把他困在洞里。那个洞不到十英尺高，但石头却没砸到他。”

他低头望向尸体：死者表情安详地躺着，光着上身，身上沾满煤灰。

“医生说他是‘窒息致死’。我从来没看过这样的事。就像是设计好的。石头没砸到他，却分毫不差地困住他，就像个拱顶似的。”经理一面说一面大手一挥。

“就是那样。”一个工人附和说。

他们让伊丽莎白想象事情有多么恐怖，而那恐怖场面就像一只看不见的手那样紧紧把她攥住。

“别伤心了，太太，”经理说，“这时伤心没用。我知道采矿不是好工作，可是……”

这时，他们突然听到女孩从楼上尖声发问：“妈妈——是谁来了？妈妈，是什么人？”

伊丽莎白慌忙走到楼梯底，打开楼梯门。

“快睡！”她厉声吩咐，“你嚷嚷什么！马上给我睡觉去……这里没事……”

然后她开始爬上楼梯。他们听着她一步步走上楼梯板，再走入灰泥地板的小卧室。她的说话声清晰分明。

“你到底是怎么回事，傻丫头？”她说，声音比先前柔和许多。

“我听到有人来。”小女孩用可怜兮兮的声音回答。

“是把你爸爸送回来的人。没什么好大惊小怪的。睡吧，当个好孩子。”

楼下的人可以想象得到，她此刻正替孩子盖好被子。

“爸爸喝醉了吗？”女孩怯生生地问，声音细弱。

“没有！别问蠢问题了。他……他已经睡了。”

“他睡楼下？”

“对——别吵醒他。”

女孩沉默了一下，然后再次用惊恐的声音发问：

“那是什么声音？爸爸真的睡了吗？”

“对！我已经说过他没事，你还有什么好操心的？”

但女孩听到祖母的呜咽声。老妇人浑忘一切，坐在椅子里前后摇晃和呜咽。矿井经理抓着她的胳膊，提醒她说：“嘘——嘘！”

老妇人睁开眼睛，看着他。他的打扰让她吃了一惊，于是安静了下来。

“几点了？”女孩用哀怨细弱的声音问，准备问完这最后一个问题便重返梦乡。

“十点。”她母亲轻柔地回答，接下来想必是弯腰，各亲了两个孩子一下。

马修斯向两个男人招手，示意大家离开。他们戴上鸭舌帽，拿起担架，跨过尸体，轻手轻脚走出屋外，直到离两个还醒着的孩子很远才开始交谈。

伊丽莎白下楼来时，看见婆婆独自坐在起居室地板，双手捧着儿子的脸，泪水扑簌簌地滴在他身上。

“我们得为他准备入殓的事。”她低声说，说完走到厨房，把一个烧水壶放在灶上。回到起居室后，她在丈夫跟前跪下，动手去解系了结的皮靴带子。起居室因为只点了一根蜡烛而非常昏暗，她不得不把脸凑得低低，几乎贴近地板。最后，她终于把沉甸甸的靴子脱下，放到一边。她继而动手脱他绑着肮脏吊袜带的长筒袜：这双长筒袜是黑色的，带有红色斑点，就像她小孩吃的那“刺猬”。最后，她解下了他穿在腰间的皮革粗皮带。

“我们得把他的裤子脱下。”她低声对老妇人说。两人合力做这事情——虽然吃力，最后还是办妥。

两人站起来，望向光着上身的男人时，都觉得这男人美。婆媳二人都同时突然感受到同一种感情：母性，混杂着一点原始的敬畏。但母性依旧占了上风。伊丽莎白跪下来，双手环抱丈夫，脸颊贴到他胸膛上。他妈妈则再次双手捧着儿子的脸，一面抽噎一面喃喃自语。伊丽莎白用脸蛋和嘴唇触遍尸体全身。然后，她突然对于丈夫的脸被婆婆占住而心生嫉妒。

她站起来，走进厨房，往脸盆里倒些热水，拿了肥皂、绒布和一条毛巾再往回走。

“我得替他洗一洗。”她斩钉截铁地说。老母亲身体僵硬地站起来，看着伊丽莎白轻柔地盥洗他的脸，又用绒布把他两撇浓密的金黄色髭须从嘴角抹开，动作温柔得就像是替小孩洗脸。老妇人觉得嫉妒，便说：“我来帮他擦干！”

说完便在尸体另一边跪下，擦干伊丽莎白清洗过的部位，黑色的无边女帽不时会碰到儿媳的深色头发。她们就这样默默地做了好一阵子，极为一丝不苟。有时，她们会忘记他已经死掉。在碰触男人的肌肤时，婆媳两人会感受到一种各自不同的悸动，这悸动感让两人变得没有交集，但又在两人心中留下针刺般的悲伤。

清洗完成。他是个英俊的男人，和气的脸庞有一丝酗酒的痕迹。一头金发，肌肉丰满，四肢匀称。

“愿上帝赐福他。”他母亲低声说，盯着他的脸看，“他的样子就像是快要醒来。你看，他嘴角微微带着笑意，就像从前的样子——”她说，带着一点点狂喜。

伊丽莎白再次瘫坐到地板，脸贴在丈夫脖子上啜泣，直到疲倦了才平静下来。老母亲缓慢而无声地落泪。她不断摸着儿子，以无限的慈爱和兴味凝视着他。

“他白皙得就像牛奶，光洁得就像十二个月大的小宝宝[①]，啊，愿上帝赐福给他——我的心肝宝贝！”老妈妈喃喃自语，“他身上没有一个疤，又干净又白皙，漂亮得像个新生儿。”她满怀骄傲地嘟囔。伊丽莎白仍旧把脸埋在丈夫身上，啜泣着。

---

① 劳伦斯回忆，他叔叔詹姆斯在矿井出事亡故后，他祖母曾说詹姆斯的遗容“看起来就像个蒙福的微笑小宝宝。”

“他走得很平静，丽兹——平静得就像睡着了一样。你看，他的嘴角微微带着笑意呢！他小时候很爱笑，笑得很甜。啊，丽兹，他又变回我的小小孩了。”

啜泣得疲倦的伊丽莎白抬起了头。然后她双手搂着他，亲吻他胸前顺滑的肋状纹理，再紧紧地抱着他。现在她非常爱他，非常爱这个又美、又安静、又无助的男人。他死前一定受了很多罪！他经历过那些痛苦啊！她开始热泪奔流。她非常难过，难过得超过她所能表达的。她为他受过的痛苦难过，为他被迫在黑暗处束手待毙难过。然而，她最大的伤痛在于她又再次爱上他，而且爱得如此之甚。她不想他醒过来，也不想他能说话。他又再次是她的了，是死神把原来的他带回来给她。她亲吻他，以此亲吻那个把一切丑陋事物从他身上除去的死神。如果不是因为死神，他回家时就会是个丑陋、污言秽语和口吐恶臭的人，而不会是如今的模样：白皙、漂亮、面带温文的微笑。现在，她爱他爱得极深；她的人生已经获得修复；丈夫已被带回她身边，而且是漂漂亮亮的。她从前有多恨他啊！真奇怪，他竟可以一度是那么可恨的人。死神真是有智慧，沉默不语。如果丈夫此时开口说话，她的愤怒和不屑将会像火一样抬起头来。不过他不会再说话了，只会温文地微笑，睁着两只大大的眼睛。她很不愿意为丈夫穿上衬衫，觉得这会打扰他，但她又非得这样做不可，总不能让他一直这样躺着。衬衫此时已经烘干。但要帮他穿上衬衫却是要命差事，因为他的身体很重，很无助，比小婴儿还要无助——但又很美。

菊花香

（一九一一年　版本三）

拖着七节载满煤的台车，一辆小型的四号蒸汽火车头当啷当啷从塞尔斯顿摇摇晃晃地开过来。行经拐弯处时发出很大声响，速度很快似的——不过，荆豆花丛里被它吓着的小马只慢跑了一下便把它远远甩在后面。在阴冷的下午，荆豆花丛摇曳着朦胧的亮彩。这时，一个女人正沿着铁轨往安德伍德的方向走，见火车开过来，便退到树篱边，篮子挽在身边，看着火车头的踏板从眼前经过。车厢一节接一节隆隆开过，闪烁着，她被夹在黑色火车和树篱之间，无所事事。火车弯弯曲曲地朝前方的灌木丛开过去，在那儿，栎树的枯树叶悄无声息地落下。暮色已经爬上林梢，在铁路边啄食红蔷薇果的鸟儿听见火车开来纷纷散去，消失在苍茫的暮霭中。进入开阔地带后，火车头喷出的黑烟向下沉落，煤屑黏附在乱草丛中。田野空旷寂寥，像是被人遗弃似的。通向芦苇坑塘那片沼泽地上，本来有许多家禽在桤木林中奔跑觅食，不过，这时它们都已回家，栖息在涂了柏油的家禽棚里。矿井口隐隐出现在坑塘的另一边，积尘的井被午后凝滞的阳光闷烧得犹如血红的伤口。再过去便是布林斯利煤矿场那些圆锥形的烟囱和粗拙的黑色井架。井架上两个转轮在长空的掩映下快速转动着；卷扬机吱吱嘎嘎哼着，痉挛似的把一批批矿工从井下运上来。

火车鸣着汽笛，驶进了位于煤矿边那片广阔的铁路停车场，那里停着一排又一排的台车。矿工们拖着脚步和长长的身影，或是独自走着，或是三五成群，从不同方向各自回家。在紧靠铁轨支线的最边缘，坐落着一栋低矮的村屋，距离煤渣铺成的轨道只有三级台阶。一条粗大嶙峋的藤蔓自下而上把村屋卷住，就像是要把屋瓦掀掉。砖墙围绕的院子积着一圈煤灰，四周长着些清冷的樱草。院子尽头是一个长条形的花园，向下延伸到灌木丛生的小溪边。花园里生长着许多细枝繁茂的苹果树、被冻得树枝裂开的树木、阴森的灌木和长相参差不齐的卷心菜。步道旁边零星而凌乱地点缀着粉红色的菊花。花园里有个用毛毡遮盖的家禽棚，一名妇人弯着腰，从家禽棚走了出来。她关上门，上好锁，然后直起身子，掸掉白围裙上一些小羽毛。

她身材高，神态威严，面貌姣好，两道黑眉毛非常显眼，光滑的黑发整齐地分在两旁。她静静地站着，打量那些沿着铁路走回家去的矿工。然后，她转身朝小溪走去，步伐不迅速也不轻盈。她的表情平静而矜持，但抿紧的双唇泄露出她失望的心情。走了一会儿之后，她喊道："约翰！"

没有人回答。她等了一下，然后又用清晰分明的声音喊道："你在哪里？"

"这儿！"一个小孩闷闷不乐地从灌木丛中回答。妇人眯着眼，打量笼罩在暮色中的灌木丛。

"你是在小溪那边吗？"她厉声地问。

小孩从攀缘在榿木丛的悬钩子藤蔓中间现身当作回答。他是个五岁的小男孩，矮小但身体结实。他静静地、倔强地站着，没有再向前走。

"唔，"他母亲说，口气缓和了不少，"我还以为你跑去小溪了，你记得我是怎么跟你说的。"

男孩没动也没吭声。

"走吧，我们回家去，"她说，声音变得更缓和，"天要黑了，天气也更冷了。你外公的火车来了！"

小家伙慢慢向前走，模样不高兴，臭着一张脸。他穿的裤子和背心都太厚太硬，明显是从大人的衣服改短而成。

在走向屋子的一路上，小男孩边走边扯下一些菊花的破败花瓣，沿路大把大把地扔撒。

“别这样——这举止很粗鲁。”他母亲说。他不再扯了，而她却突然怜惜地折断一枝花梗，将它朝脸贴近。花梗上长着三四朵花色黯淡的小菊花。母子二人走入院子后，她的手犹豫了一下，最后决定不扔掉花梗，而是把它插在腰际的围裙边上。然后，两人站在木头台阶下面，视线越过那片铁路停车场，望向那些陆续回家去的矿工。这时，蒸汽小火车头向他们快速逼近，最后在村屋的前方停住。

火车司机从驾驶室探出头来。他是小老头，蓄着一圈花白络腮胡。

“我正好赶上喝茶的时间。”他说，一副开心的样子。

那是她的父亲。她往屋内走去，说她去沏茶。随即又从屋子走了回来。

“我礼拜天没来看你，那是因为……”花白胡子的小老头说。

“我本来就没指望你会来。”他女儿冷冷地说。

火车司机瑟缩一下，但随即恢复快乐的神态。

“那么你是听说了？好，那你有何看法？”

“未免太快了一些。”她回答。

听到她简短直接的指责，小老头不耐烦地挥了挥手，开始连哄带劝地为自己辩驳：

“唉，一个男人孤孤单单的像什么样？以我这把年纪，并不适合与陌生人住在一起。我习惯有家，有太太。如果我打算再娶，迟些娶倒不如早些娶——早几个月晚几个月有什么差别？”

他女儿没回答，转身走回屋里。小老头站在驾驶室内，东瞧瞧西望望，一副不自在的样子，直到看到女儿手里端着一杯茶和一碟牛油面包走过来。她走上几级阶梯，站在踏板旁边。

“其实用不着给我牛油面包，”她父亲说，“一杯茶就可以让我心满意足。”他用鉴赏的神情啜了一口，“好喝。”然后又啜了几口，“我听说瓦尔特死性不改。”

“我没指望他会改。”妇人愤愤地说。

“我听说，他去‘纳尔逊爵士’之前夸下海口，说这一回不花半英镑酒钱就不走出酒馆大门。”

“什么时候？”妇人问。

“星期六晚上。我知道这事不假。”

“很有可能，”她充满怨恨地笑着说，“那天他赚了不少，还给了我二十三先令。我倒宁愿生活苦些，让他没有太多钱可以花天酒地。”

“真是可耻，这种人合该抽他一顿马鞭！”小老头说。他女儿感到不耐烦和疲惫，转过脸去。喝完最后一口茶之后，她父亲把杯子递还她。

“唉！”他擦擦嘴巴之后叹了口气，“我真后悔当初同意让你跟他。”

他一拉控制杆，小火车头便紧绷和呻吟起来，朝平交道方向隆隆驶去。妇人再次望向铁路停车场那边。因为暮色越来越深，她已经看不清楚这片空地上的铁轨和台车，只有一群群矿工的灰色身影依稀可见，他们晃动着身体，跨过一道道铁轨回家去。卷扬机继续快速运转着，每隔一阵子停歇一下。伊丽莎白·贝慈目送这批疲惫的人流，然后走进屋子。她丈夫没有回家。

厨房很小，洋溢着熊熊火光；烧红的煤堆高到烟囱口。厨房的所有气息似乎全都凝聚在整洁温暖的白色壁炉，被炉火的钢制炉口围栏映得火红。桌上已铺好准备吃茶点的桌布，茶杯在阴影中隐隐发光。小男孩坐在突入厨房的最下面一级梯级，用刀子使劲削一块白色木头。他几乎完全被暗影笼罩，只有手部的动静还看得见。四点半了，但他们得等他父亲回到家才能开饭。看着儿子绷着脸跟木头奋战的样子，母亲从儿子身上看到了自己的沉默和固执，也看到了他父亲只管自己不管别人的自私。瓦尔特·贝慈是个只顾自己快乐而不管别人死活的人。今天，他下班后八成又是过家门而不入，买醉去了，任由晚餐糟蹋和家人枯候。她瞧了挂钟一眼，然后拿起马铃薯到院子去把水沥掉。花园和小溪再过去的田野全笼罩在无边的黑暗中。把冒着热气的锅水倒掉之后，她端着炖锅站起身，看见公路上的黄色路灯已全亮了起来——这条公路位于铁路停车场和田野的另一头，蜿蜒延伸至山丘。她再次望向那些成群结队回家的矿工——人数越来越少了。

壁炉里的火逐渐减弱，厨房变成了暗红色。妇人把炖锅放回锅架，又把一个调好的布丁放在炉口旁边，随后便伫立不动。就在这时，愉快且轻盈的脚步声来到了门外。门把咔嚓一声，接着一个小女孩走了进来。她脱掉外衣，摘下帽子，一大簇由金转棕的鬈发扯了下来，罩住她眼睛。

她母亲数落她放学回家迟了，又说又冷又黑的冬天，她必须待在家里。

“哎呀，妈妈，现在还不算黑呢！路灯都还没点亮，爸爸也还没有回来。”

“对，他还没回来，但再一刻钟就五点了！你在路上有没有看到他？”

孩子变得认真起来，苦苦思索，眨着一双蓝色大眼睛望着母亲。

“没有，妈妈，我没看见他。哎呀，他会不会又到老布林斯利喝酒去了？但应该不是，刚才我经过那里时没看见他。”

“他贼得很，傻孩子，”她母亲愤愤地说，“他会防着你，一看到你便躲起来。没错，我肯定他是去了‘威尔斯亲王’喝酒，否则不会这么晚还不回家。”

女孩怜悯地看着母亲。

“妈妈，我们先吃饭吧，好不好？”女孩说。

母亲把约翰叫过来吃饭。之后，她再次打开门，探身朝黑暗一片的铁路停车场望去。她看不见半个人影，连卷扬机也不再轰鸣了。

“也许，”她对自己说，“他被留在矿井里干些杂活。”

他们坐下来吃饭。约翰坐在桌子靠着门口那头，几乎隐没在幽暗里。他们看不见彼此的脸。

女孩蹲在炉口围栏前，就着火慢慢翻动一块厚厚的面包。幽暗笼罩着小男孩，让他的脸像是灰蒙蒙的斑点。他瞧着姐姐：在灼热红色火光的照映下，她的脸像是发生了变化。

“我觉得炉火很美。”小女孩说。

“是吗？为什么？”她母亲问。

“煤块这么红，还有许多灼热的小洞屑，让人觉得很舒服，而且闻起来很香。”

“那就表示需要添煤了。”母亲说，“如果你老爸这个时候回来，准会抱怨他在矿井工作了一整天，全身湿答答，回到家却连个像样的炉火都没有。对他而言，酒馆总是比家里暖和。”

接下来谁都没有说话，过了一会儿之后，才听到小男孩抱怨说：“烤快点嘛，安妮。”

“我不就在烤嘛！难不成我可以叫火烤快些？”

“她是故意磨磨蹭蹭才会这么慢。”男孩嘀咕说。

“别胡猜瞎想，孩子。”母亲说。

未几，昏暗的厨房里便只剩下忙碌的清脆咬嚼声。母亲吃得很少，只管喝茶和想心事。从她僵硬挺直的头，可以明显看出她的怒火正在上升。她看着炉口围栏上的布丁，突然失去自制，破口大骂：

“一个男人连回家吃晚饭都做不到，真是丢脸！既然他不在乎这个家，我看不出我为什么要在意炉火只剩下灰烬。他偷溜过家门口去买醉，我却在这儿做好饭等着他，这算什么跟什么——”

她走出屋外。当她把煤一块一块地丢到炉火去时，四面墙壁慢慢暗下来，最后整间厨房几乎一片漆黑。

“我看不见。”隐没在黑暗中的约翰抱怨。他母亲忍俊不禁，笑了起来。

“你总知道怎么把食物送进嘴巴去吧。”说完把畚箕拿回屋外。回来时站在炉边，朦胧得像个影子般。小家伙再一次嘟囔地抱怨说：

“我看不见。”

“老天哪！”他母亲生气地骂道，“你们父子俩都一个德行，只要稍微黑一点就鬼叫个没完！”

说归说，她还是从壁炉架上的一束纸条中捻出一张，用它作为引火物，点亮挂在天花板中央的油灯。踮着脚伸手要够着油灯时，她因怀孕而浑圆的腰身显得格外分明。

“妈妈！”女孩突然喊道。

“怎么啦！”母亲正要把玻璃罩罩上，听到女孩一喊就停了下来。她转过头看女儿，手里还举着灯罩，铜制的反光镜把她映照得很美丽。

“你围裙上插着花呢！”她女儿说，对这件特别的事感到惊喜。

“我的天啊！”妇人叫道，松一口气之余又感到一点点恼怒，“我还以为房子着火了呢。”她把灯罩罩好，过了一会儿才把灯芯捻高。地板上随之出现了一个微微晃动的模糊身影。

“让我闻闻看！”女孩说，仍然兴高采烈。她走上前，把脸凑到母亲腰间。

“走开，傻瓜！”母亲说，同时把灯捻亮。灯光似乎把厨房里蓄积的压抑气氛照得一览无遗，让妇人几乎难以忍受。这时安妮仍弯着腰，凑在她腰间。母亲生气地把花梗从围裙边抽了出来。

“噢，妈妈，别把它们拿出来！”安妮喊道，抓住母亲的手，要把花梗放回原处。

“胡闹！”她母亲说，闪身走开。女孩把花梗贴在唇边，喃喃地说：

“不是很香吗？”

母亲冷笑了一声。

“不香——”她说，“对我来说不香。我嫁你爸爸时正是菊花季节，生你们的时候也是菊花季节。甚至他第一次喝得烂醉，被人抬回家里的时候，外套扣孔里也是插着一朵枯掉的菊花。每次闻到菊花的气味，我都会想起那天帮他脱外套，费了多大的劲……”

她看着孩子们。他们睁大眼睛，张着小嘴，一副可怜兮兮的样子。母亲坐在椅子里无言地摇晃了一会儿，然后又看了看钟。

“差二十分钟就六点了！”她略带苦涩的语气故作不在乎地说，“哼，他不会回来的了，会回来也是被抬回来。他可别想上床——因为我不会让他洗澡的，就让他一身煤灰睡厨房地板好了！唉，我真是个傻瓜，一直以来都是个大傻瓜！我为他守着这个满是老鼠的肮脏狗窝，而他却偷偷溜过家门，跑去喝酒。上礼拜有过两次……这回又犯了……”

她让自己闭嘴，站起身收拾桌子。

接下来一个多小时，孩子都在玩游戏，玩得很专心、很有创意、很小声，因为他们害怕母亲的满腔怒气和担心父亲回家后的风暴。这段时间里，贝慈太太都是坐在摇椅里，用米色的厚法兰绒做一件“背心”；她撕下灰色的布边时，衣料发出一声沉闷的撕裂声。她使劲地缝制，同时留心听着一对儿女玩耍。怒气亦渐渐消弭，仿佛她也想躺着休息，但仍然睁着眼睛，竖起耳朵。偶尔，当外面的枕木响起脚步声，她就会停下手中的针线活，猛抬起头，吩咐子女安静：“嘘！”直到脚步声走过了院子门才回过神来。两个孩子始终自顾自地玩耍。

安妮瞧了瞧她的拖鞋台车，只觉得讨厌这游戏。然后她转过脸，可怜兮兮地看着母亲。

“妈妈！”她说，但又不知道要如何表达。

这时，约翰像只青蛙似的从沙发底下爬了出来。母亲抬头瞟了他一眼。

“好啊，”她说，“瞧瞧你的衬衫衣袖！”

小男孩举起手看了看袖子，没说话。然后，有粗嘎的人声从铁轨处传来，屋里的人顿时凝神静听，直到有两个人聊着天，从他们家门口走过。

“该睡了。”母亲说。

“可是爸爸还没有回来。”安妮哭丧着脸说。

但她母亲很坚持：

“别担心。自会有人送他回来，到时他会睡得像木头一样沉。”她意指丈夫回来时一定已经烂醉如泥，夫妻俩不会有大吵一架的机会。“我会让他睡在地板上，睡到自己醒来。这样一搞，他明天铁定无法上工！”

两个孩子用一块绒布把手和脸擦干，然后站在壁炉小地毯上脱下衣服。他们都很安静。穿上睡衣后，他们跪下来祷告，小男孩嘴巴念念有词。母亲低头看着他们：女儿颈背垂着一大束缠结的丝质鬈发，小男孩则是一头黑发。她对他们父亲不禁怒火中烧：是他害他们母子三人受这种罪的。两个孩子为了寻求慰藉，都把脸埋在母亲的裙子里。

等贝慈太太走下楼来时，屋内显得异常空荡，但又充满着一股因期盼所产生的紧绷气氛。她拿起针线活，低头缝了好一会儿。这时，恐惧渐渐取代愤怒。

当挂钟敲响八点时，她蓦地站起身，把针线扔到椅子上。她走到楼梯底，打开楼梯门，侧耳听了听。两个孩子显然已经熟睡。接着她走出屋外，把门锁上。

院子里响起扭打的声音，吓了她一跳，突然她明白那是老鼠乱窜的声音——这地方是老鼠的天下。夜色黑魆魆。那片停满台车的铁路停车场看不见一丝灯光，不过，在更远处的矿井顶部，倒是亮着几盏昏黄的油灯，而闷烧着的井口平台也在夜空中抹出一片红色。她匆匆沿着铁路停车场边缘往前走，越过铁轨的汇聚点，来到称重机器旁边的白色大闸门，从那儿的阶梯走上马路。这时，她先前的担忧都消失了。路上有些人正朝新布林斯利方向走去。那边灯火通明，再走二十码便是“威尔斯亲王”，它的大窗子明亮而温暖，男人的闹嚷声清晰可闻。这时，她开始觉得自己蠢：他不过是在“威尔斯亲王”里喝着酒罢了。她丈夫正快活着，她却担心他出了事！她的脚步迟疑。她从没来过这里把丈夫抓回家，也永远不会这样做。但她既然出来了，就总得有个结果。所以，她就继续走着，往四散坐落在公路旁的一长排凌乱的房子走去。她走进房子间的一条通道。

“对，这里就是莱格利的家。你想找他？他现在不在家。”

那个骨瘦如柴的女人从昏暗的洗碗槽探出身，眯着眼睛看她。一道黯淡的光线从厨房的百叶窗透出，照在窗外的女人身上。

“你是贝慈太太吗？”厨房里的女人问，语气带点敬意。

“对。我想知道你先生是否回家了。我先生到现在还没回家。”

“有这种事！杰克已经回来过，早早便吃过晚饭。不过他刚刚又出去了，要在睡前溜达半小时，但不会去太久。你到‘威尔斯亲王’找过吗？”

“没有。”

“哦，了解。那种地方让人不舒服！”屋里的这个女人安慰地说。接着两人都不知要说些什么，气氛有点尴尬。然后莱格利太太补充说：“杰克没说过关于——关于你先生的事。”

“当然。但我猜他八成是窝在那里。”

伊丽莎白·贝慈毫不顾忌愤怒地说。她明知院子另一头的那个女人就在门后听，但她不在乎。她转身准备离开。

“等一下！我这就去找杰克，看看他知不知道你先生在哪里。”莱格利太太说。

“啊，不用了，我不想给你添——”

“不要紧，只要你帮我看家就好。我怕孩子下楼闹出什么火灾之类的。”

伊丽莎白·贝慈喃喃说了句不好意思便走了进去。莱格利太太则为厨房的脏乱向她表示歉意。

这厨房确实乱。沙发和地板上到处是小上衣、小裤子和小孩的内衣，玩具也是扔满一地。桌子铺的黑色桌布上满是面包渣、饼渣、面包皮，还有一壶凉掉的茶。

“没关系，我们家也是一样乱。”伊丽莎白·贝慈说，两眼望着那女人，不去打量房间。莱格利太太在头上披了条披巾，急急忙忙往外走，一边说：

“我马上回来。”

贝慈太太坐了下来，看着厨房的乱象，微微感到不以为然。然后，她开始点算地上零星散布着多少双大小不同的鞋子。一共是十二双。她叹了口气，心想：“怪不得！”然后再度扫视各种四下乱丢的东西。没多久，院子里传来两个人的脚步声。莱格利夫妇回来了。伊丽莎白·贝慈站起身。莱格利高大，体格粗壮，头颅特别有棱有角。他一边太阳穴横着一条疤痕，是在矿井里受伤造成，伤疤里因为残留着煤灰，乍看就像蓝青色的文身。

“他还没回家吗？”莱格利也不寒暄，直截了当地问，但语气中带着尊敬和关切，“我说不上来他人在哪里，但肯定不在那儿！”——他把头一摆，意指“威尔斯亲王”。

“他可能是去了‘紫杉’。”莱格利太太说，似乎想设法帮上忙。

“对，八成是去了‘紫杉’。”她丈夫附和说。

接下来莱格利沉默了半晌，像是想起了什么让他不安的事。

“我出坑时他还没完成定额，那时已吹了下班哨大约十分钟。我大声问他：‘瓦尔特，你还不走吗？’他回答：‘你们先走，我再半分钟便来。’所以我和鲍威斯就先从坑底出来，以为他会随后跟上，搭下一个罐笼上来……”

他困窘地说着，仿佛是为人家指控他丢下同伴不管而答辩似的。

这时，伊丽莎白·贝慈再次断定丈夫是出了事，但还是马上安抚莱格利：

“我猜他应该就像你所说的，去了‘紫杉’。这不是第一次了。我是因为气昏了头才会胡思乱想。等他醉到不省人事自会有人抬他回家。”

“唉，老是这样真是不太好！”另一个女人哀叹地说。

“我这就去迪克家，看看他在不在那儿。”男人自告奋勇说，一方面是害怕同伴是真的出事，另一方面是害怕对贝慈太太不够周到。

“噢，不用了。我不要给你添这么多麻烦。”伊丽莎白·贝慈郑重地说。但莱格利知道她乐于他帮这个忙。

当他们跌跌撞撞地沿着入口道路往外走时，伊丽莎白·贝慈听见莱格利太太跑过院子，推开邻居的门。听到这声音，她全身的血液似乎突然一下都从心房流走了。

“当心！”莱格利提醒她说，“我不知说过多少次了，要是再不填平这条路的坑坑洼洼，迟早会有人摔断腿。”

听他一说，她才回过神来，跟着他快步走去。

“我不放心留两个孩子独自在家。”她说。

“那你就先回家，不必陪着我一道去。”他客气地说。不久，两人就走到她房子的院子门前。

“我去一下就会过来。你不要担心，他不会有事的。”莱格利说。

“真谢谢你，莱格利先生。”她说。

“哪里的话——别这么说——不过小事一桩！”他结结巴巴地说，说完便继续往前走，“我去去就过来。”

屋子里静悄悄的。伊丽莎白·贝慈摘下帽子和披巾，铺好壁炉边的小地毯，快速地收拾房间。她知道待会儿一定有人会来。做完这些，她坐了下来。这时已经是九点多了。然后，她突然听见卷扬机急速的转动声和制动闸放下绳子时的吱嘎作响声，让她心惊胆跳。她再一次感到全身血液一下子流光似的，痛楚不堪。然后，她一手插着腰，大声责备自己："我是怎么搞的！明明只是副经理例行在九点钟下井巡查，我却吓成这样。"

她一动不动坐着，倾听外面的动静。半小时之后，她感到精疲力竭。

我这样何苦，她自怜地想，除了伤身又会有什么好处！

于是，她又重新缝起衣服。

九点三刻的时候，外头响起脚步声。她一动不动，倾听那声音。是单独一个人的脚步声！她盯着门，看着它打开。推门的是个老女人，头戴黑色无边女帽，身披黑色的羊毛披肩——原来是她婆婆。她六十岁左右，个子不高，脸色苍白，一双蓝眼睛，脸上满是皱纹，显得悲苦和自怜。她关上门，径直走到儿媳跟前，一只手放在对方强壮、能干的手上。

"唉，丽兹！这下可怎么好！这下可怎么好！"她悲鸣着说。

伊丽莎白猛地一惊，微微蜷缩起身子。

"发生了什么事，妈妈？"她问。

老妇人走到沙发坐下。眼泪沿着她旧日愁苦所留下的皱纹源源流下。

"我不知道，孩子，我无法告诉你！"她缓慢地摇了摇头，显得绝望。伊丽莎白盯着她，又是焦虑又是恼怒。

"我无法告诉你。"老奶奶重复了一遍，深深叹了口气，"烦恼事总是没完没了，真是的。我已经吃过那么多苦头，可现在又……"她任由眼泪流淌，没有去擦。

“可是，妈，”伊丽莎白果断地打断她的话说，“你来这里总有理由的，快告诉我！”

老奶奶慢慢地擦着眼泪。她的泪泉暂时被伊丽莎白的单刀直入堵住。

“可怜的孩子！哎，我可怜的孩子！”她呜咽着说，“我不知道我们该怎么办……发生了一件可怕的事，真的很可怕！”

伊丽莎白等着她说下去。

“他死了吗？”她问。话一出口，她的心便噗噗狂跳起来，另一方面又为自己肆无忌惮的话感到羞惭，脸微微发热。她的话吓坏了老妇人。

“别说这种话，丽兹！我猜情形没那么糟，上帝一定会放过我们的。是这样的，伊丽莎白，正当我喝着睡前酒，准备就寝时，杰克·莱格利来敲门，他告诉我说：‘贝慈太太，你得到铁路那边一趟。瓦尔特出了事，所以，你最好到你媳妇家等着，等我们把他抬回去。’我没来得及问他什么，他便掉头走了。所以我就戴上帽子，直接过来了。我边走边想：‘唉，要是我那可怜的媳妇突然听到坏消息，真不知道会受到多大打击。’丽兹，你千万要冷静，毕竟你有孕在身。你怀孕多久了？六个月，还是五个月？”老妇人摇了摇头，“唉，时间过得真快，过得真快！唉！”

伊丽莎白此时正忙着想别的事。如果他死了，她有办法靠那微薄的抚恤金和自己工作所得过日子吗？她迅速计算了一下开支。但如果他只是受了伤呢？采矿公司一定不会提供他住院费的，那要天天照顾他有多烦人啊！不过这也好，如此一来，她就能让他戒掉酒和其他不良嗜好。她一定会逼他戒掉。想到这里，她的眼眶充满了泪水。然后，她又冷静下来（他已经扼杀了她的“多愁善感”），想到了子女。不管怎样，他们都绝对少不了她的照顾，所以，任何情况下她都必须保持坚强。

“唉！”老妇人又说了起来，“回想起来，他头一次领到工资交给我，仿佛只是一两星期前的事。唉，他是个好孩子，伊丽莎白，他真的是个好孩子。我不知道他后来怎么会染上那些毛病，我不知道。他小时候是个好孩子，又乖巧又懂事，可现在却染上一大堆毛病。但愿主这一次会饶过他，给他机会改过自新，但愿如此。我知道他带给你不少烦恼，我知道的。但他以前真的是个好孩子，这是无可否认的，伊丽莎白。我不知道他后来怎么会……”

老妇人用一种一成不变且惹人厌烦的声音不停地絮絮叨叨，但伊丽莎白没有仔细听，只管全神贯注想心事。一度，她被突然响起的卷扬机快速运转声和制动闸的尖叫声吓了一大跳。但卷扬机马上就减速了，制动闸也变得悄无声息。老妇人并没有注意这些声音。伊丽莎白不安地等待着。老妇人继续絮叨，时断时续。

“他不是你儿子，丽兹，你我的差别就在这里。不管他后来变得怎样，我都清楚记得他从前是个好孩子，乖巧懂事，让人百看不厌。”

十点半了。老妇人犹在嘀咕：“不管活得多老，烦恼还是会找上门来，跟你没完没了，让你什么都不剩，只剩下烦恼……”这时，院子门被砰一声打开，继而前台阶响起了沉重的踩踏声。

“我去开门，丽兹，让我来开。”老妇人喊着，站了起来。但伊丽莎白已先到了门口。门外站着个穿矿工服的男人。

“太太，他们正在把他抬回来。”他说。伊丽莎白的心跳停止了一下子，随即剧烈跳动起来，几乎使她窒息。

“他——严重吗？”她问。

那男人点点头，别过脸，望向花园：

“他已经死了几小时。这是医生在灯房里替他验尸时说的。”

老妇人就站在伊丽莎白背后，听到这话，她颓然跌坐在一把椅子上，十指互扣，哭叫着说：“啊，我的儿呀，我的儿呀！”

“嘘！”伊丽莎白说，眉头一蹙，“妈，安静，不要吵醒孩子。我不要让他们下来看到这一切！”

老妇人改为低声呜咽，身体前后摇晃。那男的正想要掉头离开时，伊丽莎白往前走出一步。

“怎样发生的？”她问。

“嗯，我也不大说得上来，”那男人局促不安地回答说，“等他完成定额时，大伙都已走了，一大片岩石突然从他头顶上方塌了下来。”

“那他有——有被压成肉酱吗？”寡妇问道，全身震颤。

“没有，”那男的回答说，“他是在开采面下面干活，岩石没碰着他，但却把他密封住。他是被闷死的。”

伊丽莎白瑟缩了起来。只听见她背后老妇人哭叫道：

“什么？你说他是被闷死的？”

男人更大声回答：“对，是这样。”

老妇人顿时号啕大哭，但这反而让伊丽莎白冷静不少。

“妈，别哭。唉！”她说，用双手搂着老妇人，“不要吵醒了孩子，不要吵醒了孩子。”

她也哭了一下，而老妇人则在她怀里前后晃动和呜咽。伊丽莎白想起丈夫的尸体就要被抬回家来，自己必须先准备一下。“让他们把他放在起居室好了。”她自言自语说，脸色苍白，茫然失措地站着。

然后，她点燃一根蜡烛，走进小小的起居室。里面阴冷潮湿，但她无法生火，因为这里没有壁炉。她放好蜡烛，环顾四周。烛光闪烁在玻璃器皿和两个插着粉红色菊花的花瓶上，也闪烁在暗色的红桃木家具上。空气里弥漫着菊花冰冷的死灰味。伊丽莎白看了菊花一眼，随后转身，估算了一下长沙发和矮柜之间的地板是否宽敞得能放下他。她把几把椅子推到一边之后，空间增大了许多，不仅可以放他，四周还可以站人。然后她拿来一块红色旧桌布和另一块旧布，铺在地板上，以免地毯遭殃。她离开起居室时打了一阵寒战。她从厨房五斗柜里取出一件干净衬衫，放在火边烘烤。她做这些事时，她婆婆都是坐在椅子上，身体前后摇晃地呜咽。

“妈，你得挪一下位置，”伊丽莎白说，“他们就要把他抬回来。你坐到摇椅里吧。”

老母亲机械性地站起身，坐到炉火旁边，继续悲泣。伊丽莎白走进食品收藏室拿另一根蜡烛，然后，就在这间屋顶没铺瓦片的小单间里，她听见一行人正在接近。她一动不动地站在食品收藏室门口，聆听他们的脚步声。她听见他们走过房子的一头，费劲地下了三级台阶，拖沓的脚步声混杂着窃窃低语声。老妇人这时也安静了下来。三个男人走进了院子。

然后，伊丽莎白听见矿井经理马修斯说：“你先进去，吉姆。留神点！”

门开了。两个女人看见一个矿工倒退着走进厨房，双手抬着担架的一头。从担架的这一头，可以看见死者脚上的矿靴。两个抬担架的人慢了下来，为首一个低着头，避过门楣。

“把他放在哪儿？”长着白胡子的经理问，他是个矮老头。

伊丽莎白回过神来，拿着未点燃的蜡烛从食品收藏室走了过来。

“放在起居室。”她说。

“抬到那儿去，吉姆！”经理指点着说。当抬担架的人笨拙地倒退着走过两道门时，盖在死者身上的外套掉了下来，让两个女人见着了她们的男人。因为矿工都是打赤膊躺着干活，所以这时尸体也是光着上身。一看见儿子，老妇人顿时低声呜咽起来：“我的孩子啊！”伊丽莎白尾随三个男人走入起居室，与经理迎面相对。他紧站在第二个抬担架的人后面。

“把担架放这里。”经理大声吩咐，“把他放在布上，小心点，小心！哎呀，你看你，真是的！”

一个工人碰翻了一个插着菊花的花瓶。他手足无措地愣了一下，接着放下担架。伊丽莎白没有朝她丈夫看。她一进到起居室就先忙着收拾花瓶碎片和菊花。

“等一下。”她说。

三个男人静静地等着她用抹布把地上的水擦干。

“唉，真是见鬼，真是见了鬼！”经理说，一面说一面用手指揉眉心，显得困惑不解，“我一辈子都没碰过这种事！他明明已经干完活，准备好离开了。可大石就是嗖一声掉下来，把他困在洞里。那个洞不到十英尺高，石头却根本没有砸到他。”

他低头望向尸体：死者表情安详地躺着，光着上身，身上沾满煤灰。

“医生说他是‘窒息致死’。我从来就没看过这样的事。就像是设计好的。石头没砸到他，却分毫不差地困住他，就像个拱顶似的。”经理一面说一面大手一挥。

“就是那样。”一个工人附和说。

他们把这恐怖的一幕涌进她的脑海里。

“冷静点，太太，”经理说，“千万要冷静！我知道这工作不是好工作，可是——”

这时，他们突然听到女孩从楼上尖声发问：“妈妈——是谁来了？妈妈，是什么人？”

伊丽莎白慌忙走到楼梯底，打开楼梯门。

“快睡！”她厉声吩咐，“你嚷嚷什么！马上去睡觉——这里没事——”

她开始爬上楼梯。他们听着她一步步走上楼梯板，再走入灰泥地的小卧室。然后，听到她的说话声清晰分明。

“你到底是怎么回事，傻丫头？”她说，声音比先前柔和许多。

“我好像听见有人来。”小女孩用可怜兮兮的声音回答。

“是把你爸爸送回来的人。没什么好大惊小怪的。睡吧，当个好孩子。”

楼下的人可以想象得到，她此刻正在给孩子盖好被子。

“爸爸喝醉了吗？”女孩怯生生地问，声音细弱。

“没有！别问蠢问题了。他——他已经睡了。”

“他睡楼下？”

“对——别吵醒他。”

女孩沉默了一下，然后再次用惊恐的声音发问：

“那是什么声音？爸爸真的睡了吗？”

“对！我已经说过他没事，你还有什么好操心的？”

女孩听到的是祖母的呜咽声。老妇人浑忘一切，坐在椅子里前后摇晃和呜咽。矿井经理抓着她的胳膊，提醒她说：“嘘——嘘！”

老妇人睁开眼睛，看着他。他的打扰让她吃了一惊，于是安静了下来。

“几点了？”女孩用哀怨细弱的声音问，准备问完这最后一个问题便重返梦乡。

“十点。”她母亲轻柔地回答，接下来想必是弯腰各亲了两个孩子一下。

马修斯向两个男人招手，示意大家离开。他们戴上鸭舌帽，拿起担架，跨过尸体，轻手轻脚走出屋外，直到离两个还醒着的孩子很远才开始交谈。

伊丽莎白下楼来时，看见婆婆独自坐在起居室地板，双手捧着儿子的脸，泪水扑簌簌地滴在他身上。

“我们得为他准备入殓的事。”她低声说，说完走到厨房，把一个烧水壶放在灶上。回到起居室，她在丈夫跟前跪下，动手解开他的皮靴带子。起居室因为只点了一根蜡烛而非常昏暗，她不得不把脸靠近，几乎贴近地板。最后，她终于把沉甸甸的靴子脱下，放到一边。她又动手脱他的长袜，解开肮脏吊袜带的结时感到恼怒。就像大部分矿工一样，他是极讲究干净的人，所以伊丽莎白在这方面从来不需要难为情。最后，她解下了他穿在腰间的皮革粗皮带。

“现在你必须帮帮我。”她低声而敬畏地对老妇人说。两人合力脱下死者的裤子。

她们挺起身子，看着他躺在那儿，显露出死亡的肃穆。在初始的敬畏下，婆媳二人都低着头，同时流出母性的眼泪。有几分钟，她们虔诚地、静静地站着。最后还是母性占了上风。伊丽莎白跪下来，双手环抱丈夫，脸颊贴到他胸膛上。他的身体仍然温暖，因为他死亡时矿井里面很热。他妈妈则捧着儿子的脸，语无伦次地喃喃自语，老泪不住地滴落，像雨水从湿叶上滚落而不像哭泣。伊丽莎白用脸蛋和嘴唇触遍尸体全身。然后，她突然对于丈夫的脸被婆婆占住而心生嫉妒。

她站起来，走进厨房。往脸盆里倒些热水，拿了肥皂，绒布和一条柔软的毛巾再往回走。

“我得帮他洗一洗。”她斩钉截铁地说。

老母亲身体僵硬地站起来，看着伊丽莎白轻柔地盥洗他的脸，又用绒布把他两撇浓密的金黄色髭须从嘴角抹开，动作温柔得就像给小孩洗脸。老妇人觉得嫉妒，便说：“我来替他擦干！”

说完便在尸体另一边跪下，擦干伊丽莎白清洗过的部位，黑色的无边女帽不时会碰到儿媳的深色头发。她们就这样默默地做了好一阵子。有时，她们会忘记他已经死掉。在碰触男人的肌肤时，婆媳两人会感受到一种各自不同的奇异悸动，这让两人变得没有交集，却又在两人心中留下刺痛的悲伤。

清洗完成。他是个英俊的男人，和气的脸庞有酗酒造成的痕迹。一头金发，肌肉丰满，四肢匀称。

“愿上帝祝福他。”他母亲盯着他的脸低声说，“他看来就像快要醒来般。愿上帝祝福我亲爱的小宝贝！”嘶哑的嗓音带着恍惚的狂喜。

伊丽莎白再次瘫坐到地板，脸贴在丈夫脖子上，颤抖着，打着哆嗦，直到疲倦了才平静下来。老母亲缓慢而无声地落泪。她摸着儿子，以无限的慈爱和兴味凝视着他。

“他白皙得就像牛奶，光洁得就像十二个月大的小宝宝，啊，愿上帝祝福他——我的心肝宝贝！”老妈妈喃喃自语，“他身上没有一个疤，又干净又白皙，漂亮得像个新生儿。”她满怀骄傲地自言自语。伊丽莎白仍旧把脸埋在丈夫身上。

“他走得好平静，丽兹——平静得就像睡着了一样。你说神不神奇：他嘴角微微带着笑意啊。显然，他在被困住的当下便已找到内心的平静。他不是一下子就走掉的，所以，如果不是找到内心的平静，他看起来不会像现在这样安详。他嘴角微微带着笑意啊，他以前很喜欢笑，笑得很甜。我好喜欢听他笑。他现在的样子就像小时候。”

伊丽莎白抬头看去。她丈夫的嘴巴没有紧闭，在髭须的覆盖下微微张开。他的眼睛半开半阖，反映不出小蜡烛的光彩。他太太凝神看他。他看似刚做完梦，半梦半醒。生命的烟火已经熄灭，只留下纯洁与率真，就像个发呆出神的少年人。他本质上的美此时完全展现。她当初并没有看错他，虽然这些年间她常常严苛地责备自己看错他。他曾经美过，那时他十八岁，正为人生寻找方向和做准备。现在，这美又毫发无损地从他身上焕发出来。伊丽莎白所爱的正是这个少年的“他”。他经历了严守纪律的、充满理想的少年时代，宣誓保持光荣的自我，选择自己的理想，追求他直到获得应有的报酬。然而，他为了寻欢作乐而背叛了自己。教育教我们如何获得快乐，生存培养我们的谋生技能，一出了矿井，除喝酒以外便再没什么能引起他的兴趣。他在酒馆里寻找慰藉，代价是人格灭顶，不再有上进心，因为他不知道自己能上进些什么。这个矿工成为自己的叛徒，为了纾解不得志的痛而用酒精摧毁身体。这个叛徒一点一滴地毁伤和摧残了自己。

正是这叛徒让他太太恨之入骨，非要奋力与之战斗不可。这些年来，目睹他一步一步往下坠，她曾用尽全力要把她曾经认识的丈夫挽救回来。她祭出血淋淋的激情与狂野去跟这个叛徒战斗。如今，她终于得回丈夫：这个年轻、洁白、死去的年轻骑士被带回她的身边了[①]。伊丽莎白向尸体颔首，涕泣起来。

---

① 这句话脱胎自丁尼生（Alfred Tennyson）的《公主》（*The Princess*）一诗：“他们把她死去的战士带回家里。”

她双手抱着他，亲吻他胸前顺滑的肋状纹理，臣服地把前额贴在他身上。但为了忠于自己更深的自尊，她在心里没有一句哀伤的话语。女人的内心是刚毅的，即使身体柔软易曲，内心依然拥有风一般的美。

尽管如此，她心里洋溢着悲恸与怜悯。他死前受了哪些罪？在矿坑里束手待毙时，这男人经历了多长时间的恐惧！她极度悲痛地涕泣起来。她无法去救他，也不再可能为他做些什么。一想到两人的尘缘已经结束，她便感到无法形容的凄苦。即便能够在另一个世界重遇，他也将不再需要她，一切都会不同。她眼看着与他一起生活的人生片段已经落幕，悲痛成了一种心情。此时，老妇人看着她，因为惊惧而变得安静。过去，这个比她老的女人并不是那么尊重她，因为她常常说："是她把他逼成那样子的。她让他变得比原来坏一万倍。"不过，此时，随着伊丽莎白的悲恸激情越来越甚，老妇人缩起来，想要回避它。

"你帮他准备好衬衫了吗，伊丽莎白？"

伊丽莎白擦拭眼泪，没有回答，努力让自己麻木和平伏下来。最后，她站了起来，走进厨房，回来时手上拿着一件衣服。

"烘干了。"她说，一面检查棉布衬衫，看看是不是干透。她很不愿意打扰他，但又总不能让他一直赤裸。为他穿衣大不容易。他身体很重，很无助，比沉睡的小婴儿还要无助。就像对付一个反抗的小孩一样，两个女人费尽九牛二虎之力才帮他把衬衫穿上。这让伊丽莎白的心再次涕泣起来。

然而，她的悲苦里混杂着喜乐，喜乐所占的比例比她自己知道的还多。如果丈夫不是死了，回到家的时候就会是个丑陋、满嘴污言秽语的人，是她必须与之战斗的可恨怪物。唉，从前她跟丈夫吵得有多凶啊！不，那不是她丈夫，而是个扭曲变形的懦夫，一点一滴地取代了她原来的丈夫。死神真是有智慧，懂得叫人沉默。哪怕是此时，她仍害怕他会忽然开口说话。然而他被修复，交到她的手中，白皙无瑕，清新得像灿烂的日光。从一场精彩的战斗中凯旋。

她为此感谢上帝，内心一片雀跃。对，他是如此漂亮，正朝着下一个生命再出发。

密　爱

（一九一一年）

当伯纳德·库慈在克罗伊登[①]下车的时候，他知道自己正在冒险。

反正今天铁定赶不到英格勒顿[②]，他自忖，我干脆在这个老地方待一晚好了，何况从迪耶普[③]搭渡轮已经够累人的。在克罗伊登过夜跟在伦敦过夜还不是一样。

当电车快开近的时候，他又自忖：

既然来了，我干脆顺道到珀里[④]走走好了，应该可以赶得上喝茶时间。

他这样子每退守一步，内心都会感到难为情，甚至愧疚。

这是三月天的傍晚。在皇冠山下面那片幽暗的谷地里，房子层层叠叠，直至耸立的黑色教堂尖顶，在远方红色落日的映衬下，连成一道清晰剪影。

“多么熟悉的地方啊——我太喜爱这里了。”他向自己承认。电

---

① 克罗伊登（Croydon）是萨里郡（Surrey）的一个小镇，在这故事创作的年代，它正快速发展成为伦敦的一个近郊区。劳伦斯在镇东的大卫森路学校教过书。

② 英格勒顿（Ingleton）：约克郡山谷（Yorkshire Dales）的一个村庄，位于兰开斯特（Lancaster）以东十五英里，坐落在英格尔伯勒山（Ingleborough）的山脚下。事实上，在一九一一年春天，劳伦斯的未婚妻（路易丝·布罗）不是住在英格勒顿而是住在很不同的地方：莱斯特郡（Leicestershire）的加德斯比（Gaddesby）。

③ 迪耶普（Dieppe）：法国诺曼底的一个港口，有渡轮通英伦海峡对岸的纽黑文（Newhaven）。

④ 珀里（Purley）：克罗伊登以南几英里的一个小镇，在故事创作的那时代也是快速发展成为伦敦的近郊区。

车经过的景色都是他熟稔的。他聆听着飕飕声响，留意头上电线支架上蓝色火花的踪迹。火花突发的激情从无生气的电线中迸射出来，使他满心欢喜。

“这是哪里来的呢？”他问自己，然后又一次闪起引人注目的火花。他自顾自地微笑起来。白昼快速退却。弧形路灯一盏接一盏闪烁和点亮，电车上方的铜缆在幽暗的天空下微微发光，染上蔓乌头般的色调[①]。电车前进时摇摇晃晃，仿佛在欢欣鼓舞。当房子样貌逐渐清晰，那名男子向西望去，看见晚星正在上升：这点明亮正从极远处靠近中，在日与夜交战带的上方行进着。他向晚星打了个招呼，随着电车的摇晃而雀跃。

“这颗星眨眼似的一闪一闪，就像是认得我似的！”他自得其乐地遐想。在整片暮色的最上方，悬挂着一弯锋利明晰的新月。

“古代祭司一定就是用这样形状的尖刀挖出殉祭者的心脏。”

未几，拉着长长斜影的电车便开进了终点站的暗黄色灯火里，那儿商店一家叠一家，油灯一盏叠一盏，像是点燃煤块所产生的黄色火光在薄暮的蓝色沙漠里一起聚拢，散发着光和热。电车像个晚归的旅人那样，朝着黄色的灯火使劲吸气。

库慈快步往山坡上走去，这时已不觉得累。他从远处就认出那房子，因为花园外墙上长满庭荠花[②]，像是悬挂着一块宽阔白布。从陡坡跑向大门的时候，他闻到风信子的气味，又瞥见朦胧摇曳的水仙花和以支架支撑的白色番红花。

“是你！怎么可能！看到你寄来的名片时，我也是这样说：怎么

---

① 蔓乌头（Monkshood）：一种乌头类植物，其花呈兜帽形状，带有毒性。劳伦斯在短篇小说《上尉的洋娃娃》里描写过蔓乌头的样子。

② 一种假山园林植物，花为白色或黄色。

可能！你喝过茶了吗？”

“我就是来看看有没有茶可喝。”库慈回答。

“唉，我真不知道该说什么。我太意外了。”

布雷斯韦特太太[①]是个年轻寡妇，守寡两年。她中等身材，脸色和性情都一样红润快活，羊脂般的皮肤和一头浓密黑发都泛着油光，让人联想到坚果的果肉。这个晚上，她穿了一袭鼠皮制的晚礼服。

“不过，我很高兴你大驾光临。”她说，然后笑了起来，对自己刻意有礼而感到失笑。

库慈被带到一个装饰成东方风味的小厅室。窗帘和地毯都是印度织锦，室内还陈设着一些光亮的印度器皿。里面坐着一个年老绅士，留着精心梳理的白发和白色络腮须。他站起来迎客，红润的脸庞上看得见一些因为年纪大而形成的小斑块。他热情地攥住客人的手，但他的有礼态度跟躬着的颤抖身躯形成可怜兮兮的对比。

“来来来，过来坐，茶点还在准备。来嘛，别客气！萝拉，有准备茶点吗？有？那就好！我们好久没看着你了，这段时间你去哪里了？国外？国外是好地方。哈哈哈。”

老人家不断笑着，说着，喋喋不休。就像身在梦中一样，他的一切反应都是发自内心。他不停说话、大笑，不理会客人的反应，虽然知道有人在面前，但全然不在意别人的感受，只是一味地絮絮叨叨、转换话题，宛如一口喷水口松掉的老喷泉。

“你走之前没有告诉我们要出国——为什么不告诉我们呢？”萝拉用高亢、坦率、没有经过思考的声音询问。库慈望着她，使她坐立

---

① 布雷斯韦特太太（Mrs. Braithwaite）这个角色是以萝拉·麦卡特尼（Laura Macartney）为原型。萝拉与父亲住在珀里公园街（Purley Park Road），劳伦斯会认识她，是透过海伦·柯克的介绍。

难安地用手指拨弄桌布上的一些碎屑。

“我说不上来，”他说，“我们都是为了什么而去做某件事的呢？”

萝拉笑了起来。

“人为什么会做某件事？我不知道啊！我猜是因为想做而做吧！”她说，又笑了起来，“我们为什么会做某件事，佩特？”她大声问，问完又咯咯咯笑不停。

“唔？——什么？哦！”老人恍然大悟似的说，他举起双手——“为什么我们会做某件事？这是个大哉问。我记得，我还年轻那年头，人们都热衷讨论自由意志的问题，啊——我还以为这个问题早已得到解决，唉——”

“噢，佩特，你并没有那么pass（过时），要是你还热衷于自由意志的争论。文学界学界还在吵个不停，你来我往毫不留情，但我想那已是demod’e（落伍的、不流行的）——”

“我们为什么会做某件事？”老人不放弃地说，“因为我们身不由己吧，啊——什么？”

萝拉笑了起来。库慈也露齿而笑。

“我想你是对的，佩特。”萝拉大声对老人说。

“今天是星期五，你以前都是每逢星期五夜晚就来。”萝拉对库慈说，“你不知道你离开后我们有多想念你。佩特老是说：‘我们现在少了一个人，变得不完整了。’”她笑了起来，“你离开了多久？——几个月啦？”

“五个月。”库慈回答。

“才五个月！啊，对了，就像往常一样——玛格丽特今晚要过来。我表妹汉娜也会来。”

“我想也是。”库慈说。

“真的？”她微笑着说，“你是要回来克罗伊登长住？”

“不是，我刚从法国回来，要去约克郡。我只是路经这里。”

稍后，马斯顿老先生离开座位，前去查看女佣有没有点亮起居室的灯。这时，布雷斯韦特太太用她一贯直率、唐突的方式问库慈：

“你是跟玛格丽特吵架了吗？”她在探听别人的事情时有一点点像她父亲那样，是出自无意识状态。

“没有。”库慈说，“我们没有吵过架。玛格丽特从不跟谁吵架。”

“她知道你今晚要来这里吗？”

“不知道——她不晓得我人在方圆两百英里之内。”

“那她一定会吓一跳！你是想给她一个惊喜吗？”萝拉笑着说。

“她没有告诉你我已经订婚了——和我一个老朋友，住在约克郡。”

“你！——你一定是开玩笑！”

“不——我是说真的。”

“你总是能吓人一跳，”她笑着说，“但说真的，我无法想象你会跟别人订婚。”

“无法想象？”他苦笑着说，“但我说的是事实。”

“好吧——我想我应该恭喜你才对。不过——我真的以为你和玛格丽特是无法拆散的。她从没向我透露半点风声。”

“不是的。”他静静地说，仿佛这是他意料中事。

“你们真的没吵架？”她再次探问。

“没有——我们仍然是朋友——也仍然是仇人。”

“你真风趣。”萝拉笑了起来，决定不再尝试解开他和玛格丽特之间的谜。

不久之后，赛福特小姐走了进来。她是个高颧骨的德国女士，四十岁，虽然在英国住了十二年，但英语仍然一团糟。她生性天真、单纯，像个孩子般，动辄会仰慕别人。只要一碰到一个相貌堂堂的人，不管男女，她都会马上崇拜起对方来。总之，她是个甜美、可人、孩子般的四十岁女人，极度温文和敏感，又头脑简单。用那不流畅的英语来形容就是："棒极了——很好！"

瓦利小姐在大约七点半到达。库慈听到那位有礼的老绅士在门厅里跟她寒暄，以及她低声地回答。走进小厅室的时候，她在门口愣住了。她中等身高，身材结实。她的脸色苍白且略为严肃，像狮身人面兽一样泰然自若。这个二十八岁的金发女子今晚穿着一袭很长的白色晚礼服，裙摆差一点就会拖地。她白皙的颈项很厚实，手臂也强壮，但洁白而漂亮，她的眼皮浮肿。乍看到库慈让她脸色绯红起来。他颔首致意——但她没有回礼。然后，她走上前，向他递出一只手。

"我没料到会在这里看到你。"她说，声音有点尖锐，仿佛喉咙半开。这种声音让库慈的神经刺痛。

"没想到。"他回答，咽了一口口水。

"你是从约克郡过来的吗？"她问，表面上好像没事，但他知道她内心多么汹涌澎湃。

一向讨厌犹豫不决的她，蓦地转过身，对女主人说：

"我们开始吧，好吗？"

于是，他们一起走入起居室。那是个大厅室，库慈不但注意到以暗沉的黄色为主色调的起居室，同时也注意到壁炉。柔美的大理石壁炉台上方挂着一面非常大的镜子，镶在镀金的光滑老镜框里，清澈度和立体感都相当罕见。镜面反射出两旁油灯的光，如同射出日光。镜子前方摆放着一对雪花石膏小人像，各两英尺高。两个都是裸女像，体态鲜明地站在沉重的基座上。其中一个人像微微前倾，就像是招引人向她走近。她是尊维纳斯像，那种悬而未决的姿势让库慈微微打了个冷战。维纳斯雪白柔和的背影反映在深邃的镜面上，就像颗白色的星星；油灯把她腰部的光泽完全衬托出来，在镜面里宛如雪白的火。萝拉弹了肖邦，然后是勃拉姆斯，接着跟拉奏小提琴的玛格丽特合奏葛利格的奏鸣曲。

库慈聆听着乐声，前所未有的情绪复杂纷乱。他无法挑选或批评，只能伴随着酒吞下各种声音、光线、形体和情绪带给他的影响，犹如混合的香气，让他的心也随之沉醉。玛格丽特一面拉小提琴，身体一面微微摇晃。他看着她的颈背强有力地向前冲，看着她的手臂如作战般摆动。光从她的身体轮廓，他便看得出她是个果断、独立和战斗性强的女人。他不自觉地往回望，瞧了瞧白色维纳斯在镜子里的背影。玛格丽特就像是一尊金发的白色石像。

整个晚上，除萝拉以外，大家都很少说话。赛福特小姐一再惊呼："啊，真棒！瓦利小姐，你拉得棒极了！但愿我也会拉小提琴！唉，小提琴啊！"

接着轮到赛福特小姐献艺。自谦琴艺不精后，她弹了一首圣桑的钢琴曲。晚餐时刻——这家人的正餐是在中午——那位德国女士、库慈和老绅士聊到了巴黎。萝拉反复为谈话增加燃料。库慈和玛格丽特之间绝无交谈。还没到十点钟，玛格丽特和赛福特小姐便站了起来，表示要告辞。前者要回克罗伊登，后者要到车站搭电车回爱普森[①]。

---

① 爱普森（Epsom）：萨里郡的一个城镇，位于克罗伊登西南方，其赛马场大大有名（译者注：德比大赛在此举行）。

“我们可以一起坐车坐到西克罗伊登。”那位德国女士喜滋滋地说，像个小孩似的快乐得直拍手，又用明亮的棕色眸子，崇拜地凝视着库慈。

“好啊，我乐意之至。”他说。他提着玛格丽特的小提琴，三个人一道沿着山坡往电车站走去。有一辆电车看来即将驶出。他们加快脚步。库慈请女士先上车。列车长摇着铃说：

“要搭车的话请快上车。”

“我不坐车，”玛格丽特说，“我想走一段路。”

“你可以坐到西克罗伊登再用走的。”库慈说。

“你们干吗还不上车？”那位瘦女士激动地说，“快点嘛！”

“我每天都从西克罗伊登走回家。今晚我想变化一下，从这里开始走。”玛格丽特冷冷地说。

“喂，你们要不要来嘛！喂！”德国女士往回朝脚踏板走去。列车长不耐烦地猛摇铃。电车开始开动，赛福特小姐一个脚步不稳，差点往下掉。列车长及时把她拉住。

“喂！”她向他们喊道，像个失望小孩般几乎要哭出来。她一只手伸出车外，然后踉踉跄跄往里走，手按着帽子。电车快速开走。

库慈仍然被那单纯、脆弱的女人所发出的惊讶、失望和哀求的喊叫深深刺痛。

“我们干脆绕过山坡走到‘天鹅’[①]吧！”玛格丽特尖细刺耳的声音总会让库慈身上每根神经颤抖。这预告着她的怒火，或极力回避可能发生的争执。两人转过身，再次往上走。库慈继续提着小提琴。

---

① “天鹅”是一家酒馆，全名是“天鹅与甜面包”（Swam and Sugar Loaf），位于塞尔斯登路（Selsdon Road）和伦敦至布赖顿（Brighton）的主干道（现在的A23公路）的十字路口。

有很长一段时间，两人都不发一语。

唉，我恨她！我真恨她！他心想。一路下来，赛福特小姐刚才的呼喊声在脑中萦绕，让他心里不舒服。她真是个孩子似的脆弱人儿。

起初半英里路，库慈和玛格丽特都没交谈。他迈开步伐，头抬高，嘴巴紧闭，心头被一些他不打算驱散的情绪纠缠不清。他反复在心里说“我恨她”，恨这个走在他旁边，低着头，脚步沉重而缓慢的女人。

他们凭着印象，先穿越部分幽暗、隐蔽且偏僻的下行山路，然后往上走，在漆黑一片的矮草间疾行，最后来到铺设得平坦的街道，两人毅然走入黑暗，脚下是繁花似的灯光。前方是伦敦的灯光所形成的一团光雾，光亮度只略低于星光。在山谷的另一头，一群群的灯光像蚊蚋般在黑暗中上下舞动。猎户星座在西边的天际倾侧。布赖顿路像一条窄沟般在他们下方延伸，迤逦着饰带似的弧形路灯。不时会有一辆电车闪烁着驶过，描绘出道路的轨迹，像是亮晶晶的金色昆虫采完蜜要回到蜂房。

“今晚的夜景真好。”玛格丽特打破了沉默。

“月已落，晚星已沉，”库慈说，“我刚到这里时它们才刚升起。”

“对，”她低声说，为他的诗性语言微微感到激动——她一向酷爱这种语言，“尽管这样，今晚的夜景还是很好。”

“月亮和晚星的缺席让夜景更好。”他说。就这样，在经过了几个月的分离以后，他们又接榫在一种有敌意的亲密感里。犹如松木与象牙的接榫：颜色和质地永远无法相配。

“你打算在这里住下来吗？”她问。她从不打听他人隐私，所以这种冒失言词在她相当罕见。她是费了好大的劲才问出口。

“我只会待一个晚上，明天早上便要回去约克郡。”

这时，一列火车穿过山谷，在黑暗中，它黄色的带状车身看似是斜向着天空疾驶。山谷以模糊的喉音回应隆隆的火车声。两人目送快车消失在黑暗中，没入海的方向。他转过头，看见她那张姣好的脸正斜仰着望向自己。在幽暗的灯光中，这张脸显得苍白、五官分明而坚定。他闭上眼睛，身体微微发抖。

“我讨厌火车。”他说。

“为什么？”她问，嘴角泛起一抹好奇的微笑，这在某种程度上激起了他的冲动。

“不知道。它们让我有一种漂泊不定的感觉。”

“我还以为你喜欢常常变来变去。”她说。他听得出来这话带着讽刺。

“我是喜欢变化，但现在我认为我应该固定在什么上面——哪怕是钉在十字架上也好。”

她尖锐地大笑。

“把自己钉在十字架上有那么难吗？我还以为你最大的苦恼是太过自由自在。”

“一想到，”他回答，“我没有把锚钉在任何东西上，像船骸碎片那样随着海流飘荡，我宁可沉到海底，当一艘稳固的船骸。”

“我可不敢保证海底的乱流不像海面多。”她说，“同样道理，死也大概比生更让人不得安稳。”

“老天，你的想法真恐怖！”他惊呼说。她又尖笑了起来，但他感觉得出来，她内心对他有一丝同情。

他继续前进，笼罩在一种莫名的兴奋感中，他抬头仰望着星云，几乎像是只要举起手便够得着天上的星星。

“你知道吗？……”他说，欲言又止。

“不，我不知道。”她轻声催促着他。

“那你希望知道吗？”长久停顿后，他回答。

“想。一个人将永远无法获得平静，除非是可以知道……”

“知道什么？”

“知道怎样解决不和谐的问题。”

“你还是老样子，喜欢用比喻把自己笼罩在迷雾里。”他说。

“比喻不但不是迷雾，”她铿锵地说，“反而有可能是迷雾里的蜡烛……”

“是我混浊黄色迷雾里的蜡烛吗？好，那我现在要把它们吹熄，把你的各种比喻给吹熄。我喜欢不被照明的雾。我宁可待在幽暗里。什么蜡烛啊、比喻啊，只会让人弄糊涂。我会按照内心冲动的驱策，盲目地大步向前走。”

“那你就是跟着鬼火在走。”

“也许，因为如果我往外吐气，你就会走远：但如果我吸气，你就会飘到我嘴边。”

“这是个非常有趣的比喻。”她说，带着浓厚的挖苦意味。

他恨她，这是事实。她也恨他。但他们就是肩并肩地黏在一起。

走到“天鹅与甜面包”之后，他们赶上了电车。虽然已经夜深，她还是爬上上层。两人肩并肩坐着，肩膀互相摩挲。电车在如圆苹果般的一盏盏灯光之间驶过，他们都没有交谈。她是个悲剧性的女人，人生业已经历过一段爱情悲剧。她不会只经历一段的。他在心里想，但大概有点夸大其词。

她是个孤儿，有一份薄产，偶尔帮一本杂志写些神秘故事和教授小提琴来增加 收入。

他们走到一条寂静漂亮的街道。在一栋略小的房子前面，两人驻足了一会儿。花园里有一棵杏树，它的红色花蕾在街灯的映照下微微发亮。

“我总是记得这棵树，”他说，“记得它盛开的样子，记得花朵在街灯灯光中微微颤动的样子。我有时会梦见它。我常常觉得它很累，除了白天要迎着阳光招展，晚上还得像飞蛾般配合着街灯舞动。不过，现在我倒是盼望可以看到它花朵绽放的模样。”

“你要进来坐吗？”她问。

“我已经打电话订了旅馆房间。”他回答，两人一道走进门口。他因诗意的诉求而赢得她的邀请。两人的交谈尽是玄机。

一如以往，她带他进了起居室。然后，把他留在那里，却与女管家谈话，他可以听到管家柔和的德语。起居室的样子毫无改变。窗户依旧挂着粗糙的深蓝色窗帘，打磨得光滑的黑色地板，因为铺了几张黄褐色毛皮小地毯才没那么冷硬。壁炉里的火烧得很旺，火光映照在黑色的家具上。三把椅子的坐垫是猩红色，还有两张黄褐色的软皮单人沙发。起居室由两根电蜡烛照明，几面镶铜框的镜子映射着暗紫红色。黑色钢琴的旁边摆着一小盆紫红色银莲花，每朵花都一丝不苟，由贝壳般的红色花瓣构成。

不多久，女管家便端着一盏象牙高脚油灯走进来，放在灯架上，再把电蜡烛关掉。

“玛格丽特[①]打算照亮我。”他心想。听见她还在厨房里说话，

① 玛格丽特·瓦利这个角色是以海伦·柯克（Helen Corke，1882—1978）为模型，她是克罗伊登的小学老师，曾经跟赫伯特·麦卡特尼（Herbert Baldwin Macartney）发生一段复杂男女关系，后者是她的音乐老师，也是萝拉的哥哥，在一九〇九年八月自杀身亡。劳伦斯的长篇小说《逾矩的罪人》基本上就是以海伦·柯克和赫伯特·麦卡特尼的情事为题材。

他便像往昔一样，不拘礼地走上楼，到浴室洗手，想要清理干净，感受清爽。一种回到家的自在感觉让他备感愉快。他想起了未婚妻的家：在她家里，总有许多严格的comme il faut（规矩）。揉搓着双手的时候，他回忆起未婚妻看他时信任且崇拜的眼神。跟她在一起的时候，他会感受到一种传统的男性优越感：他是强壮的一方，而她是个漂亮的依赖者。他会轻抚她的头发，会放轻说话的语调，会选择适当的话题，只讲些她喜欢听的事情。他让她成为他的妻子和女王，他臣服于她脚下，任她统治。他对她呵护备至，让她可以在北部的教区里快乐无忧。想到这里，他因为感受到一种张力而咬住嘴唇，屏住呼吸。

而玛格丽特的家这里给他的感觉大相径庭。不妨说，在这里的时候，他是赤裸裸的，就像一只花豹。而玛格丽特也像一只赤裸裸地在他面前奔跑的黑豹。在她的家里，他从不隐藏，也不用假装。他们几乎是以抛下一切成规习俗的方式来面对彼此。两人起初都会有所保留，但旋即又向对方泄漏自己的心思，透露出自己一切秘密。双方都颤抖着，都不设防，轮流地恨着彼此，但他们又总会复合，像两股火舌那样汇聚，蹿起，再啪哒一声熄灭，化为青烟，飘向烟囱。每次想到玛格丽特，库慈都会不寒而栗，像是生怕会被她卷入黑暗，卷入寂灭。

他下楼之后看见她正在弹琴，弹的是《女武神》[①]。

“这是我回到英国以后第一次洗手。”他笑着说。她也短促地笑

---

① 《女武神》（Die walkdre）是华格纳歌剧《尼布龙根的指环》的第二部，剧中两个角色齐格蒙德（Siegmund）和齐格林德（Sieglinde）的名字被海伦·柯克和赫伯特·麦卡特尼拿来彼此互称。劳伦斯给《逾矩的罪人》最初所起的书名是《齐格蒙德传奇》（The Saga of Siegrnund）。

了笑。她自己无法忍受细小的脏污，对于他能够暂时不在乎邋遢感到莞尔。他个子高，有活力，五官粗犷。他总是不停地自我检讨，可说是个最不冲动的人。他朝靠近壁炉边那张他惯坐单人沙发坐下，凝望着她。她继续抚弄着琴键。她从不穿束腹，但体型结实密致。她的身体微微靠向钢琴，那模样与其说是消沉或放纵，倒不如说是在彰显力量。他端详她拱起的双肩，感觉它们顺滑、坚实，就像是温暖的白色大理石。她慢慢转过脸，在失神的一刹那向他充满柔情地盈盈一笑，但眼神随即变回不带情感，莫测高深。

“你最近都在忙些什么？”他问。

“练习门德尔松的小提琴协奏曲。”她回答。

“虽然我讨厌门德尔松——”他说。

“这首协奏曲非常优美。”

“这是我们向来争论的焦点之一。”他笑着说，瞳孔放大。她迅速以笑声回应，瞧着他看。

“你呢？你又在忙些什么？”

“帮杰普森公司处理业务。”

“这样啊——可是——”她说，语带责备的口气。

“我已经封起我灵魂里的气泡，任它们从我的鼻孔和眼睛跑出来，使我流泪。换言之，因为没有听众，我已经许久不曾吐露心曲。结果，那些未知思想充塞我脑中，它们只能透过梦，伴随着汗水一起流出。”

“你最近都在读谁的文章？”她面带微笑，讽刺地问。

“梅瑞狄斯[①]，”他说，眼睛亮了起来，“我在他的作品里读出你的味道。”

她又笑了起来，被他的辛辣急智逗乐。

“那你以后有什么打算？”她问，这次只带着微微尖锐的嘲讽。

他眼睛和嘴巴的线条都收紧起来，轻声说道：

“我是个被每个小时绑住的人，每一天都如毛玻璃窗那般模糊。我发誓，我无法预想一天之后的事，但生意方面的事情除外。做生意的事不难，就跟解一道三角习题差不多。但别的事我都无法预先考虑。我是个无法设置前进观测所的人，明日事只能留待明日考虑。你为什么问我这个？”

她皱着眉抬头看他，眼神像个女巫，一双深蓝色的眼睛让人琢磨不透。她的打量让他浑身不自在。

“我不知道。”她回答，缓缓地摇头。

“我也不在乎。”他容光焕发地微笑着说。

“不过——”她继续说下去，说得既慢又凝重，“你显然知道自己要做些什么——知道自己的三角习题该如何解开——”

“我会结婚，定下来，当个好丈夫和好爸爸，成为公司的合伙经营者，在上帝的帮助下写一两首歌——Q.E.F.[②]”

---

① 梅瑞狄斯（George Meredith，1828—1909），英国小说家和诗人，小说作品包括《理查·弗维莱尔的苦难》（*The Ordeal of Richard Feverel*，1859），《利己主义者》（The fgoist，1897）和《悲哀的喜剧演员》（*The Tragic Comedians*，1880）；最有名的诗集为《现代的爱情》（*Modern Love*，1862）。劳伦斯在一九一一年春天写给路易丝·布罗的两封信中提过他：“你绝不可在诗里放入太多思想，我就常常是这样；也不可太长篇大论——梅瑞狄斯就是这样。”“我正在读梅瑞狄斯的《悲哀的喜剧演员》，这书非常机智，但够不上是艺术作品——太矫揉造作了。”

② Q.E.F：为Quod erat faciendum的简写，为拉丁语，一般用于论证的最后，亦为应该这么做，理应如此。

“你这段时间都没写东西？”

“没有，小姐。”

“所以说，你的三角函数或几何学难题仍然存在。真是有趣，你的难题到底是什么？你做的这一切到底是为了什么？你想证明些什么？”

被这个嘲讽刺痛，他回答：

“我不知道，只知道我想要这样做。我真的真的很想照我所说的那样做。你知道的，你我就像两头烧的蜡烛，只会在彼此快速的燃烧中烧成蜡泪。”

“可是，”她问，“为什么是她呢？”

“我不知道——自我保护吧！”

“这么说你是害怕我。”她说，闭上眼睛。

“大概是吧——我怕你。”他说。她把双臂高举过头，像似伸懒腰。她的臂膀皮肤细致而强壮。库慈常常想象，酒神女侍[1]一定就是拥有这样的臂膀，才会有办法在狂迷的月夜把殉祭者给撕成碎片。她胸脯随着举起手臂的动作而昂起。她似乎是突然无力地垂下强而有力的手臂，懒洋洋地将它倚靠在坐垫上。

“我真的看不出来你有什么理由怕我。”她恹恹地说，不过带着一丝丝的嘲讽。

“一匹马无法靠着马嘶声让一头白色狼獾明白马的想法。”他笑着说。她以更高的笑声反弹，声音像火焰般刺痛了他。

---

① 指酒神戴奥尼索斯（Dionysus）的女祭司，她们会在祭祀仪式中激烈起舞，让自己进入狂迷状态。劳伦斯在一九一一年读过欧里庇德斯（Euripides）的悲剧《酒神的伴侣》（*The Bacchae*），又在一封写给海伦·柯克的信中提及此剧。

“我有这么坏吗？”她用嘲笑的口气说。

“你比坏还要坏。”他打趣地说，装出一张苦瓜脸。

“你的想象力总是天马行空。”她笑着说。

“你就是因为这才喜欢我。”他说。

“这倒是。”她回答说，“我很想念你。没有了你，便没有人可以帮我从地灵①那里攫取祭品。”

“你知道吗？”他说，“女人都是这样。像你这样的女人总想把男人当成三棱镜，透过他的折射来发现自己有哪些颜色。男人是她的潜水员，替她潜入她的深处，帮她找出未发现的宝藏。他只是一件不自知的工具——”

“你在和我谈论，”她说，以尖酸刻薄来对应他的诗情，“只有我自己才懂得的隐喻。”她冷冷地看着他。

“这是因为你喜欢天马行空，我却不是。我给了你——”

“给了我你自己不想要的东西。”她讪笑说。

“如果你喜欢，为什么不可以。”

就这样，他们无时无刻不在互相撩拨彼此，从两股火舌的亲密交缠，直至热蜡消熔。在下一秒钟，他们彼此互恨。他们是绝配。

“古代人用动物内脏献祭，自己吃肉。我则是用自己焚烧的灵魂向你献祭。”他补充说。

“我觉得奇怪，你在你的教区里有那么多熟人，却没学会说话的礼貌。”她的语气无比冷淡、刺人。他闭上眼睛，后躺在椅背上，两条腿向她的方向伸直。

---

① 在日耳曼的民间传说里，地灵（Kobolds）是些在荒凉幽暗处作祟的精灵，需要人们经常用祭品加以讨好。

“唉，”他说，“我得马上离开，玛格丽特——已经十一点多了——不过我知道，我得把《茶花女》的每一句‘阿迪奥’[1]唱完，你才会送我离开。”他张开眼睛，向她微笑，然后再次闭眼，背向后躺，意识到自己内心有一种深沉但模糊的痛楚。她也躺在椅子上，脸朝着壁炉。他只需轻轻一瞥，便能感觉到她白皙的颈项一直延伸到她的乳房。他感到自己每一根神经都像长了眼睛似的，在追踪她的动静。他静静沉浸在冗长的痛楚中，聆听她的叹息声和动静。没多久她又开口说话。

“没错，”她说，“如果我们继续在一起，只会毁了彼此。”

听到她愿意承认这个关键点时，他吓了一跳。这是她对他的一大让步。他感激得几乎说不出话来。

“像两匹野马——”他说。

她短促地笑了一声，语音非常忧伤和意味深长。

“你绝不要跟任何人结婚。”他说。

“但你却愿意被套上马缰和马鞍？”她语带讽刺。

“对——我有很多需要改变的地方。”他回答，粲然一笑。

“我们快变成经济学家！”她反唇相讥。

“唉，”他补充说道，“经济一点总比浪费好。我将会变成一匹拉车的马——”

“或是一头被骑的马。”她接着慢慢地说，“但你做得对。”

---

① 阿迪奥（addio）是意大利语，意指“再见”。在威尔第（Giuseppe Verdi，1813—1901）歌剧《茶花女》（*La Traviata*）最后一幕的二重唱中，歌者多次反复唱着“阿迪奥”。值得指出的是，劳伦斯在写给路易丝·布罗的一封信中：“阿迪奥啰——我这时仿佛听到萨马尔科（sammarco）在《茶花女》里唱的‘阿迪——迪——奥’……阿迪奥啰——但你总是就像是在我身边……”在信的最后，他又说自己打算参加在麦卡特尼家举行的一个音乐晚会。

她的话打击了他，让他感到一阵剧痛，她总是透过这样的方式来讽刺他。

“那你又有什么打算？”他问。

她无力且倦怠地低声笑着。

“我会继续漂流，”她说，“如果你是海底的船骸，我就是漂流的破碎船骸。”

“你曾遇过海难？”他问。

“你就是那场摧毁性的暴风。”她回答的声音低沉，显得几乎是顺从。

“唉，玛格丽特！我亲爱的！”他呼喊说。

她抬起双臂，把脸遮在手后，透过双手间的缝隙，用一双深蓝色的神秘眼睛望向他，样子像个林中仙女或水仙女[①]。他朝她斜举着的双手挺起胸膛。他身体颤抖，眼睛紧闭，喉头哽咽。然后他听见她重重地放下手臂。

“我得走了。”他用呆滞的声音说。一阵颤动飞快地通过他的身体和四肢，迫使他伸展自己，尽全力伸展，直到全身绷紧。

“对，”她沉重地附和说，“你该走了。”他走到她前面。她再一次用深沉的目光抬头望着他，又把两只白兰花似的纤纤玉手伸向他。在不自觉的情况下，忽地，他攥住她的手腕，因为攥得太用力而让指甲的白色边缘充血变红。

“再见。”他说，俯视着她。她喉头小声咕噜了一声，仰起脸，像是一朵长在坚实白色花茎上的女巫花[②]。他定睛看着她的眼睛，似

① 希腊神话中的山林水泽女神。

② 女巫花（witch-flower）为蔓乌头的别名。这种植物的花和叶带有毒素，中毒者的神经系统先是会兴奋，继而逐渐瘫痪，往往可致命。

乎一切都开始晕眩。不知不觉地，他已弯下腰，贴上她的嘴，而她的双臂则环抱在他颈项。他们维持这姿势好一阵子，由于他的手仍紧握着她手腕，以致他指甲里的血几乎要迸裂出来。最后，因为太过紧绷而觉得累，他松开了手。她把脸转开，向他献上耳下那雪白、坚实和丰美的颈项。他把腰弯得更低，开始亲吻它，身上每根神经都窣窣发抖。在一片浓烈的寂静中，他听见了壁炉的煤渐渐坍陷时所发出的微弱吱吱声。

然后他把她从椅子上拉起，拉向自己。她依从着他，手臂始终环抱着他脖子，最后把头贴在他胸膛上。他两腿张开，紧搂着她，亲吻着她脖子最敏感的地方。然后，她突然一转头，迎向他的唇，深深拥吻起来。他感觉得到髭须回刺着自己的嘴唇。在红色的晕眩中，他感到一阵巨大悸动，好像整个身体都已收缩为一颗心脏，兀自搏动。他开始感到一种烧灼般的疼痛，仿佛血液在搏动的挤压下，即将要冲破胸口，四溅开来。这疼痛越来越甚，把他带离了意乱神迷的阶段。他张开眼睛，清楚看见起居室里各种事物，在他眼睛前方，是那个睫毛半闭着、陶醉在激情漩涡中的女子。然后他记起自己的订婚誓言和各种承诺——但这时他身上却垂挂着一个沉重的女人，而他们的唇正纠缠在一个美妙的吻之中。他全身陷入激烈痛楚，整个人像是一根肿胀起来的血管。当他再次颤抖着张开眼睛的时候，他瞥见那盏纯洁苍白的象牙油灯。他的心脏猛烈地跳动着。

然后，不知怎的，他的一只脚突然踢到了灯台。油灯从灯台上翻倒，砰的一声打碎在黑色地板上。霎时间，一股带点蓝色的火焰在他们面前蹿了起来。她猛地从他的脸抽开，但双手仍搂着他脖子，侧头看着火焰。蓝色的火焰向她飙去，一道黄色火舌轻舔她的脸。她马上把脸埋到他胸膛里。

他抱起她，连跑带跳冲出起居室。把她放在地上之后，他用手扑熄她丝绸衣服上的一些小火星。他的脸被灼伤。虽然瞪着她看，却几乎看不清她。

“我没事，”她尖声说，“但看看你！”

女管家这时已赶到，把起居室的火扑灭。

“没事，没事。”他说，伸手摸索大门门闩，“大白痴！——笨手笨脚的大白痴！”

下一刹那，他便走出了大门。举着被烧得红肿的双手，盲目地朝山坡下面跑去。

苦恼的天使

（一九一一年）

距离树林只剩不到一英里的路程了。赛森机械地从铁匠铺[1]旁边转弯，打开了林场入口栅门。铁匠和他的伙计一动不动，看着这个自信满满的非法闯入者。不过，赛森穿着时髦的粗花呢西装，一副绅士模样，所以他们没有上前干涉。他们一声不吭，任由他穿过那片小小的田野，朝树林走去。

这个早晨和六年前或八年前那些春光明媚的早晨完全没两样。一些白色的、沙黄色的鸡仍旧在栅门四周啄食，扒得遍地都是鸡毛和垃圾。在一片树篱当中，两棵茂密的冬青树丛之间隐藏着一条小径，爬过此处的栅栏，便可进入树林。栅栏的横木照旧印着护林员[2]踩踏的靴印。

赛森的心情格外欣喜。才二十九岁便拥有美好往事，是件很美妙的事。就像个移民国外的人重回故土旧游，可以比较今昔的不同。那些榛树仍旧热切地向下伸展着小枝条；风信子依旧黯淡和稀疏地掩映在灌木丛的阴影与繁茂的青草之间。

穿过树林的小径始于斜坡坡端，一开始坡度舒缓。四周都是枝叶繁茂的橡树，正透出金色的嫩芽。地面上到处都是车叶草、丛丛山

---

① 威里径煤矿场（Willey Lane Colliery）有一间铁匠铺，从那旁边，有一条穿过威里泉树林（Willey Spring Wood）的小径，可以通往海格斯农场（Haggs Farm）。故事的女主角希尔妲·米勒希普（Hilda Millership）是以洁西·钱伯斯（见《教区牧师的花园》一文）为原型。在劳伦斯创作这篇小说的时候，钱伯斯一家已经从海格斯农场搬到另一个位于阿诺菲（Arno Vale）的农场。

② 为乡绅看守林场、防止偷猎的管理员。

靛[1]和一簇簇的风信子，各自构成一片片菱形图案。两棵倒树仍旧躺在小径上。赛森颠簸地走过崎岖不平的陡坡后，一片空旷的平地再度呈现眼前。望向北面，仿佛透过一扇森林窗户，景色可以一览无遗。他停下脚步，视线越过一层层的田野，望向对面山头上那散布在光秃秃的平地上的村庄[2]，它仿佛从途经此地的文明列车上不慎摔落，被人遗落在山间。一座孤单、灰色的新式小教堂矗立其间，街区和成排的红砖住宅凌乱分布。更远处，矿井固定井架闪闪发亮，矿山隐约可见。所有的一切全光秃秃地裸露在露天里，看不见几棵树。这里自他童年起就未曾改变。

赛森满意地转过身，沿着小径陡峭的下坡进入森林。他突然吃了一惊。一个护林员站在离他几码远的前方，挡住去路。

“先生，你走这条路是要去哪里？”护林员问道。这男人充满攻击性。赛森以不带情绪的艺术家眼光打量对方。那护林员是个二十四五岁的青年，脸色红润，相貌不俗。他那双深蓝色的大眼睛此刻正满是敌意地瞪视着。他的黑色胡须浓密且修剪成短短的，覆盖在一张小且拘谨，几乎像是女人的嘴巴上。从其他方面看来，他全身上下散发着强烈的阳刚气息。他中等身材，强壮的胸部微凸，身形挺拔但从容，傲然的举止让人感觉他很紧绷，需要像喷泉水那样透过向上喷发来保持平衡。他站在那里，枪托抵在地上，傲慢且疑惑地瞪着赛森。闯入者那双幽暗、不安的眸子，像观察一棵树或一朵花那样地打量护林员，让护林员感到别扭又生气。

---

① 车叶草（woodruff）、山靛（dog-mercury），都是常见的林地草本植物，前者开白花，后者呈绿色。

② 指纳托尔（Nuttal），是以安德伍德为原型虚构出来。安德伍德（见《菊花香：版本二》一文）位于伊斯伍德以北二英里。

“内勒在哪里？那个有着一张耀武扬威的大红脸、蓄着络腮胡、穿棉绒裙子的内勒在哪里？他不会死了吧？”赛森问。

“你不会是从宅子[①]那边来的吧？”护林员探问说。但那是不可能的，因为宅子那边的人都不住国内了。

赛森多变的嘴转变成一个笑容。

“不是，我不是从宅子来的。”赛森说。似乎觉得对方的问题很有趣。

“那可以请你回答我的问题吗？”护林员不悦地说。

“哪个问题？——噢，当然——请你原谅，我忘了回答。”赛森始终微笑着，“我要去威里瓦特农场[②]。”

“这条路不是你该走的。”护林员说，无疑是个横行霸道的人。

“怎么可能！顺着这里往下走，走过一口井，再穿过一扇白色的门便到达。我蒙着眼睛都知道怎么走。”

“也许是这样，但你仍然是非法闯入，你知道吗？”

“是吗？这一点我倒是没想过——我永远不会想到——内勒究竟在哪儿？我的问题……”

“他得了风湿，脚跛了。”护林员不情愿地回答。

---

① “宅子”指的几乎可以肯定就是“兰姆克洛斯宅子”（Lambclose House），那是巴伯（Barber）家族的宅第。本来只是一家农合，后来在十八世纪扩大许多。

② 威里瓦特农场（Willeywater Farm）的原型是海格斯农场。

“啊，亚卡狄亚的羊脚神！[①]”赛森同情地说。

“那请问你是谁？”护林员问他，语气转换了。

“约翰·安德雷·赛森[②]，我过去住在考迪径[③]。”

“追求过希尔妲·米勒希普的那个人？”

赛森睁大了眼，面带好奇的微笑。他点了点头。接着是一阵尴尬的沉默。

“现在可以请你自我介绍吗？”赛森问。

“我叫亚瑟·佩尔比姆——内勒是我叔叔。”另一个男人笨拙地回答。

“你就住在纳托尔？”

“我寄住在叔叔家里。”

“你结婚了吗？”

两个男人突然四目相接。

“没有——但我正在追求希尔妲·米勒希普。”

---

① “亚卡狄亚的羊脚神”（goat-foot god of the Arcady）一语出自王尔德（Oscar Wilde，1854—1900）的诗歌《潘神》（*Pan*）。其首段云：“亚卡狄亚的羊脚神啊！这世界灰白而苍老，你还剩些什么给我们？”结尾这样说：“离开亚卡狄亚的山丘吧！这个现代世界需要你！”（译者注：亚卡狄亚为古希腊一地区，其居民善良淳朴，过着田园式生活，后世以之象征世外桃源。）潘神的神话在劳伦斯的后期作品里反复出现，其中包括《泛音》（*The Overtone*，1913）和《最后的笑》（*The Last Laugh*，1924）这两篇短篇小说。

② 赛森（John Adderley Syson）的名字会让人联想起西蒙兹（John Addington Symonds，1840—1893）的名字。西蒙兹是唯美主义者、同性恋合法化的鼓吹者，写过一些研究希腊化时代和意大利文艺复兴时期的著作。在《苦恼的天使》的手稿上，劳伦斯四次把Syson误写为的Syston，其中一处始终没有更正过来。

③ 考迪径（Cordy Lane，见《菊花香：版本二》一文）连接布林斯利（Brinsley）和安德伍德，因此，故事中的男主角从前应该是住在离女主角家一英里多之处，反观劳伦斯则要走上快三英里的路，才从伊斯伍德到得了海格斯农场。

赛森望着护林员，不胜惊讶。

“怎么——可能！”他大叫，语气中带着不敢置信的嘲讽。护林员的脸一下子红到了耳朵。然而——

“为什么不可能？”他气呼呼地问。

“那结婚日期定下来了吗？”赛森问道。另一个男人不知所措地僵持了一会儿。

“没有。”他低声咆哮着说，眼睛盯着地上。明显被触到痛处。

“哦！”赛森用一个字表示自己理解了。

“我已经结了婚。”不久他补充说道。

“继续说啊！”另一个人惊呼，这次轮到他觉得难以置信。

赛森以他特有的爽朗、机敏的笑声笑了一笑。

“我结婚十五个月了。”他说。

护林员瞪着他，眼神凝重、愠怒又带点令人不解，他像是在回想事情，试图理出头绪。

“你为什么这样看我？”赛森问。

“没什么。”另一个人愠怒地说，别过脸去。

接下来是一阵沉默。

“好吧！”赛森说，“我要失陪了。我猜你不会要我往回走吧？”他自嘲似地笑了笑。护林员没理会他。两个男人就这样对站在山脊一块小小的平台上，在一片开阔空地上，四周青草郁郁葱葱、散落着簇簇强韧的风信子。赛森犹豫地往前走了几步，然后停住。

“哎，这里真美！”他喊道。

沿着山势而下的景色尽收眼底。宽阔的小路像河流一样从他脚底逶迤而下。路上长满风信子，只有路中间一条弯弯曲曲的绿草小道。护林员就是从这走上来的。就像溪流一样，山路途经的几个平坦地带像是蓝色浅滩，风信子汇聚如一潭潭水池般，而绿草小道依旧蜿蜒其间，犹如穿过蔚蓝湖水的一线狭窄的冰冻水流。大片灌木的紫色嫩芽优游于蓝色暗影中，仿佛这些花朵都漂浮在林间泛滥的河水上。

“真美，不是吗？”赛森惊叹说，语气里充满遗憾：这里包含着他的过去，是他抛弃了的故乡，而如今，他只是个访客。头顶上传来斑鸠的咕咕叫声，天空里充满着万千鸟儿的嘹亮歌声。

“为什么你还一直写信给她，寄给她各种诗集[①]？写的东西还是跟以前一样，我猜的！”护林员怨怒地问。赛森吃了一惊，盯着他看，继而微笑起来。

“是这样的，”他说，“我不知道她和你……”

护林员又一次满脸通红。

“你应该算是有妇之夫”他指控地说。

“那又怎样？”另一个人语带挖苦。

不过，当望着脚下蓝色的漂亮小径时，赛森感觉自己做错了。“我一直留住她——像是狗儿占住马槽[②]。”他喃喃自语，却又大声说，“她知道我结婚了。”

“那你为什么还一直寄书给她？”护林员追问。

“为什么不可以？”赛森反驳说。他自己深知理由何在。

接下来两人都没说话。然后，赛森突然用手套拍了自己大腿，接着昂首挺胸站直身体。

“再见。”他说，向对方鞠了个躬，显得有礼而冷淡。他迈开大步走下山坡。现在，他只觉得四周的一切都充满了嘲讽：两棵阔叶

---

① 洁西·钱伯斯回忆，劳伦斯常常会寄给她各种诗集和手抄的诗歌，她形容他是“萨里街二手书铺和书摊的辛勤觅书者”。

② 译者注：dog-in-the-manger，意指霸占着自己用不了的东西。

柳，一棵金黄，散发着香气，似在低吟；另一棵银青色枝叶短且硬，它们让他记起他曾经在这里教过她怎样授花粉。而如今，这条对他们年轻时代无比神圣的小径，却成了她和野蛮护林员卿卿我我的地点。赛森只觉得非常讽刺。

“唉，算了。”他自言自语，“看来这可怜的家伙是因为希尔妲不肯嫁他而怨恨我。我就尽力帮他一把吧！”他咧着嘴苦笑，心情恶劣。

那农场距离树林不到一百码。树林几乎成了那个开放的四方庭院的第四面围墙。农舍面朝树林。赛森注意到李花纷纷落在黄水仙和长得茂盛的艳丽樱草上。这些全都是由他亲手栽种的，他顿时感到一阵痛楚。它们已经长得如此繁茂了！李子树下全是一簇簇紫红、粉红、浅紫的樱草。他瞥见有个人从厨房窗口望向他，又听见一些男人的交谈声。

厨房门突然打开——她竟已变得那么有女人味！他觉得自己脸色发白。

“是你？——艾迪！”她惊呼说，变得呆若木鸡。

“是谁？”农场主人的声音响起。几个男人在低声应和，这些低沉的声音充满好奇，几乎带有讥笑意味，让来访者心生反弹。他满脸堆笑，向她鞠了个躬。

“是我——正是区区在下。”他说。

她脸颊和脖子倏地红了起来。

“我们正在吃饭。”她说。

“那我在外面等待。”他比了个手势，示意自己会坐在门旁边的红色土罐[1]等她。这土罐装着饮用水，掩映在黄水仙丛中。

“不，进来吧。”她急忙说道。他不情愿地走进了屋里。他站在门口，飞快地扫视了她的家人，然后鞠躬致意。屋里每个人都显得不知所措。农场主人、他妻子，还有四个儿子[2]围坐在一张陈设简陋的饭桌四周，每个男人都是把衣袖卷至肘部，露出手臂。

“很抱歉打扰你们用餐。”赛森说。

“别介意。你也坐下来吃一点吧。”农场主人说，尽量表现出轻松自如。

“对我来说早了点。”赛森说。他意识到女主人非常不自在，所以决定婉拒邀请。

“为什么？那你都是何时吃正餐的？”法兰克没好气地问，他是农场主人的二儿子。

“正餐喔？——通常是晚上七点半。”

“哇！”农场主人几个儿子齐声讪笑。

他们和这年轻人曾经是亲密的朋友。

“等我们吃完以后再替艾迪弄点吃的吧。”母亲说，她是个残障人。

“千万别为我麻烦了。午餐对我来说无所谓。”

“他单靠新鲜空气和美丽风景就可以活命。”十九岁的小儿子笑着说。

赛森走出屋外，绕到后面的果园。果园的矮树篱上种着一排黄水

---

① 装水用的大水桶。在一九二八年十一月十四日写给大卫·钱伯斯的信中，劳伦斯特别回忆起海格斯农场“那只放在门边的水桶”。

② 爱德蒙·钱伯斯夫妇一共有四个儿子：亚伦、赫伯特、伯纳德和大卫。下文提到，农场主人最小的儿子是十九岁，但在劳伦斯创作《苦恼的天使》的时候（一九一一年十二月），大卫实际是十三岁。

仙，宛如成群的黄色小鸟栖息枝头，随风摇摆。他异常爱恋这地方：四周的山峦在眼前铺展开来；树林如熊皮似的覆盖在巨大的山肩上；红色小农宅就像胸针般别在山腰上；山谷里的溪水如蓝色条纹；山间的牧场裸裎在视野中；万千只鸟儿的歌声交织成一片，然而却无人倾听。直到人生最后一天，他必将梦回这地方，重温阳光照在脸上的感觉，或是再看一眼堆积在冬天枝头间的一撮残雪。

希尔妲现在变得很有女人味。在她面前，他觉得自己孩子气。她二十九岁，与他同龄，但她看起来比他成熟许多①。当他正在一根低垂的树枝前拨弄掉落的李花时，她从后门走了出来，抖了抖桌布。家禽在稻草堆边追逐，树上的鸟儿发出沙沙声响。她赤褐色的头发高高盘起，像戴了顶皇冠。她站得挺直，举止昂然。当她折叠着桌布时，一直眺望群山。

没多久，赛森回到屋内。她已经准备好了鸡蛋、凝乳奶酪和炖煨过的奶油醋栗。

“既然你都是晚上才吃正餐，”她说，“所以我只为你准备清淡的午餐。”

“十足的田园风，我很喜欢。”他说，“我几乎要从你的腰带找稻草和常春藤芽吃了。”

他们依旧用挖苦的话讽刺彼此。他知道自己的话刺痛了她，但——她跟那个护林员谈恋爱，还准备嫁给对方。

在内心深处，他这样想着：这个女人是谁？她老多了！看到她改变了那么多，他开始觉得害怕她。她那些简短果断的话语，她傲然、

---

① 实际上，在一九一一年十二月的时候，洁西·钱伯斯是二十四岁，而劳伦斯是二十六岁。

冷酷的举止，她的矜持，这一切对他来说都是陌生的。他重新倾慕她黑色的眉毛和眼睫毛，但对她紧闭的嘴巴，以及那毫无表情的镇定神情心生怨怼。他们的目光相遇了。从她灰黑色的眼睛里，他看见眼泪和苦涩，而更深层的是她平静且认命地包容不幸。

“她比我老多了。”他对自己说。费了一点力气，他继续露出嘲讽的神态。

她带他进入客厅，自己则去洗碗。这个狭长且低矮的客厅，已经用修道院拍卖的家具[①]重新装潢过。有几把套上紫红色菱纹布垫的古董椅子、一张椭圆形的光滑胡桃木桌，还有一架仍是古董但漂亮的钢琴。虽然感到陌生，他还是很喜欢。

他打开嵌在厚墙里的高柜，发现里面摆满他的书，有他用过的课本，还有一册册他送给她的诗集，有英文版也有德文版。对面白色窗台上的几株黄水仙闪着亮光，他几乎能感受到那些光线。昔日的魅力再次攫住他。墙上那些他年轻时画的水彩画已经无法再让他沾沾自喜。他忆起自己从前曾经多么狂热地为她作画。那是十二年前的事。

她进来时手里正在擦拭一个盘子。他又再次看见她那耀眼、如果仁般光润白嫩的手臂。

“这里还真有贵族气派。”他说，接着两人四目相接。

---

① 指纽斯达修道院（Newstead Abbey），位于海格斯农场东北几英里处。它原是诗人拜伦的祖居（译者注：这是修会解散后的事），由拜伦在一八一八年卖给了富有的牙买加种植园园主怀尔德曼（Thomas Wildman）。一八六一年，怀尔德曼的遗孀把这产业卖给了探险家韦布（William Webb），韦布死后由长女洁拉尔丁（Geraldine）继承，再在一九一〇年由她妹妹埃赛儿（Ethel）继承。纽斯达修道院在一八六〇至一九二一年间并没举行任何旧物拍卖会，但韦布姊妹在二十世纪初经常重新装潢家里和更换家具，故不时会举行小型的私人拍卖会，把多余家具和其他物件清出去。小说中的椅子就是这样流出的。

“你喜欢吗？”她问道。语气依旧低沉、沙哑而亲密。这让他觉得自己的血液迅速地转变。

“嗯。”他点点头，像当年那个少年一样朝她微笑。

她低下头。

“这把椅子是伯爵夫人的，”她用低沉的声调说，“我在椅垫底下找到她用过的剪刀①。”

“啊！让我看看。”

她动作轻快地拿出针线盒，两人一起细看那把长柄的老剪刀。

“去年的雪，如今安在？②”当他把手指穿进死去的伯爵夫人的剪刀把手里时，他笑着说。

“你是唯一一个能使用这把剪刀的男人。”她带点兴奋地说。他看了看自己手指，再看了看剪刀。

“也许我是你的男人之中唯一的一个。”他笑着说，把剪刀放在一边，心情倏地黯淡下来。她转身望向窗外。他注意到她那姣好细嫩的面颊和上唇，宛如荨麻花茎般柔软白皙的脖子，以及像刚去皮的果仁一样光洁的前臂。他一向以为自己对她熟悉得不能再熟悉，但此时她却给他一种全新的感受。

“我们出去走走好吗？”她柔声问道。

“好！”他答道。在他的内心里，有一种强而有力的情绪淹没了无畏和狂喜，那就是恐惧。他隐隐知道，他若不步步为营，就会有什

---

① 据海伦·柯克（见《密爱》一文注释）回忆，她在一九一〇年到阿诺菲探访洁西·钱伯斯时，对方告诉她家里在拍卖会里买到一把椅子，并在椅垫下面找到一把镂刻着花饰的剪刀。

② “去年的雪，如今安在？”为十五世纪法国诗人维庸（Franois Villon）的诗句，出自《历代淑女歌》（*Ballade des dames du temps jadis*）。（译者注：这诗句是感叹物换星移，岁月难留。）

么天大事情发生在他们二人身上。

她没戴帽子，只是脱下围裙，然后说："我们到松林边走走吧。"经过老果园时，她叫住他，指着一棵苹果树上的蓝山雀鸟巢，又指着树篱里的一个槲鸫[1]巢。他对她的敏锐观察力感到惊讶，因为她从前像梦游似的人，对很多事情视而不见。

"看这些苹果花蕾。"她说。然后他才注意到低垂的树枝上长着无数深红色的球状小花蕾。看见他的表情，她笑了起来。此刻，他显得木讷而笨拙，内心深处充满恐惧。如果他与昔日情人重燃爱火——她的青春曾与他同行，仿佛严肃、神圣的黑夜伴随鲁莽的白昼般——那这爱火将会入侵许多人的生命，将许多人毁灭。他的灵魂已知晓这一点，但理性未觉。他的心智几乎是处于麻痹状态。

她美丽动人，就像他从未认识过她一样。她指给他看各种鸟巢：一个鹪鹩巢藏在一株低矮灌木上。

"看看这巧妇[2]！"她高声喊道。

听到她用当地方言来称呼鹪鹩，他感到很诧异。她的手小心翼翼伸过荆棘，手指探入巢穴入口。

"五只！"她说，"一共是五只小小鸟。"

接下来她带他看了知更鸟、苍头燕雀、朱顶雀、溹鸟的窝，以及在水边筑巢的鹡鸰。

"如果我们往下走，靠近湖边，还可以看到一个翠鸟的巢……"

"在这片杉木树林里，"她说，"差不多每根树枝的每个枝桠上都有画眉或老黑鸦的巢——数以百计。头一次看到这景象时，我吓坏

① Sycock，又作mistle thrush，为雀科，下体皮黄白而密布黑色斑点。

② 译者注：巧妇为鹪鹩的俗称。泰雅族人将此鸟奉为灵鸟，俗称希力克鸟。

了，心想自己似乎不该闯入树林里。这里就像一座鸟城。早上听到这么多鸟的鸟叫声，我就会联想到喧闹嘈杂的早晨市集。我以前很怕走到自己的林子里。”

他身上那个荒废了的诗人向她鞠躬致敬。他感觉自己在她手里软弱得像水。她并不介意他的沉默，始终像个热心的女主人向他展示自家的林子。走过一条湿软的小径时，盛开的勿忘我花积聚成一片浓郁的蓝。

“这里的鸟我们全认识，但很多花的名字我们却叫不出来——我叫不出来。”她迅速纠正自己的用语。

“我们？”他问。

她望向酣睡在阳光下的开阔田野，神情恍惚。

“我现在也有了情人。你知道的。”她用温和的责备口吻说。

这话唤起他战斗的情绪。

“我想我见过他。他长得很帅——也像你一样淳朴[①]。”

她没有作声，转身走上一条上坡的幽暗小路。小路两旁大树浓密，灌木丛生。

“他们的方法很不错，”过了好一会儿，她终于再次开口说话，“在古时候懂得在不同地方敬拜不同神明。”

“对！”他附和说，“那你拜的想必是潘神和狩猎女神？”

“为什么我应该拜阿提密丝[②]？”

“这个嘛——”他慢吞吞地说。

---

① 译者注：原文为Arcady，为希腊传说中的世外桃源，后引申为与大自然和谐。

② 在希腊神话中，潘神（即前述之“亚卡狄亚的羊脚神”）为牧人、畜群和荒地之神，被认为可以让人突然灵感勃发、产生性欲或恐慌。阿提密丝（Artemis）是狩猎女神，以坚决守贞为人所称道。

“我向她祈祷是不管用。”她回答，用的是一种低沉、有点难为情的语气，同时又别过脸去。

又是一阵沉默，他在沉思默想。小路上几乎没有花朵，也很昏暗。走在小路边缘时，他的鞋跟陷进路边的软泥里。

“不——”她说得很慢，“我在你结婚那天晚上也结婚了。”

他满是疑惑地看着她。

“不是法律意义上的。你的婚姻当然是。”她回答，态度依旧严肃、从容，“而是——事实上的。”

“坦塔拉代[①]。”他嘲讽她说。

她转身面向他，眼睛闪亮。

“哈，恋诗歌手[②]！我以前还没想到过这种关联性。”她说。虽然样子很镇定，但她的脸和脖子却是通红。

他仍然沉默。

“你看！”她像是努力为自己解释似的，“我总得设身处地替对方想，而且我想要同步。”

同步，她是指，跟赛森同步，这个她内心深处最爱的人。

“这个设身处地对你来说有很大意义吗？”他冷嘲热讽地问。这话让她震惊。

“有很大很大意义——难道对你来说不是这样吗？”她回答说。

“那你没有失望吗？”

---

① 坦塔拉代（Tandaradei）：《菩提树下》（Unter den Linden）一诗中的叠句（refrain），出自中世纪日耳曼诗人瓦尔特（Walther von der Vogelweide）手笔。诗中的情侣以树林的地面作为席荐。

② 恋诗歌手（The Minnesingers）：中世纪日耳曼恋诗（love-peotry）诗人的总称。在写作《苦恼的天使》同一期间（一九一一年十一月），劳伦斯为《英语评论》写了一篇书评，评论比瑟尔（Jethro Bithell）翻译的恋诗歌手诗歌。

“当然没有！”她说，语调低沉而真诚。

“你爱他？”

“对，我爱他。”她说，一想到护林员便满是柔情蜜意。

“那就好！”他说。

这句话让她沉默了一会儿。

“在这里，有潘神可以为证，我真的爱他。”她说。

他的自负不允许他沉默。

“那我呢？”他尖锐地问。

“伊阿科斯！伊阿科斯！[①]”她叫道，眼神里燃烧着某种狂喜的幽暗光芒。

他短促地笑了笑。

“你还真有修养。”他讥笑说。

“是你调教出来的。”她回应。

这时，他们来到一片草木不生的空地。脚下是一片裸裎的褐色泥土，一些砖红色和微紫色的松树耸立。空地边缘是一些深绿色老树，树枝上间缀着黯淡的花芽，山蕨舒展明亮的三角形绿叶。护林员的小木屋就坐落在这块光秃空地的中央。周围都是野鸡笼子，有些里面只住着一只咯咯叫的母鸡，有些是空的。

希尔妲踩踏过地上棕色松针来到小屋，从屋檐缝拿出一把钥匙，打开门。里面是一个没有任何装潢的木头空间，摆着一张木匠用的长凳、一些木匠模具和工具，此外还有一把斧头、一些捕兽夹子和一些

---

① 伊阿科斯！伊阿科斯！（Iacchos! Iacchos!）：酒神女侍叫唤大家一起跳祭舞的高呼声，出自欧里庇德斯的《酒神的伴侣》一剧（见《密爱》一文注释）。伊阿科斯是酒神戴奥尼索斯的别名，在埃勒夫西斯秘教（Eleusinian Mysteries）里是个持火炬者。

用木钉钉在地板上的毛皮。所有东西都有条不紊。希尔妲关上门。赛森仔细打量那些古怪的野生动物毛皮：它们平摊着钉在那里，等着加工处理。接着，希尔妲推动侧墙上的一些木头节瘤，一个入口出现在裸露的原木之间，露出另一间小房间。

“他是个浪漫的人，对不对？”赛森深思熟虑地说。

“不是——出自本能。他有一定程度的好奇心——仅止于对某些东西精明——从好的意义上来说，有巧思和有创意，也爱动脑筋，但不超过某种程度。”

她拉开深绿色的窗帘。小房间的空间几乎全被一张装饰着石南和羊齿的大床占满。上面铺着一张宽大的兔毛毛毯。地板上铺着几块猫皮和红色小牛皮做的小地毯，墙上还挂着各种毛皮。希尔妲取下一块披在身上。这是一件用兔皮制成的白毛斗篷，兜帽显然是用鼬皮做的。她披着这件粗制斗篷，对着赛森直笑，问他：

“好不好看？”

“唔！恭喜你有这么能干的情人。”他答道。

“瞧！”她说。

搁板上的小瓶子里几片飞絮，纤嫩、洁白，是初开的忍冬花。

“晚上它们会让这地方香气四溢。”她说。

他好奇地四下打量。

“那么，有什么是你的护林员不会的？”他问。她盯着他看了好一会儿。

“他无法让星星眨眼睛，”她屏息敛神地说，“也无法妆点勿忘我花。我不在乎这是不是夸大其词。但那是真的，有好些年是真的。”

他笑了起来，说道：

“我跟星星和勿忘我花已经久未联络。”

“是啊，”她忧伤地附和说，“多么可惜。”

他再次短促地笑了一声。

“为什么可惜？”他问，语带挖苦。

她迅速转过身望向他。小小的房间一片昏暗，他正倚着房间的小窗户看着她。她此时站在门口，仍旧穿着斗篷。他摘下帽子，好让她可以在幽暗中清楚地看见他的脸和头。他的头发乌黑而有光泽，整整齐齐地从额前梳往脑后。他的黑眼睛正在跟她玩一个有礼貌的游戏。他那张洁净、如奶油般光滑且红润的脸，不时闪过有礼的讽刺神情。

“你变得非常不一样。”她苦涩地说。

他又笑了。

“我知道你对我不以为然。”他说。

“我是对你现在的样子不以为然。”她说。

“但你仍然对我充满期望！那么，我又要做些什么才能——”他克制住自己，“才能避免这场灾难？”

“如果你自己的灵魂无法告诉你，那我也无法告诉你。”

“我说，”他提高声调，半是嘲讽半是认真，“这话我好像在哪听过？再说——”他继续大声地说，“一个住在罗马的人无法不罗马化[1]——除非他是个狂热的爱国主义者——而你知道，我是个没有故乡的人。”

“没有。”她苦涩地说。

“除非我曾经在不知不觉的情况下就被收养。”他说，然后又马

① 译者注：这话脱胎自谚语“住在罗马就应该像个罗马人”（指人应该入乡随俗，住在什么人中间就表现出什么人的言行举止）。

上觉得这话有羞辱意味，不禁羞愧起来。

“你比罗马人还要罗马人。”她挖苦地说。

“我是去势时代的罗马人[①]，”他笑着说，“而这是你期望我成为的。”

“老天爷！”她惊声呼喊。

“是你要我接受文法学校的奖学金，是你要我刻意培养可怜的胆小鬼波泰尔对我的忠诚，直到他离不开我为止，只因为波泰尔家里有钱有势。后来，又是你坚持要我接受酒商的资助去剑桥，陪伴和保护他唯一的孩子。然后你又驱策我进入商界，直到我发财为止，然后，然后，好吧！现在一切都实现了。我的人生可说是成功得不得了。就一个乡村校长的遗孤来说——”

“所以我就得负责？”她讥讽地说。

“我那时是最具可塑性的年轻人。”他笑着说。

“唉！”她大叫，“我不该在你还那么年轻便让你离开。”

“但我却获得巨大成功——而且说真的，我乐在其中。你反复教导我应该聆听树木谈话，读流水所写的好文章，领悟小石头所包含的真理[②]——因为凡事皆有教益，除了伦敦外。但我可以向你保证，伦

---

① 古罗马的很多时期都被人称为过“去势时代”（the emasculated period）。例如，吉朋（Gibbon）就把狄奥多西皇帝（Emperor Theodosius）几个荒淫后继之君的统治岁月称作“去势时代”，其时离罗马帝国的覆灭不远；李维（Levi）则是把公元前一八〇年前后的一段时期视为“去势时代”，当时赛比利教（Cult of Cybele）大行其道，其宗教仪式包含自我阉割的项目。

② 这是莎剧《皆大欢喜》（As You Like It）里那个公爵角色所说的一番道理：“生活就是应该这么个过法：避开尘俗，倾听树木谈话，读流水所写的好文章，领悟小石头包含的真理，因为凡事皆有教益。我不愿改变这种生活。”（在第二幕第一场）

敦也给了我许多好东西，所以‘我不愿改变这种生活’[①]。”

“你真是能言善道。”她说，语气非常尖锐。

“那是我身上的一个瑕疵。”他说，并向她鞠躬。

这时，外面的门闩格格作响，接着护林员走了进来。女子朝他看了一眼，但仍旧站在小房间的门口，身上披着毛皮斗篷。赛森也没有动，一脸无所谓的样子。

护林员走进来，看了看，随即别过脸，没有说话。其他两个人也是沉默不语。

护林员动手打理他的毛皮。

“我们的决斗结束了吗？”赛森用德语问希尔妲[②]。

“我没有什么要说的了。”她用同一种语言回答。

“那么，我想对你说：‘让我们各奔前程。’”

“让我们各奔前程。”她说，凝重地鞠躬，口气冷淡。

“亚瑟！”她喊说。

护林员假装没听见。赛森敏锐地看着，咧齿而笑。希尔妲昂起头。

“亚瑟！”她又喊了一次，尾音古怪地向上扬起，以此提醒两个男人，她的灵魂正经历一个突如其来的转变而颤抖，对女人而言，这震撼如此巨大，犹如一滴醋突然滴到清澈的水中，泛起黑又混浊的沉淀物。

护林员慢慢放下手中的工具，朝她走来。

---

① 见前页注释。劳伦斯看来很喜欢《皆大欢喜》。他在创作《苦恼的天使》前的前一个三月，曾在大卫森路学校自己任教的班上教过这出剧。

② 赛森和希尔妲用德语交谈，是为了让在场的亚瑟·佩尔比姆听不懂。不过，劳伦斯后来在改写《苦恼的天使》时，把“用德语”几个字删掉。

“怎么样？”他说。

“我想介绍你们认识。”她说，声音冷静而深思熟虑。

“我们已经认识——我们先前碰过。”护林员低声咆哮。

“没关系——我想正式介绍你们认识。艾迪，这位是我的未婚夫亚瑟·佩尔比姆先生。亚瑟——这位是赛森先生，他是我家的老朋友。”

赛森鞠躬致意，对方则机械性地伸出一只手。两人握了握手。

“我由衷地恭喜你们的喜事。”赛森说，心里却满是苦涩地想着：佩尔比姆太太——我的天呀！

接着他向女子道别。

“你要走哪条路？”她问。

“福斯特那边[①]。”他回答。

“亚瑟，你送赛森先生到棚门吧！”

三个人一起走下那条阴暗的小路上。

“Ah les beaux jours de bonheur indicible Où nous joignions nos bouches！（啊，那时我们两唇相接，生活是何等美不可言！）”赛森引用，半是为了抒发真实感情，半是为了挖苦对方。

---

① 在故事发生的年代，安德伍德有好几户人家都是姓福斯特（Foster），但却没有一个农场或一间住宅是以“福斯特”为名。所以，就像故事中的“纳托尔”和“威里瓦特”一样，这名称有可能是劳伦斯所虚构。故事最后说赛森离开威里瓦特农场（即海格斯农场）之后“向南而去”，这样的话，他首先会经过的应该是栎树农场（Oaks Farm）——这农场离摩格林蓄水湖（Moorgreen Reservoir）只有一段短路。

“C’est possibles!（大概是吧！）[①]”她以相同的语气回应。

“好！”他喊道，“就像我们彩排过似的。我这个人就是忍不住会伤春悲秋。下一句是什么？——Q’uil était bleu, le ciel, et grand l’espoir.（俱往矣，所有憧憬皆已在风雨中破灭。）”

“我从来不喜欢闹剧，”她冷言冷语地回应，“再说，我们也不能一起走入我们的燕麦地[②]。那时候你太保守、善良，以至于根本没有播种。”

赛森望着她，震惊于她竟然会讥笑他们年轻时有过的纯爱：这纯爱是他所拥有过最宝贵的东西。显然，他终于如同自己希望的那样，扼杀了她这份爱情。但此时只觉得满心凄苦。

走到小路尽头后，她离他而去。随着护林员朝林场入口走去时，他说：

“你可以让我知道你们何时结婚吗？”

“为什么？”护林员问。

“因为她不会写信告诉我——直到那之后——我很肯定。”

“这个嘛——”护林员说，显得不高兴，却又有点犹豫。

“我将会好几年都不回来纳托尔——也许永远不再回来。我只是想知道你们的消息，没其他动机。如果你写信给我，我就会回你信。

---

① 这是法国诗人魏尔兰（Paul Verlaine，1844—1896）的诗句，出自《感伤的对白》（*Colloque Sentimentale*）。全诗采男女对话形式进行，相关诗句如下：啊，那时我们两唇相接生活是何等美不可言！大概是吧。当年的天空多蓝，我们多么希望无穷。俱往矣，所有憧憬皆已在风雨中破灭。洁西·钱伯斯指出，在写作《苦恼的天使》那时候，劳伦斯诗歌创作的两大引路明灯是魏尔兰和波特莱尔（Baudelaire）。（译者注：这诗描写一对分手的情侣日后重逢，男方回忆起往日的欢乐，但女方反应冷淡，似已忘得一干二净。）

② 译者注：此为《感伤的对白》的最后两句，他们走进荒芜的燕麦地，只有沉默的黑夜继续倾听。

通信仅限于我们两人。”

他把自己的名片递给对方。

“那好吧—— 一言为定。”

他们在树篱栅栏前面站住。赛森伸出一只手。

当他在空地走出十几码以后，护林员在后头喊道：

“我说……我只在事情有着落后才写信给你。”

“当然！”赛森说。然后两个人就分别转过身，各走各的。

赛森没有直奔通往大路的门，而是沿着林边走下去，来到由小溪冲积而成的一片小沼泽地。桤树下的芦苇丛中，大片错落的黄色金盏花发出耀眼金光。几道黄浊的水流涓涓滴滴流过，似乎被花朵染上点点金黄。突然，一只翠鸟掠过，空中画出一道蓝色闪光。

赛森的心情无比恶劣。他爬上堤岸，来到荆豆花丛。荆豆花星星点点，尚未盛开成一片耀眼的金色光芒。躺在干枯的草皮上，他发现几簇小小的紫色远志花和粉红色马先蒿。他开始细数自己所失去的。虽然不后悔，但他却身不由已地感到无法言语的落寞。他不会改变自己的选择。是的，他是如此可怜、了无希望。过了一会儿，他厘清了失落感的由来。

“她总是看到我最好的一面，总是相信我能够成为最棒的人。当她保存了心中那个理想的‘我’时，我就必须对她负责：必须努力活得符合她的标准。如今，我摧毁了她心目中的我，我的星辰随之熄灭，而我也变得孤孤单单。那个漂亮的、总是走在我前头的‘我’被摧毁了，我变得更加接近现实。我已经折断她信仰顶端的花朵。然而，考虑到所有人，我别无选择……”

他仍然静静躺着，感觉自己犹如死灰槁木。

没多久，他听见护林员沿着小径走下来的声音，身边跟着他太太[①]。

“怎么啦，亲爱的？”赛森听见护林员温柔地问，但触及怨恨。

“我有点心烦意乱——别管我。”她求他说。

赛森翻了个身。空气中充满云雀的叫声，犹如天空上的阳光凝聚起来，再像小雨般洒落。在这些响亮的叫声里，人语声就像号角声一样低沉。

“好，但你为什么会心烦意乱呢？”护林员追问。

“回家吧，亚瑟。我今晚再告诉你原因。”

赛森从树丛缝隙望出去。希尔妲正靠在栅门上，泪如雨下。护林员则在田里，徘徊在树篱前；而且，赛森终于看清楚，原来他是在抓停驻在白色蔷薇花上的蜜蜂，还用手掌把它们捏碎，再松开手，让蜜蜂掉在地上。他并不知道自己究竟在干吗。

有一会儿悄然无声。这段时间，赛森设法从响亮的云雀叫声中辨别出她的哭声。突然，护林员大叫一声：“哎哟！”然后大声咒骂起来。只见他紧紧捏住衣袖靠近肩膀的部位，再连忙脱掉外套，扔在地上，然后全神贯注地卷起衬衫袖子，直到肩膀。

“啊！”当他找出一只蜜蜂，扔到一旁时，他愤愤地说。他举起光亮健壮的胳膊，头笨拙地朝肩膀后面看。

“怎么啦？”希尔妲静静地问。

“一只蜜蜂——它爬进我袖子，螫了我一下。”他答道。

“过来让我看看。”她说。

护林员朝她走去，像个生气的小男孩。她用双手捧住他的手臂。

---

① 这时希尔妲事实上还没有正式成为佩尔比姆的太太。在《论坛》的版本里，篇名已改为《染污的女孩》，“他太太”被更正为“希尔妲”，但《蓝色评论》的版本仍作“他太太”。

“在这儿——刺还留在里面——可怜的蜜蜂！”

她拔出刺，嘴唇贴在他手臂上，把毒液吸吮出来。当她看到她印下的唇印，然后看看他的手臂，不禁破涕为笑：

“这是你有生以来得过的最红的吻。”

他用双手搂着她和亲吻她。当赛森再次抬起头朝声响处看去时，瞧见护林员的嘴唇正亲吻着爱人的脖子。她的头向后仰，头发垂了下来，一绺蓬乱的深棕色头发挂在他裸露的手臂上。

“不，”那女子回答，“我不是因为他走掉而心烦意乱。你不明白……”

赛森听不清那男的说些什么，却把希尔妲的回答听得一清二楚：

“你知道我是爱你的——他早已完全离开我的生命——没有你，我不知道该怎么办……”

他继续热烈吻着她，喃喃说了些什么。她短促地笑了一笑。

“好，”她用溺爱而又带点苦涩的声音说，“我们会结婚，我们会结婚的。你去告诉大家和安排一切。”

他再次热烈拥抱她。有一会儿，赛森听不见他们说些什么，然后才又听到她说：

“现在你必须回家，亲爱的——否则你不用睡了。”

“我们在教堂结婚？还是小礼拜堂？还是——”

“我们在教堂结婚。”

这是她生平第一次这样使用第一人称复数代名词。护林员听了大受感动，把她抱得更紧。最后，他穿上外套，独自离开。她站在栅门边，但没有望向护林员，而是向南眺望，视线越过阳光明媚的乡野，眺望伦敦的方向，直到天际。

等她最终走了之后，赛森也动身离开，向南而去。

廉价葡萄酒

（一九一三年）

1

风吹拂着，偶尔白杨树树叶被吹起，就像一圈苍白的火焰迅速往上蔓延。天空蔚蓝，因朵朵浮云而变得破碎。空旷的田野散落着如补丁似的块块阳光，黑麦地和葡萄园笼罩在浮云的阴影里。远处天色湛蓝，大教堂声入苍穹[①]，城市房舍聚集其四周。

军营由十几栋破破烂烂的铁皮棚屋构成，里面闷热得犹如置放在火热夏日草原上的荷兰烤箱[②]，但因为外缘攀附着茂盛的金莲花而增添艳丽色彩。士兵几乎总是在营房外，不是在围着铁丝网的操场里操练，便是在菜园里干活，或是坐在阴影处乘凉。

此时，营房里空无一人，所有床铺都收拾干净，一切整整齐齐。巴赫曼到自己的柜子拿了一张明信片——每逢星期三下午，他都会寄信给母亲。然后，他回到屋外，坐在菩提树下的长凳上。树荫下花香扑鼻，带着绿叶的花朵被风吹落，犹如坠毁的小小飞机般，零星地散落树下和板凳上，在地上形成一个圆形。另一个士兵也在写信，还有三个士兵在聊天，谈话里充斥着常用的淫词亵语。

---

① 这故事是以德国城市梅斯（Metz）为背景，它的大教堂以塔楼和尖塔众多著称。在一九一二年五月所写的《德国的法国儿子们》（*French Sons of Germany*）一文中，劳伦斯说：“这座教堂看来非常德国风。它的中殿硕大无朋而巍峨，把其他部分都比下去。在原构想中，它是要给人一种向天飞耸的感觉，但实际效果却适得其反：给人一种可怜兮兮的坠地感。”

② 荷兰烤箱，常指加了盖的铁锅，通常带有三脚架；但也可以是指长方形的铁锅，它的一边打开，向着炉火。劳伦斯此处指的看来是后者。

巴赫曼在明信片上写下地址，却想不出来要写些什么给母亲。他的脑子一片空白。明信片摊在他面前的长凳，他的手握着铅笔，悬宕在半空中。他二十二岁，是个身材修长且灵活的青年。笨重的制服难掩他优雅的体态。他的脸被太阳晒得黝黑，但仍然看得出来肌肤细致，脸色红润。他的髭须是略带红色的，当他坐在那儿瞪着明信片看时，他不断用左手抚摸着。

“亲爱的母亲”——他只写下这几个字。再过几分钟，他便要出发了。他瞪着那句“Liebe Mutter”（亲爱的母亲）好一会儿，突然开始振笔疾书：“我马上便要出发，进行防御工事[①]的演练。要塞的城墙就在河岸边上。”他停下笔来，“我可以保证，这趟攀爬会十分刺激。”他再次停笔，脸色变得有一点点苍白。然后他继续写下去：“大部分地区的草莓都受到霜害，海德堡草莓要价一磅八十便士。但这里的草莓没事。我们的草莓也没事吧？”明信片的空间已经被写满。他签上名字和祝福，在钱包里找出一枚邮票，贴上。然后，他担心地左右张望。他长得英俊，一双蓝色的眼睛颇为突出，就像水苦藚花[②]的颜色。他的举止因散漫和放纵而有些懒洋洋，仿佛做这种鸡毛蒜皮小事让精神饱满的他提不起劲。

他的弟兄正在向操场集合。他把明信片放入口袋，带着笑容的加入大伙当中。没有人会猜到他内心正被畏惧啮咬着。他走路的样子漫不经心，有点放纵，但还是有军人的架势，毕竟他是个士兵。因为年轻，多少有点自负、爱自吹自擂，但其实为人慷慨。同伴们因为他不

---

① 梅斯是古代洛林王朝（Lorraine）的首都，在普法战争（1870—1871）后落入德国统治。到了一九一三年，它已是全欧洲最防卫森然的城市，由二十多座要塞和炮兵掩体所形成的三圈防御工事保护。

② 译者注：speedwell，又称婆婆纳。原产南亚至中亚一带，花朵不大，色呈青蓝或深蓝色。

拘小节而喜爱他，但对待他也多少有点小心翼翼。他总是毫不费力地成为众所瞩目的焦点。他最英俊、身体比例最完美、优雅的神情和言谈都很不像日耳曼人：因此他也有一点点爱现。

没多久，中士便来到他们面前。这个四十岁的军官体格健壮，块头很大。不过，他早已外强中干。他的头往前突出，微微斜倾在强壮的两肩之间。他的脸曾经英俊且有个性，但现在已经松弛，堆栈着许多皱纹。他的眼睛阴郁地往下看。这张脸曾经充满热情，但现在已摧毁，剩下的只有仇恨。他的正职成了喝酒时的小歇。

他简短地下达命令，没有多浪费唇舌，然后一小群士兵便往白色的道路前进。道路两边的藤蔓都布满灰尘，玉米田边缘的罂粟被吹得稀烂，高高的黑麦株在风中弯低、挺直再弯低。

巴赫曼就像平常一样轻松地走着。他的弟兄则是埋头行军的架势，像是只熊。他丝毫不具备顽强的服从精神，只是在体力充沛时轻松行走，然后他的肩膀会因疲累而垂下，头还是高高昂起。

不过，他这时却感到害怕。在内心深处，他正被羞惭和恐惧啮咬着。他知道那个沉默寡言的中士不喜欢他，或多或少看出他很浮夸。他害怕即将来临的攀爬。他害怕站在高处，这让他心惊胆战，四肢发软。但这个下午，它就在他面前，他无已路可退。在此之前，他从来没有露出过马脚，一向被认为是个天不怕地不怕的家伙。他不害怕下水，也不害怕击剑，这些都是他自儿时起便熟悉的技能。但他却害怕骑马，也害怕高处。对这些东西的恐惧让他在与同伴共处时感到羞愧——与女性共处时，这些恐惧便消失了。

他们渐渐靠近城墙，走下一条林荫小路，然后停下。脚下的草地延伸至一条蜿蜒曲折的运河河道，岸边种着树木和矮灌木丛。这地方静悄悄，只听得到树叶的沙沙声。可以看见远处一名哨兵在阳光和云影中走过。在神秘的要塞之间，雏菊和拖鞋兰在长草中泛着微光。偶尔一阵风吹来，长草无力地垂下。

这群士兵正站在其中一条护城河的末端，身穿浅蓝和深红相间的军服。中士草率又粗鲁地讲解，他强壮的身体和阴郁的表情让年轻的士兵感到不自在。河水死静。在河的另一边，石墙堡垒耸峙，犹如一座低崖，墙头上长满长草和高高的雏菊，更上方远处暗沉树木随风摇曳。面对高耸的堡垒，士兵都感到自己的渺小。这地方，青草郁郁葱葱，树木遮天蔽日，万籁俱寂，弥漫着一股神秘气息。偶尔，百码外，电车的行驶声和市中心喧闹声才会划破这股宁静。

听着中士简单但不清楚的指示时，巴赫曼的心在狂跳。接着操练开始。一个士兵扛着一把长梯，沿着城墙墙脚下突出的岩石过河，然后把长梯固定，接着爬上墙头。巴赫曼看着他爬，看来似乎很容易。但他仍然微微颤抖，因为这次攀爬训练一直让他提心吊胆。

那个穿蓝色制服的士兵架好梯子，往上攀爬，愈爬愈高，到达最高处后，朝峭壁边缘移动，然后准备爬下去。每个动作都是按照中士的指示去做，所以看起来有点盲目和愚蠢。因为身在高处，他看起来很小，蓝红两色的军服在一片浓绿色中很显眼，他移动着，超脱物外，脚步含糊地移至下个位置，接着蹲下，准备要往下爬。很明显的，他的脚盲目地探索横木，腿和腰显得僵硬，身体违反自己意愿地移动，几乎是以降服的姿态，但仍僵硬。看到这情景，巴赫曼的心中升起一股怒火，此外还有无力感以及害怕的感觉。他微微颤抖。一向以来，当他服从上级的命令，他都相信自己是在服从自己，他把上级的意愿和自己的意愿视为一体。为此他常常费尽心力，耻辱感也使得他脸色苍白。但在他内心深处，他默许军队一切至上，也多多少少认同它。然而，这一次最严峻的考验来了，要考验他的意志是否能跟军队的意志合而为一，足以指挥自己的身体。如果办不到的话——焦虑啮咬着他的胸膛，他全身上下都受到恐惧折磨。

轮到他了。他直觉地意识到，那个中士早已看穿他。这个军官今天的脾气特别暴躁，不时会大声咆哮，仿佛身上血液被怒气震得飞溅出来。巴赫曼不发一语走到墙脚下面，好不容易才把长梯架好：先前的几次失败让他心慌意乱。然后他开始攀爬。长梯并不牢固。梯子每颤动一次，他的心都会揪紧一下。他面对着墙，身体悬在半空中，非常痛苦地用脚趾探索，紧紧抓住梯子。如果失足摔到突出的岩石，并掉进水里，准会粉身碎骨。他的心开始融化。他模模糊糊地意识到脚下的空间越来越大。他的手紧抓住梯子的横木。然后，他四周的事物开始旋转。他意识到下方是坚硬的岩石，但却感受不到梯子的坚固，而他似乎快要掉到地面了。既然他已在半空中，除了摔下去已别无选择。就这样——所有一切恐怖地朝他袭来。中士如雷般的吼叫声从地面传来。但那已无关紧要。他的心越来越慌，手腕无力，膝盖和脚踝也越来越软。他一定会掉下去。就在这时，一种细微、灼热的感受如晕眩般地刺穿了他的身体。那是尿沿着他的腿往下流。他像一只麻痹的苍蝇般悬在半空中，既无法往上爬，也无法往下爬。他一动也不动，就这样呆滞地悬挂在那，只有羞耻，就像被施打了麻醉剂般地暂时失去意识。或许连他的手也在渐渐松开。

底下的士兵本来都在窃窃私语和讪笑，这时全都安静了下来。那中士生气得脸色发黄，但最后连他也安静下来。他们看着他那瘫软的蓝色身影，可怜地黏在墙面上，而他的头顶上，被压碾的杂草正漠不关心地戳刺着。那中士气坏了，跑向另一道长梯，往上攀爬，又吩咐其他士兵跟上。

巴赫曼这时已从眩晕的恐慌中恢复过来。他重新感觉到自己的手腕和膝盖。就像从噩梦中醒来，他四周的一切恢复了常态。先前，有一分钟的时间，世界曾在他面前解体，让他毫无支撑地悬挂在虚空中，唯一感受到的是地面的坚实——只要一阵风吹来，他肯定会摔得粉身碎骨，而他的灵魂则会因此得到解脱而松一口气。如今，一切恢复稳定。他急切地使自己清醒。只要再一下下，他就可以抓住墙头上的草，达成那个先前一直让他全身麻痹的任务：爬上城墙，翻过墙头。

然而，就在他伸手攀住下一级横木时，一只大手忽然攥住他手腕，然后，在恐惧的深渊中，被人拖上墙头，来到了草地上。他跪在地上。然后慢慢地，他的感官意识到一股浓稠的失望和恍惚感。他站了起来。

中士这时就站在他面前，脸色青黄，七窍生烟地瞪着他，气得说不出话来。巴赫曼站着，仍处于震惊当中，唯一感受到的只有羞愧，内心像被火焰烧炙。他再度意识到手腕被中士攥住的感觉，感受到中士抓住他、拉他上来的惊人力度。他一时之间手足无措，接着，可悲的怒意刺痛了他的内心。他都已经在没有中士的干预下爬得那么高了！就在他即将成功的那一刻，他再度感受到那只巨大的手，突然抓住他的手腕，用力拖拉，一阵怒火燎过他的胸膛。但现在，他就像一具尸体，悲惨地被拖上来。一阵炽烈而自毁的怒火攫住了他，但因为内心充满恨意和委屈而稍趋缓和。

然后，中士低沉的嘘声传到他耳里，声音像是从喘着气的胸膛里挤压出来。这语带羞辱的声音刺穿了他。他低着头，没有听清对方在说什么，只感受到低沉、紧绷的轻蔑怒火和毁灭性的侮辱从对方的声音传出。然而，在他心底的某处仍坚持着，他绝不屈服。突然，他瑟缩了一下，仿佛心脏将从身体里跳出。中士的咆哮声越来越大，气得煞白的脸突然朝士兵的脸凑过去。巴赫曼吓了一大跳。中士的脸、大嘴、从门齿上翻的上嘴唇、咆哮和狂吠的模样映入眼帘，将巴赫曼吓得反射性地往后退。他的心噗噗狂跳，四肢开始发抖，每一根神经就像 些纤细白热的丝线。有一刻极为痛苦的等待。然后，声音越来越大，中士的脸再一次突然凑近巴赫曼的脸，嘴巴张得大大，急促地吐出只有他听得见的模糊话语。巴赫曼大惊失色，强烈的反感下意识地涌上，他举起手臂以护住自己的脸，却没想到手肘重重撞上中士的鼻子和嘴巴。中士跳了起来，踉跄地往后退了几步，继而一步踏出墙头外缘。士兵跳起，连忙往前想接住他。先是传来一声大叫，随后是东西沉重地落入水中的声音。

巴赫曼吓傻了，不知所措地呆站着。其他士兵忙乱起来。

“你最好快逃吧，巴赫曼！”某人对他说，声音里充满兴奋。犯错的士兵转身，走下那条被树木遮盖的小路，回到大路去。

他站在太阳下，看着一些军官骑马经过，后头跟着一队士兵，路上还有几个到军营办事的平民悠悠走过。他向着市镇走去。桥的另一边有电车在行驶。下方的河岸边，大小不同的法式老屋在日光中华丽地闪耀着。远处的大教堂很漂亮，数不清的小尖塔朝蓝天耸峙着。在这个阳光普照的午后，每个人都显得悠然自得。此情此景带给他片刻的平静。然而，他为刚刚发生的事，以及未知的未来而紧张。他很快就会被抓到。他脚步变得蹒跚，最后站住不动。

不，他不要被抓到。一股强烈的反抗心理像浪般席卷他。他一定跑得掉的。他要当他自己。他迅速地思考有哪些地方可以藏身。紫色的丁香树是多么茂盛，河边的青草和白色步道是多么干净啊！他无法思考。他想不出可以去哪。这是个美好的午后，但他却感到绝望。他觉得奇怪，骑马路过的士兵怎会这么粗心，竟然没注意到他，因为他就像是穿着黑色斗篷般明显。

也许回军营去接受惩处还要省事些。他不介意他们会怎样处置他。

不过，他的心继而倔强起来。他是介意的。他恨军营里每个人。他们不给他机会当自己。他恨军队。当他愿意表现自己的时候，军队却践踏他，让他丢人现眼。所以，他何苦要再向军队低头？何苦要让军队把他丢进牢里？他要当他自己。

但他又该如何自救呢？唯一会帮他的人只有他母亲。啊，对她来说，这是多么丢脸啊！但他别无选择。他恨军队，恨身上的军服，甚至恨军官坐骑的每个步伐。他知道每个人都会指责他——每一个。每个士兵都会用手指指着他。他们为什么要这样做呢？没有理由。他昏沉沉地向前走着。到处都在搞军国主义——他无路可逃。法国！美国！他突然想到他可以逃亡国外。他想要去美国。去到一片陌生的土地后，他将可以再次当自己。

2

他没有出路——完全没有。他只是盲目地行走。然而，这城市离法国只有四十英里[①]。他从下一条桥过了河。通缉他的命令不久便会发布。他知道，他逃走的想法相当不可能成功，因为他太孤立无援了。

他的心猛跳了一下，然后，停顿下来：他可以去找艾米丽！如果他躲得过今晚，他就有可能成功逃过边界。艾米丽是冯·弗赖霍夫的女仆，在离军营半英里远的庄园里做事，而庄园离市中心还不到两英

① 梅斯在一九一二年的时候离法国边界事实上只有七英里远。

里，但庄园真的位在乡村。他可以去那里。那是个机会。如果是搭乘前往西许[①]的电车，只需步行不到一英里，穿过田野就可抵达。而且那一带经常看到军人。

他坐上小而快的电车，无比渴盼可以去到西许，见到艾米丽。他觉得自己可以信任她。她矜持且寡言。有一次，她曾陪他一起走到市镇，傍晚与他在男爵庄园的庭院里聊天。不管怎样，他都要试一试。他感觉这是个正确的决定。

在终点站下车后，踏上田野小路。风仍在吹，但已没先前猛烈。他可以听到黑麦在田里微弱的低吟，然后一阵强风吹过，传来绵长的飒飒声响。葡萄藤蔓向他飘送香甜的气味。他喜欢看葡萄藤互相缠绕和嫩芽的柔软模样。在一片田里，男男女女正在割干草。牛车停靠路边，男人穿着蓝色汗衫，女人头上包着白布，抱着干草放在货运马车里。这让他想起自己的家乡[②]。他家乡也是如此收割干草。阳光洒落在修剪过的牧草，以及来回移动的割草人身上。

在田野之间，男爵灰暗的宅邸方正地坐落在一个大花园里，位于在田野之中。过了宅邸，可以看见那些低矮密集的房舍。他没有迟疑，直接听凭命运引领，来到庭院的入口。那只叫彼得的狗看见他时，也只是蹦蹦跳跳。水泵在树荫下静静伫立。一切都静寂无声。

厨房的门敞开着。他犹豫了一下，接着往里面走。两个女人吓了一跳。艾米丽刚端起一个咖啡托盘。她站着，满脸狐疑，然后从厨房

---

① 西许（Scy），今日称为西许-查塞尔（Scy-Chazelles），是位于梅斯西南方三英里的一个村庄。劳伦斯在《德国的法国儿子们》一文中记述了自己一九一二年五月六日在这地方躲大雨的经过。

② 这段文字可能是脱胎自李利恩克龙（Detlev von Liliencron，1844—1909）的诗歌《死在亚伦》（*Tod in Ähren*）。劳伦斯在一九一一年撰写《牛津德国诗歌选》（*The Oxford Book of German Verse*）的书评时，曾引用了整首诗。

另一边走向他。她皮肤黝黑，黑发紧紧扎在脑后，态度矜持，一双灰色的眸子近乎冷淡，上唇因头发反射的阴影而看来暗淡。她身穿一件亮蓝色饰有红色小蔷薇的农民裙装。银色、白色和玫瑰色的咖啡器皿在她手中闪闪发光。紧紧裹住她的衣服让胸部曲线一览无遗。她直视着年轻士兵。

当他们目光接触时，她便认出他来，但眼神充满着不带任何感情的疑惑。他注意到坐在桌子旁的保姆正挑拣着桌上的一大堆樱桃。她是个年约二十五岁的少妇，苍白的脸上有些雀斑，但脸孔漂亮、一头深色头发。她暗色的双眼满是疑惑地看着他，面容虽然宜人但仍带点冷酷。

艾米丽用疑惑的目光盯着他，让他脸色变得苍白，内心感到凄苦。来这里求助没有他原以为的容易。他甚至想再度掉头就走。但海丝小姐看来仁慈而关切。巴赫曼感觉他背后的露天庭院让他暴露了自己。

“我和休伯吵了一架。”他慢慢地说，修长优雅的身体微微前倾，蓝色眼睛努力想挤出一丝笑意。艾米丽探问的眼神和防卫神情、举动，都让他觉得难以启齿。

“你这话什么意思？”她用勉可听见的声音问他。

“我把他撞下城墙——这部分是个意外——然后我便跑了。”他眼神闪烁地看着她。一切是如此呆板、机械性。

“什么！”海丝小姐喊道，诧异并气势凌人地从椅子上站了起来。艾米丽站着没动。他求助地望向保姆，他只感觉得到艾米丽坚定且冷硬的凝视。不知道为什么，他觉得这个女人很亲切。她那被蓝色洋装裹得紧紧的胸部，以及直挺的站姿、高傲的神情，全都让她显得漂亮。她仍然在等他说明来意。这有如一场审判。

“我想我也许可以在这里躲一晚，然后再逃到法国去。”他说。这时，他的蓝眼睛首次与艾米丽的目光相遇，他回望艾米丽，直视着她。他觉得痛苦，希望有什么可以支撑他。慢慢地，艾米丽垂下了双眼。

“嗯。”她说，仿佛不明白他的意思似的。然后她转身，端着托盘，朝通往屋内的门走去。他看着她骄傲、挺直的背脊，有力的腰和环绕在她头上的浓密的黑色发辫。她走了。他感到茫然若失和被遗弃。

“男爵要在花园里喝咖啡。”保姆说，“几个小孩也会一起。你长官后来怎样了？”

巴赫曼迅速望向他。她凝视着他，思考着，等着他说话。

“我不知道。”他说，语气颇苦涩。看见有些樱桃在他手边，便顺手拿了一把，慢慢地吃了起来。海丝小姐注视着他，有些吃惊。他与常见的军人气质不同，让她一时之间不知所措。

“事情是怎么发生的？”她又问。

“他当时向我大发雷霆。请想象一张脸不断向你逼近，而你一动也不能动。但我无法不动！于是我举起手臂，试图阻挡，没想到手臂撞到他脸上，然后他就摔到城墙下了。”这个年轻士兵立刻变成了演员，用充满活力的手势模拟当时的情景，一双蓝眼睛炯炯有神。海丝小姐望着他，看得入迷。他说完后，摸了摸略微泛红的胡须。

“你不知道他后来怎样了？”

“有可能已经死了——我不知道。”他回答，并摆出颓废却又优雅的姿态，看着她的眼神仿佛已顺从命运的安排。尽管如此，他很想知道中士的伤势多重，这忧虑啃蚀着他。但他努力不去想这个问题——这太让他惶恐不安。海丝瞪着他看，脸上尽是惊讶和猜疑。然后艾米丽回来了。她先关上身后的门，然后又去关上通向院子的门。他仍然嗅到咖啡的香味，渴望能喝上一杯，同一时间他如饥似渴地吃着樱桃。火炉上有某样东西正冒着热气。垂挂在墙上的蓝色珐琅瓷锅闪闪发亮。锅子垂挂得如此简单且自然。他却感到自己跟四周的一切格格不入，仿佛他正扮演着某一角色，并等着两个女人决定他的命运。

“你能去哪里？”艾米丽问他，语气克制而不带感情。他无助地看着她。她凝视着他片刻，再望了望海丝小姐。她的双颊泛红，从他身边慢慢退缩，两眼低垂，无法说话。巴赫曼望向海丝小姐。她的眼神亮了起来，带着某种笑意回望他；她在引领着他，看似在悄悄地与他交流。

“你房间是唯一安全的地方，艾米丽。”她勇敢说出自己的意见。听到这话，艾米丽顿时满脸通红，没有回答。然后，她抬起头，用挑战的眼神看着他，就像一个女人被迫签订协议，接受一项违背她意愿的职责。

“那就跟我来吧！”她说，朝门口走去。

“我会帮你们把风。”海丝小姐说。

他谦卑而顺从地跟在她后面。他注意一件小孩的紫红色斗篷挂在门厅的衣帽架上，墙上是一些巨大地图，楼梯扶手上雕刻着古怪的图案。然后他们穿过一条长长的走廊。艾米丽一声不吭，默默地为他打开房门，像个仆人般安静、面无表情地站在门前，等待着他进入。他越过她，站在小房间中央，头低垂着。这真是个羞辱。艾米丽跟着走进房间，像个仆人似的轻轻带上她身后的房门。她站着等待。一股细微的灼热感从他内心撩起。

他费了些努力才抬起头。然后他简短地向她说明事情的经过。他害怕她会看到他眼中颤抖的光芒。两个人之间仿佛被束缚在一起。在她的沉默不语中，她与他如此贴近。

“我应该想个逃亡计划。”他说，看着她。

“唔。”她说，盯着他看。

“你想我在这里是安全的吗？”

“刚才没人看到你的话就安全。”她回避他的目光。

“看来够安全。”他喃喃地说。

“唔。”她说。

然后，她没有再看他，深色脸颊上的红晕慢慢褪去，接着离开房间。

他站在小房间中央四下打量，似乎有点害怕碰触任何东西。他知道她对于被迫向他开放闺房的隐私感到不悦。但她的情绪里还有某些东西，某种让他得意的成分。房间里没什么东西，但极为整洁。他也常常进自己母亲的房间，但这间闺房却带给他某种奇怪的感受：害怕、警戒与刺激。五斗柜上放着一幅圣心图[①]，低矮的祈祷凳上放着一个相当大的木头十字架雕像。他站在那盯着看。他自小在新教[②]的环境下长大。他站着打量那象征符号[③]，感官变得锐利起来，生平第一次看出钉在十架上的是个瘦削、衰损的年轻人。雕像出自一个巴伐

① 译者注：这图画画的是一颗发光的心脏，象征基督的心。

② 译者注：路德（Luther）所开创的基督教系统，相对于基督教旧教（即天主教）而为“新”。

③ 译者注：此指耶稣基督的像。因在基督教的十字架上，是没有基督受难像；而天主教的十字架上则有基督受难像。

利亚农民之手[①]。雕像里的基督修长、瘦骨嶙峋、颧骨突出、脸如槁木，嘴巴微微张开。他就是个普通人，与巴赫曼生平见过的许许多多农民没两样。一想到这个人经历过多少折磨，他便震撼不已。他也好奇，当忧郁、矜持、孤独的艾米丽看到这个裸体的死人雕像时，头脑在想些什么。也许想的是我。这位逃兵自忖。

他看到她床边放着一串玫瑰念珠，还有“十字架苦路”的连环画[②]。他突然对她的宗教感到厌恶，变成极端的新教徒。然后他左顾右盼寻找水。房里没有水。然后他想知道她是否会来照顾他——也许为他带来一壶咖啡。他想要喝点东西。

她没有来。他坐到床上，感觉自己仿佛已经漂洋过海，去到另一个国家，展开新的人生。然后他脱下皮带和军靴，纳闷自己接下来要怎么办。他觉得有点孤单，因为她都没有过来。他需要一套衣服和一辆脚踏车，就这么多。他母亲很富有，会给他钱。现在只剩下骑着脚踏车越过边界，进入法国。他打算明天晚上出发。这表示他将要在这房间待上三十个小时。但这总比被关在监狱十年八年来得好。想到监牢，他不自禁地紧紧握住床柱。然后，艾米丽强大、奇异的存在感朝他来袭，充斥着整个房间。

他脱下上衣，然后躺下，把大大的长枕拉到身上。他感到压抑和孤单。这里没有东西可以让他依靠，而他不是那种可以轻松独处或独

---

① 在一九一二和一九一三年游历巴伐利亚和蒂罗尔期间，劳伦斯见过很多这一类雕像。在《蒂罗尔的基督们》（*Christs in the Tyrol*）一文里，他这样说：“我们就像要走过无数英里，才走过那些摆满基督受难像的街道。起初看到的都是工厂货……然而，逐渐出现了一些农民艺术家所雕刻的基督，让我开始有感觉……我面前挂着一个巴伐利亚农民，一个基督，他凝视着傍晚的夜空和漆黑的山峦。他有着宽颧骨和粗壮的四肢，被钉在十字架上，神情愤恨。”

② 一种罗马天主教在举行宗教仪式时所使用的图画或雕刻，描绘基督钉十字架前发生的一系列事件。

立的人。他总需要有其他人可以为伴，但这里并没有别人。且罢，他目前只好忍耐。有时，他会以为她来了而心跳加速，然后他就可以向她要杯水喝。但她没有来。

3

当她终于推开门的时候，他吓了一跳，从床上坐起来。他的眼睛在微光中瞪视着她，也让她吓了一跳。

“你有带喝的来吗？”他问。

“没有。”她说。他们都害怕彼此。她离开，但很快拿着一壶水回来。当他不停大口喝水时，而她必须强迫自己忍受着。然后他用手背擦抹唇髭。他害怕在她面前吃东西。他坐在床上，而她站在门边。他看着她健壮、挺直和孤傲的体态，而她也瞧着他。他穿着衬衫和裤子，弯着腰地坐在床上。

“我想我也许……”他说，迅速地告诉她自己的计划。她听着，但几乎没有专注。她想要离开，但某种她恐惧且强大的力量攫住了她。天色越来越暗。他的声音似乎渐渐趋缓，终于传到她的耳里，但她依旧无法动弹。最后，在一阵沉默过后，他慢慢从床上爬起，穿着袜子的脚无声地向她走近。她站着，有如一块石头。

“艾米丽！”他说，恐惧却又不能自已。

他把手放到她身上。一阵惊恐流窜过她全身。她仍然无法动弹。一会儿，他的双臂紧紧地环抱着她，猛然地将她的身躯贴向自己，他身上的战栗感染了她。他把脸凑到她脸上，亲吻她的颈项。这时，一股让人无法忍受的激情朝她袭来，让她无法呼吸。她开始感觉天旋地转。他抬起头。

“嫁给我，艾米丽。一旦我——”

但这些都是花言巧语，他一时语塞。他亲吻着她的颈项。她不知道自己为什么会喘气，在等待些什么。然而他嘴边柔软的髭须，沿着她的颈渐渐移动到她的脸颊，最后两唇相交。她迎合他这深情、没有理智的一吻，最后的亲吻让两个人都觉得疼痛。她感到切切实实的疼痛、在无法克制和恍惚的状态下，她紧紧抱住他。她不知道是什么让她如此痛苦。他微微哆嗦，对她迷乱、可怕的样子感到恐惧。他以颤抖的手指解开她紧身胸衣上的扣子，感受他朝思暮想已久、被紧紧束缚在她的棉布裙里的胸部。当他找到时，她开始激烈悸动。

然后她的唇再次迎向他，此刻只需听凭纯粹的本能。这本能是如此强大，以至于假如她此刻必须离开他，她说不定会死。它在她四肢百骸里流动，直到她感到自己再也无所顾忌。

4

她烦闷、沉默地回到房间。她同意睡在海丝小姐的房间。这位保姆仍然处于兴奋状态，但也仍然确信艾米丽和巴赫曼之间的清白无邪。

“他想要我在他获得安全后嫁给他。”艾米丽以她一贯平稳的语调说。但她的血管里其实正有某样东西啮咬着她。

“喔，你愿意的，是吧？”海丝小姐恳求地说，“换成是我，一定会愿意。”

艾米丽的脸瞬间沉了下来，仿佛顺从了。

“他还有进一步的要求吗？”当两个人就寝时，海丝小姐又问。

“没有。”艾米丽抢在顺从的自己发言前说道。

她不会再接近他。然而，她每一秒钟都意识到他的存在。她的每一下心跳都因他而痛苦。她对他有着某种深不可测的怨恨。他此刻正安全、舒服地躺在她的房间里。她上楼前曾仔细聆听。但房里悄然无声，他一定是熟睡了。一下子就熟睡！当她在海丝小姐的房间里脱下衣服时，她的心里更是阴霾。

她睡不着。整个晚上，似是而非的满足感带来的漫长、卑微的痛苦让她无法入眠。她躺着，默默地承受苦难，倔强地对抗那折磨她的痛苦。她的心仍因为他带给她的感觉而灼热，又因为恨他而饱受煎熬。她躺着，等待着，等待漫长的折磨，既不能入睡或也不能思考。有某种力量拉住她，不让她去找他。她甚至意识不到这点。她只能躺着，脑子几乎一片空白，但她一直都恨着他，恨他就那样离开她。他本该有始有终。她身上每根神经都因为他而疼痛着。为什么他不释放她，让她重新做自己！她挣扎着，既渴望他又痛恨他。她始终醒着，直到美丽的曙光降临，她等待着、望着，等待永不会出现的东西。某种无力感攫住她。她不能主动靠近他，她体内那个女子像被某种东西束缚了一般，一个又一个小时，一整个晚上。

临近清晨五点时，她辗转反侧了一阵子。到六点时，她再次醒过来，起床。她的心被恨意围绕，阴霾且晦暗。她恨不得践踏他。她下了楼，男爵已经起床。

巴赫曼睡得很不安静，整晚噩梦不断，烦扰不安。一开始，他因焦虑和不明白的原因而微微发抖。他躺着静静聆听她的动静，等待的每分每秒都无比漫长。最后，他终于听到她走上楼梯的声音，心脏有如被猛然重击。她来了。但最终另一扇门关上，一切复归寂静——

这寂静越来越长，越来越荒芜。然后，他的心慢慢往下沉，沉得很深很深。她不会来了，而他也不能去找她。她不会来了。所以，他的精力在这两种念头的拉扯之下慢慢流走。她已经离开他。她不愿意去找他。

然后，他垂挂在长梯时的羞耻，自己像只麻袋似的被人往上拖的耻辱，失败的耻辱，在新增的压力下——艾米丽不要他，全都一拥而上。他躺着，觉得自己没有丝毫荣誉以及存在的价值。然后，他开始想象第二天晚上逃亡时可能碰到的危险，仿佛看到自己被射杀了。尽管如此，他盼望着早晨的来临，而所有一切届时都会回复正常。她在早上一定会过来。如果他和她之间恢复正常，那其他事情就会恢复正常。但如果她不理他，他才要害怕——他将无依无靠，孑然一身。他的思绪继续游走，想到了逃亡，想到了新生活——然后他断断续续地睡着了。

从四点开始，他便躺在床上等待着，恍惚、游离、冷漠地让自我消失，在朦胧间，等待她再次到来。然后他才能恢复状态。他听到关门声。她应该就快来了。然而，当他快被推到失去自我的边缘，他就想要去找她。他感到穷途末路。他觉得自己什么都不是。

他起床，望向窗外。军号声从军营那传来。一切都显得清新，绿油油的田野和树林笼罩在一片灰蒙蒙的薄雾中，城镇无影无踪。他站着远眺，感受着身外的世界。

5

七点的时候，男爵带着来自军营的一个中卫和三个士兵，走入厨房。艾米丽站得挺直，以倨傲的姿态面对他们，灰色的眸子睁得大大的。但在心里，她却感到软弱和沮丧，觉得自己被牵连。先前男爵一直在花园工作。他穿着绿色的亚麻衣服，显得烦躁不安，不知道该如何开口。他中等身材，充满活力，一双蓝眼睛，行动快速敏捷。年轻时他是个中尉，右手[①]在普法战争中被炸伤。和往常一样，只要一激动，他就会挥动那只伤残的手。他不想要盘问艾米丽。她对在场的几个男人充满敌意。突然间，男爵目光灼灼地看着她，问："艾米丽，你昨天晚上是不是寄了张明信片给这个巴赫曼的妈妈？"

身形修长的中尉抗议着，男爵激动得火冒三丈，三个笨拙的士兵，他们全一起望着她。她感到自己成为他们关注的焦点，难以忍受地向后退了一步。

"是。"她清晰分明而机械性地回答。她一点也不觉得自己和这有任何关系。

男爵愤怒地挥动那只受过伤的手。

"他现在在哪？"他生气地问。

他语气中的愤恨，让她不愿回答。双方僵持了一下，每个人都感觉气氛沉重。艾米丽孤立无援地站着，像个奴隶。

"他来这里了吗？"男爵问。

他越来越愤怒。站在她面前，他怒目相视，那只残手半隐藏在身侧，断断续续地抽搐着。她知道他想要她回答"没有"。她直挺地站在那里，倔强地缄默不语。在这个节骨眼被威吓，使得她的灵魂在她体内死去。她依旧没有回答。渐渐地，她的沉默让男爵屈服。

---

① 劳伦斯的外公里希特霍芬男爵（Baron Friedrich von Richthofen，1845—1915）曾经在作战中受伤，失去右手一根手指。

“我们上楼看看吧？”男爵厉声地对那个中尉说。艾米丽知道他心里恨她和鄙夷着她。

三个熊似的士兵提着来复枪，踩着沉重步伐，跟在两个绅士后面。艾米丽木然地站着，无法动弹，但怒气沉沉。她侧耳聆听他们的动静。

巴赫曼听到了沉重的脚步声向房门逼近。他被一股强大张力攫住，以致失去一切感受。他站着，盯着门。门打开，出现了几个士兵。

“在这里！”男爵喊道，静静地看着他。

现在他们已经逮到他了，三名士兵因为失去刺探的兴奋感，因而显得不自在。一等中尉命令巴赫曼穿上衣服，他们就变得不起眼，如呆子般地站在门边。男爵焦躁地踱了几步。他看着巴赫曼双手发抖地系上腰带。然后，这名面无表情的年轻士兵服从地起身。男爵走出房间，听见中尉下达军令。两个士兵走前头，一个士兵用手臂架着巴赫曼地走在中间，最后则是身穿制服的中尉和绿色亚麻布衣服的男爵。

巴赫曼恍恍惚惚地移动，几乎没意识到周遭的一切。一行人笨拙地走下楼梯，沉重地踏过走廊，然后下了一级台阶进入厨房。厨房里弥漫着咖啡和早晨的味道。那犯人意识到艾米丽挺直的身躯远远地站在一旁，她优美的手臂从肘部以下裸露着，垂在身体两旁。她的脸别向一旁。他不想看她，但她的存在对他来说真切无比。

男爵走进厨房后停了下来，犹豫了一下，环顾四周。

“所以你与逃兵共享你的房间啰，艾米丽？”他语带讥刺地说。然后他蹬了鞋跟，与中尉正式地握手道别。

“不是，”艾米丽说，强迫双唇张开，“我睡在海丝小姐的房间。”听到她拼命答辩指控的声音，巴赫曼的脚步迟疑。士兵拉了拉他袖子，让他的姿势变得可怜、痛苦。当犯人再次举步，步履蹒跚，他的牙齿咬着下唇，眼睛直直看着前方，任凭士兵架着他的手臂，不论他将被拖去何方。

阳光揭开清晨的序幕。男爵穿着绿色亚麻布园艺服，目送着几个士兵走下车道。一只公鸡在宁静的新鲜空气中用力啼叫。几个士兵绕过了树篱。男爵走回到艾米丽身旁。她的站姿变得比平常退缩，仿佛等着为自己辩护。她的脸颊有点苍白。

“男爵夫人一定会惊讶——”男爵低着头，对僵立的女仆说。她的视线转向他，仿佛在海湾工作的奴隶，无法听懂他的口音。他低下他的头。

“在你的房里窝藏逃犯啊！”他继续说，就像在挖苦她。

“他是来求我帮忙的。”她说，嘴唇几乎没有翕动。

“这样啊！那是他自己的事啰？”

“对。”女仆说，不明白他的意思。

“对。”男爵把女仆的话重复一遍，脸上带着个苦涩的讥笑，走向门口，“事实上，你跟这件事毫无关系。”他说，脸上转换成带着狂怒的笑。她盯着他看。他为什么会对她这么生气？这时他已低头离去。她便继续忙着准备咖啡。

盲眼男人

（一九一八年　版本一）

伊莎贝尔·佩文凝神细听，留意两种声音。一是来自外面的车轮碾过马路的辘辘声，一是丈夫踏入门厅的脚步声。她最亲爱也是最长久的朋友—— 一个对她来说几乎是不可或缺的男人，将在十一月里这个下着雨的黄昏乘车来访。两轮轻便马车已经去火车站接他。同时，她的丈夫也快要从农舍回家了，他的双眼在佛兰德因故失明，额头上也留下一道吓人的伤疤。

她丈夫归来迄今已一年了。他已经全盲，但夫妻俩仍然过得快乐。格兰奇庄园[①]是莫里斯自己的产业。庄园的后面是农舍，负责打理农舍的沃纳姆夫妻就住在那里。伊莎贝尔和丈夫则住在前面较为美观的房子里。自从他受伤后，夫妻俩便过着近乎与世隔绝的生活。他们会一起聊天、唱歌和阅读，此外，她还为某家颇具规模的地方大报撰写书评[②]，而他则把时间花在农舍上。虽然失明了，但他还是可以

---

① 格兰奇庄园（The Grange）：大体是以利德布鲁克（Lydbrook）的教区牧师宅为蓝本——利德布鲁克位于格洛斯特郡（Gloucestershire）的丹恩森林（Forest of Dean）。在一九一八年八月，劳伦斯夫妻曾应朋友凯瑟琳·卡斯韦尔（Catherine Carswell）和她丈夫唐纳德（Donald）邀请，到这教区牧师宅做客。卡斯韦尔夫妇是从教区牧师霍普金斯（Geoffrey Hopkins）那里把房子租来。劳伦斯最初构思《盲眼男人》的时候，还曾在牧师宅的厨房把故事大纲告诉过凯瑟琳和她的管家。牧师宅是一栋石砌大宅，是村子里少有的结实建筑；其后部是仆役居住区，由独立的通道进出。然而，这宅子除一个花园以外没有其他土地，所以不可能像故事中的格兰奇庄园那样，作为农场使用。故事提到的那两排夹道松树确实存在，也确实种有杉树，但这些杉树却无法从饭厅看见。

② 凯瑟琳·卡斯韦尔是《格拉斯哥信使报》（Glasgow Herald）的专职书评人，直到一九一五年十一月写了一篇推许《虹》的书评才被解雇。

跟沃纳姆商量各种重要的事情，做各种琐碎的工作，那都是些粗活，但却值得去做。例如，他会挤牛奶，再把牛奶拿到脱脂器脱脂，还会照顾猪只和马匹。对盲眼的他来说，生活仍然充实又出奇的宁静，平静得几乎超乎想象。他和太太两人构成了一个完整自足的世界，光明和黑暗，互为彼此的另一半。

他们有着一种异于常人且离群索居的快乐。在这些漆黑的时光与触摸得到的欢乐里，他甚至不为失明感到遗憾。但两人内心都隐藏着恐惧。待在这栋被高大松树环绕的静寂大宅里，伊莎贝尔有时会被一种可怕的倦怠感，一种极度的空虚感笼罩。她觉得自己快要发疯了。至于他，偶尔则是会陷入突然发作的沮丧，比这更糟的是，即便是他自己都觉得生活在看不见的日子里，都有如是种折磨。伊莎贝尔害怕这种日子会越来越频繁。她努力贴近丈夫，让他相信他们两人就是彼此的全部，是彼此的整个世界。她大多时候都能成功，这时，生活会美妙怡人。但只要稍不留神，就会陷入痛苦的漩涡里，例如当她觉得倦怠，想要大声尖叫时；或是他承受痛苦，像被巨大的黑暗攫住而完全变了另一个人时。

当恐惧来临时，她会寻求宣泄的管道。她邀请朋友到家里做客。但这办法只是让事情适得其反。因为夫妻经过一整年的孤独生活和难以形容的紧密相依后，其他人对他们来说显得肤浅，甚至是无礼。接待客人让他愤怒，也让她疲倦。所以，两人很快便再次遁入孤独中。

但现在，再过几星期，他们的第二个孩子即将出生了。当她丈夫首次去法国时，第一个孩子在襁褓中便夭折。对于第二个孩子即将到来，她满心欢欣，却又有些担忧。她三十一岁，她丈夫比她年轻一岁。她想要有一个小孩，而他亦然。然而，她却莫名地担心孩子也许会成为他们夫妻亲密无间关系的一个障碍。她害怕任何会介入这关系中的存在，哪怕仅仅只是隐藏在这关系中的紧张感，也都令她害怕。如果她丈夫能够拥有平静，那样她将会很幸福。只要他可以摆脱突发性的黑色忧郁，她也能因而摆脱。当他的灵魂、心智和身体的每个关节全都有如被拆散的时候，他饱受生活本身的折磨。

就在这时候，伯蒂·黎德写信给伊莎贝尔。他是她的老朋友，一个远亲，和她一样是苏格兰人。在爱丁堡的孩提时代，他们曾是同学。一直以来，他们的关系仅止于朋友。她并不爱他，丝毫没有想与他结婚的感觉。然而，她深深地、一如往常地喜欢他，对他有着近乎亲情的感情。她把他当成哥哥，就像女人在脑海中想象兄长的形象。两人自然而然地相互了解，而且很亲近。

伯蒂是辩护律师，同时也是个作家，他聪敏、细腻、具有富于辛辣的幽默感。他和她丈夫大异其趣。莫里斯·佩文出生于传统的农村家庭，他四肢结实、热情、极为敏感，却头脑迟钝。尽管他的感官如被剥皮般异常敏锐，但他的脑子里有些麻痹或迟钝的地方，让他不长于思考。他对自己的智力迟钝深有自觉。

他不喜欢伯蒂，但一开始并非如此。伊莎贝尔总觉得两个男人应该处得来。但两人都非常害羞，都有些难以相处，也都易于被激怒，这并不是出于讨厌彼此，而是因为笨拙、拘谨和易怒。所以他们总是怒目相向，很快地变成真正的憎恶彼此。至少，是莫里斯厌恶伯蒂。他臆测伯蒂对自己不是傲慢就是有优越感，还深信这小苏格兰人因伊莎贝尔嫁给他而觉得惋惜。这一点始终让他怒不可遏。伯蒂理智得多，只说两人相处不来。

当莫里斯第二次准备要去法国的时候，伊莎贝尔终于觉得自己必须为了丈夫而终止她跟伯蒂的友谊。莫里斯的暴怒几近于病态的程度。她写信告诉伯蒂·黎德这个决定。伯蒂仅仅回复他尊重她的决定。此后将近两年的时间，两人之间没有任何来往。伊莎贝尔并不后悔，因为她深深相信，如果一男一女因为相爱而结婚，就应该是彼此的唯一与全部。而现在爱上莫里斯，并且和他结婚了。所以，她切断和伯蒂之间的往来，就像辞退一个不称职的厨子般轻松。她不是已经有丈夫了吗？他们不是全心全意地对待彼此吗？他们不是彼此的整个世界吗？所以干吗要在意其他旁骛呢？不管是朋友还是熟人，凡不在他们夫妻关系神奇魔圈里的人，都是多余的。不过，她倒是乐于见见莫里斯的朋友。如果他们愿意来的话，并看他结婚之后是何等快乐。但莫里斯并不在意朋友，因为，他理所当然的赞同伊莎贝尔视婚姻生活至上的信条。

伊莎贝尔跟莫里斯分享自己的文学创作，也对农场的事务充分理解并保持着兴趣：因为她是个极其热衷于实践的人。她让一切事情都按部就班。然而，就在这充满难以言喻的亲近而快乐的一整年之后，她觉得自己仿佛被压力挤压，再也承受不了。因此，当伯蒂寄来一封短柬，询问她是否为他们逝去的友谊竖立一座墓碑，并真诚地为莫里斯失明一事深以为憾时，她感到一种莫名的悲痛，然后把信念给莫里斯听。

“这样的话，”他说，“叫他过来住一两天吧。”

“叫他过来住？”伊莎贝尔重复他的话。

“对。”

“但你真的希望吗，莫里斯？还是仅仅只是为了我？别为了我而忍受任何你不喜欢的事情。”

“让他来。”莫里斯说。

伊莎贝尔感到困惑。她看得出来丈夫是不假思索且口气坚定的。

“你肯定吗，亲爱的？”她重问一次。

“对。为什么不肯定？”

所以伯蒂要来了，就在今晚，在这个大雨如注而昏暗的十一月傍晚应邀前来。天色越来越黑，女佣点亮了桌边的高脚油灯，又铺上桌布。狭长的饭厅十分幽暗，里面摆放着雅致又老旧的暗色家具。只有餐桌是明亮的——近乎璀璨。大且漂亮的茶杯和典雅的古董茶壶，底色是醇和的奶黄色，上面绘有深蓝色和艳红色的图案。在油灯灯光下，这些优美的外形和罕见的色调在洁白桌布的衬托下，显得大胆。这一切让伊莎贝尔备感满足。

但她的神经却很紧绷。她朝那些高且没挂窗帘的窗户望去。在最后的暮色中，她隐约看见一株巨大杉树摇曳着枝丫，状似可惧的人——与其说她看到，倒不如说她知道那就是——而雨点不断地拍打在玻璃上。她几乎受不了。至少，莫里斯早该回家了吧！他为什么在外头待那么久？

虽然心情烦躁，伊莎贝尔始终保持着一种平静、如月亮般的安详，这使她看起来宛如早期绘作中的圣母玛利亚，有点认命，带点骄傲，还有宿命般地决然。她有一张白皙的鹅蛋脸，鼻梁微弯。她身穿一件宽松的灰紫色罩衫，和一件以灰紫为主色的丝绸宽摆裙，颜色比罩衫略微暗沉。

最后，她焦灼地叹了口气，站了起来，虽然举止一如往常地平静和镇定。她离开房间，走过宽阔的走廊，打开尽头的一扇门。在她眼前的是通向农舍的石板走道。她闻到一阵混杂了饭菜、奶制品和农舍庭院的味道，又听到一些嘈杂人声。石板小路泥泞湿漉。她漠视眼前这令人不快的景象，以及和那舒适漂亮饭厅的不同之处，向前走去，拉开厨房门的门闩。农场的工人正在里面吃饭。一盏油灯摆放在一张长桌的中央，四周是红润的脸和红通通的大手：有农夫，有农场女工[1]，也有男孩。所有的人全都看着她。沃纳姆太太手里拿着一个黑色大茶壶，正在每人身后轮流倒茶，此时也好奇地停下。

“啊！”伊莎贝尔说，“抱歉打扰你们吃饭。佩文先生没来过这里吧，你们见过他吗？”

“我连他的影儿都没见着。”沃纳姆太太说。

“他可能是在上面的马厩。”一个男人说。

“啊，谢谢。”

“要不要找个人帮您叫他下来？汤姆，你去。”沃纳姆太太说，一个男孩磨蹭着站了起来。

“不，不，不——谢谢。”伊莎贝尔用特有的命令语气说，这语气总是让人遵从，“不，谢谢你，真的不用。沃纳姆太太，马车是不是回来得有点晚？”

“不会晚啊，怎么会……”沃纳姆太太说，眯起眼睛朝昏暗中的挂钟看去。“不会晚呢，夫人。还不晚。马车应该还有十分钟甚至二十分钟的路程要走。是天黑得早你才觉得晚，就这么回事。”

“对，一定是这样。”伊莎贝尔忧愁地说。

“是啊，这种天气真讨厌。我叫个小孩去把先生找回来吧！”

“不，真的不用，抱歉打扰你们。”

伊莎贝尔关上门，将这幕景象抛诸脑后。然后她穿上鞋套，裹上一条方格大围巾，走出屋外，大胆地沿第一个院子的石子路往前走。天色非常昏暗。风在农舍后面的榆树林里怒吼。走到第二个院子的时候，这里依旧黑暗。她打开马厩的门，一个黑色大洞穴随之出现在她

---

① 农场女工（girl land-workers）：指英国妇女服务队（Women's Land Army），一九一七年成立，第一次世界大战期间代替服役男子从事农业劳动。

眼前，里面满是看不见的可怕生物，以及一股刺骨且窒息的氛围。她心里非常害怕。

“莫里斯！”她高声呼喊，声音像音乐般柔和悦耳，因为她总不忘自我克制，“莫里斯，你在里面吗？”

没有人回答。马匹显得躁动不安，雨打在她身上。她鼓起勇气走进马厩。然后，在狂风怒吼声中，她听到不远处有些许声响，是锅子的碰撞声和有人对着马说话的声音。他在马厩的另一边。如活物般的黑暗让她感到害怕。她等待着压抑心中的恐惧。然后她听到隔门打开的声音，有名男子在离她不远处忙碌地工作着。但四周一片漆黑，而那人在彻底的黑暗下行动着。那一定是莫里斯！他在如此黑暗中忙得那么起劲的声音，让她感到有点恐惧。要是有带提灯就好！纵然他看不见，但要是有提灯该有多好！

“莫里斯！”她用音乐般的声调喊道，“莫里斯！亲爱的！”

“唔，”他用一板一眼的声音回答，“我在这里，伊莎贝尔！”

“嗨，”她愉快地说，“你不回家吗？”

“再等一下下——马车回来了吗？”

“没有——我希望它已经回来。天好黑——天气很恶劣。”

“对，天气是很恶劣。站住！[①]现在很晚了吗？我刚才好像听见马厩的钟声响了。”

“应该还不算很晚，但我希望你回屋里去。”

她等着，没多久就听到他向她走过来，黑得像一团黑影。她退回门外。

“风雨也吹到这里来了。”他说，谨慎地走过马厩门口，出现在

---

① 莫里斯是在喝令马匹别挨近他。

她面前。然后他摸索马厩的门，然后关上。

“亲爱的，把手给我。”她说。

他们肩并肩走回宅子。她感觉得到他用脚探索地面时那种奇怪的试探性步伐。他保持身体直挺，头微昂着，两只手随时准备好碰到任何东西。

走到廊檐下后，他晃动了一下，然后谨慎地走了几步，当摸索到长凳时，脸上有种奇怪的沉默表情。他重重地坐下，脱去靴子和绑腿。当他弯着腰的时候，一点都不像是个盲人。他的头很小，棕色的头发看来整洁。他的双肩与其说是宽，不如说是长斜。当他弯腰系鞋带时，发红且匀称的大手，青筋突出。他四肢壮硕，大腿和膝盖浑厚。当他站起来的时候，脸和脖子因为充血而变红，连前额的血管都突现了出来。她没有注意到他的眼盲。

每当穿过分隔门的时候，回到自己宁静又漂亮的宅子时，伊莎贝尔总是感到高兴。她丈夫的心情也会改变一些。他站在楼梯口，一动也不动，侧耳倾听。每当他这样站着时，她的心总会感到难过，她总觉得他似乎可以听到命运之音。

“马车还没回来。”他说，“我先上楼换衣服。”

“你不后悔吧，莫里斯，是不是？”她问，“邀请伯蒂来？”她把一只手搭在丈夫手臂上。

“不，我不后悔，贝尔。”他说。

但她摸不清楚他的情绪。她探身向前，在他耳朵亲了一亲。

“你的声音听起来很实事求是。”她笑了。

她看见他两片颇厚的双唇放松，化为一个微笑。

“不然你希望我怎样？”他问。

“你每逢实事求是的时候都很可爱。”

"那就好。"他回答，又伸手摸索她的脸，把她拉向自己，亲吻了她。

"你身上有干草的味道。"

他笑了起来，转身上楼。她抬头望去，发现二楼走廊的灯还没亮。但他照样走进黑暗里去。每当他走入黑暗，与黑暗浑然为一时，她都会感到他正离她而去。她看着他粗大、慢慢挪动的肢体，姿态近乎猫科动物。她太了解他了。但尽管如此，当她看着他，她的灵魂却无不感到疼痛和倦怠——她自己也无法理解这疼痛和倦怠。也许她只是有点紧绷和疲倦的关系。她只有反复告诉自己，她是爱他的。

佩文继续走在自己一成不变的黑暗里，他走进浴室。他的听觉和触觉都非常敏锐，在熟悉的地方可以行动自如，甚至仿佛在碰触到东西之前便能感觉得到。对他来说，以一种近乎与生俱来的力量，摇摇晃晃地穿行过一大堆东西，几乎是一种乐趣。他用不着思考。似乎在行走时，也不需要视觉的介入，单凭直觉就能辨识周遭环境。在这种时候，他会感到有种强烈的积极力量，有时近乎黑暗的狂喜。随便一伸手，便可触摸到看不见的东西，抓住它，在黑暗中抓着黑暗，让他感到非常快乐。他从不试图去记住东西的位置，也没有把它视觉化。他不想要那样做。他宁愿靠一种新的知觉方式过日子。在黑暗中交流。

通常，在这种情况下，他都会充满满足感，心情愉快。然而，有些时候，他内心深处的某些东西又会开始蠢蠢欲动，这时，他会先感到一点病恹恹，继而感到愁云惨雾的大潮席卷而来，把他整个人淹没、抽空。他一点都不明白为什么会这样。

不过，这个晚上他倒是相当静谧，血液在体内丰沛地涌流着。当他在洗澡和刮胡子时，他听见女佣在走廊里点燃油灯的声音。当他走进自己房间时，听到两轮马车到达的声音。他听见伊莎贝尔提高音调，用银铃般的声音兴奋地说道：

“是你吗，伯蒂？你到了吗？”

一个声音从风声中回应：

“对，伊莎贝尔，我到了。但要是不欢迎的话，我可以马上打道回府。”

“如果真是那样的话你尽管回去。最近可好？你湿淋淋的，把外套脱下吧！可怕的旅途吧？我真希望有一辆四轮有篷马车可以派去接你，这破车根本不能挡风遮雨。”

“不，我喜欢坐敞篷马车的，我喜欢看看风狂雨暴的夜色，茜丝[①]。这里的天气就像苏格兰一样糟。对了，最近可好？你气色还是跟从前一样好——不，是比从前更好。”

“我好得不得了——你倒是看来瘦了。”

“忙得要命——每个人都爱这样抱怨——佩文可好？他在家吗？”

“他在换衣服。他很好，好得几乎让人受不了。”

“那就好——他没有生太多气吧？——我是说，他没被那事情打倒吧？”

“喔，没有！完全没有！我告诉你，我觉得他比以前还快乐。他说他从未这样快乐过，我相信是真的。我们度过了美好的一年——你完全无法想象的，但我们真的是过了历来最美好的一年——非常充实——如此愉快。”

“我很高兴。”

---

① 译者注：为伊莎贝尔的小名。

佩文离开了，并关上卧室的门。他有种奇怪的感觉，像是被排挤在外——他所听到的世界之外。那感觉几近孩子气，因被楼下那两个人谈到的那种生活排挤而产生烦躁与孤单感。他已经被切断于生活之外。他体内那股神秘的生命暗流已被切断回路，变得空空如也。就像胸口有堵墙似的，他感觉到自己心脏的起伏。与此同时，他感到一种脱臼的痛楚刺痛着他的手腕和那里的血管，这痛楚暗暗地随着血液流动。他不喜欢伯蒂说话时语带苏格兰腔，也不喜欢太太的轻快对答。这些让他厌恶到了极点！这厌恶感似乎借由大脑的过滤而残存下来。听伊莎贝尔谈及他，谈到他有多快乐的时候，他只觉得羞愧。他的黑暗灵魂不喜欢曝光。他的理智告诉他，他夸大了那两个人对他的冒犯，却不起作用。他只剩下一种人生，不像他们。他们有的生活方式是他既不拥有又厌恶的。他觉得自己快疯了！他嫉妒伯蒂——但不是根本上的问题。他知道伯蒂和伊莎贝尔只是忠诚且亲密的朋友，他们意气相投，相处自然，但他还是觉得被他们排除在外，像个被篱笆隔在屋外的小孩。他觉得自己毫无分量，为此很不是滋味。

伊莎贝尔带着伯蒂一起上楼。他是个黑发的矮小男人，头很大但头发稀疏，一双忧郁的眼睛。他比伊莎贝尔大好几岁。虽然在法律界和文学界都事业成功，他仍然忧郁和若有所失。他谈过一两次无疾而终的恋爱。他向往可以被一个女人热情爱恋，然后与她结婚。但他迄今仍旧单身。就像伊莎贝尔一样，他对于何谓圆满人生有自己固执的定义。奇怪的是他虽然一心一意想要成家，却始终没有成家。

伊莎贝尔总是为他的一双短腿感到惋惜。就她认为，正是这双奇怪的短腿让他始终被关在爱情国度外。他忧愁的灵魂大概也意识到这一点。离开房间前伊莎贝尔看了她朋友一眼：他有一张忧郁、富魅力而学富五车的脸，但却有一双短腿。接着她走到丈夫房间。

里面一片漆黑，这吓了她一跳。

“你在哪里，莫里斯？”她问。

每次听到太太声音里隐约的恐惧，他都会忍不住莞尔。

“这里。”他回答。

“这里是哪里？”她说，轻笑了一声，然后跑到外头，从高柜子上拿了一盏油灯进来。她丈夫正在打领带，样子干净而清新，然后她看见他额头上的疤痕时，不禁在心里叹了口气：这伤疤就像是把他某个部分割去，划掉，删除了。

“伯蒂来了。”她说。

“我听见他的声音。”

“他看来又瘦又累——可怜的伯蒂。”

“是吗？他工作太忙了。”

她再次在心里叹了口气，然后转身离开。没多久，她丈夫便下楼了：他的衣服完全没有穿错。他们等着，然后伯蒂出现：他一如以往，害羞地站在门口。他看着房间角落的那个失明男子，也就是这儿的屋主，他从容地站着，侧耳倾听。伯蒂的脸色变得有点苍白。

“你好，佩文。”他说，向前走去。莫里斯朝声音传来的方向转身，朝虚空中盲目地伸出他的手。伯蒂把那只手握在手里。

“你好。真高兴你能光临寒舍。”莫里斯说。

看见这个年轻男人额头上的伤疤，沉默和盲人安详的模样，伯蒂几乎要掉下泪来。他也被刚才的握手礼吓着，不知道该说些什么。

“得知你的事情后，我无比难过，”他结结巴巴地说，“但伊莎贝尔告诉我你适应得很好。”

“对……”莫里斯转过身去，“人不是非得有眼睛才能生活。”

“对，是不需要，”伯蒂说，“长远来说不需要。人生太像一场电影——但无论如何，你已经脱逃。”

伊莎贝尔望着他们两人——他们并不了解彼此。她内心感到一阵酸楚。

这时女佣端来了饭菜，他们便坐下吃饭。佩文用手去摸索餐盘、刀叉和围巾，动作古怪，几乎就像是一只猫在床铺里磨蹭般。他显然是已把各种东西的摆放位置深印在脑子里。他坐着切割食物，周身弥漫着某种悲哀和苍凉，但又带有盲人的平静。伯蒂看着他，惊异于他那双红润大手的动作精准，惊异于血液在他失明的体内强劲流动，惊异于他额上伤疤透出的古怪宁静。伯蒂费了点劲转移话题，和伊莎贝尔谈话。

“孩子出生后你一定会很快乐。”他说，几乎不知所云。

她的脸绽放出异样的光芒。

“是的，非常非常快乐。”她说，“不过我也有点累，觉得时间拖好久。也让你快乐吧，莫里斯，对不对？”

“对，我会很快乐。”

他用餐如同其他人，先用刀尖碰触餐盘里的鸡肉，锁定位置后再开始切割。那是一个古怪、摸黑的过程。但他不喜欢别人帮他，不愿意别人碰他。

“我给你的是鸡翅，亲爱的。”伊莎贝尔说。

“我晓得。”

他吃得津津有味。伯蒂注视着他。

“你这些紫罗兰打哪来的，茜丝？”矮个子的苏格兰人问，“花期已经过了，不是吗？”

“对啊，这个时节还找得到紫罗兰，真是美事。我是在南边围墙下找到的。”

伯蒂拿起桌上那个水晶碗，嗅闻花的香气。

“还真香！唔，真的好香，好香！”

“你闻过了吗，莫里斯？”伊莎贝尔问。

“没有。花在哪里？”

“在我这里。”伯蒂说，“要我递给你吗？”

那位盲眼者伸出一只手。伯蒂把小碗朝他手上靠过去。粗壮红润的手指碰触到律师纤细苍白的手指。

“对不起。”伯蒂说，马上把手抽回。

莫里斯细嗅紫罗兰的香气，看起来像在思考。花的香气和花瓣的触感让他回想起紫罗兰的模样。这触动了他的旧痛，引发出他一直渴盼着却不可得的渴求。伊莎贝尔和伯蒂看着他的表情，知道是怎么回事。莫里斯看来正在击打禁锢着他灵魂的铁栏杆。

“你还记得卡丽阿姨吗？”伯蒂说，“她对紫罗兰痴迷得不得了。”

“可不是！”伊莎贝尔喊道，“真的爱紫罗兰成痴。她不许别人摘花园里任何一朵紫罗兰。园丁都必须执行她的严格规定。她觉得紫罗兰是她专属的。”

“就像她个性的延伸。”伯蒂笑着说，苏格兰腔越来越显著。

“对！”伊莎贝尔喊道，“她是个拜花狂。”

两个朋友欢笑着回忆往事，但两人内心都非常郁郁不乐。饭后，三人坐到壁炉边，莫里斯坐得比较后面，因为他怕热。另外也是因为他不想，或者说无法侃侃而谈。所以，伊莎贝尔和伯蒂都是跟彼此聊天。

然后，到了大约八点半，莫里斯说：

“你们应该不会介意我先离开，去向沃纳姆交代事情吧？两位不会介意吧？”

“不会，亲爱的。你去吧！”伊莎贝尔说。

莫里斯离开后，两个朋友好一阵子沉默不语。最后是伯蒂先开口：

“不管怎么说，茜丝，这件事都让人难过。”

眼泪一下子涌进她的眼眶。

“我晓得这让人悲伤，伯蒂，这真的悲伤——但你知道吗，让人难过的不是失明这件事。他还没有瞎的时候便是这个样子。他一直有一个跨不过的局限性……”

“你是说他人生有一个局限性？”伯蒂说，觉得不可思议。

“对。然后你会发现自己也一样有局限性。我觉得无法满足他的需求。有时我会觉得，真的有局限的人是我，我无法给他他想要的东西—— 一种我无从捉摸的东西——肯定与失明无关。他从前便是这个样子，只不过，那时候他可以用气恼、咆哮或逃避等手法逃开，或是借喝酒骑马去掩盖。但他现在却不得不去面对——仅仅是这点不同——”

接着有好一会儿沉默。外面，狂风怒吼，大雨仍然如注。矮个子律师的脸色苍白，眼下泛着黑圈。伊莎贝尔因为即将临盆而体态丰满。她背向后靠，盯着火光看。松散的几缕发丝鬈曲地垂落。这时，一种熟悉的悲哀涌上她心头，让她无法承受。这个夜晚对她来说，似乎是如此的熟悉。

“我认为我们都是一样的，”伯蒂终于说，“我们自己都有某种局限——某种要命的局限。”

“我想确是如此。”伊莎贝尔用疲惫的语气说。

“而且看来都无从超越自己的局限。”伯蒂说。

“对！”伊莎贝尔愤愤地说，“不过，”她补充说，“我几乎感觉不到。你知道，孩子快出生了。孩子似乎让我变得淡然，有他我就满足了。我现在很少为事情烦恼。”

“我得说，那是好事。”他回答。

“我认为这是母性使然，”她说，“但我相信这反而让莫里斯心情变得更糟。”

矮个子思考了一下。

“有可能。”他说。

夜晚的时光渐渐流逝，伊莎贝尔望了望时钟，莫里斯始终没有回来。

“莫里斯是不是去太久了？”她问。

“我不知道他的作息。”伯蒂回答。

“快十点了——沃纳姆夫妇这时应该都睡了——我怀疑他是不是又去了马厩。他似乎很爱待在马厩——等一等。”

她走到后院，那里一片漆黑。

“对，”她说，“他们都睡了。莫里斯一定在农场里。”

她的声音听起来微微忧心。

“我帮你去找找看，好吗？”伯蒂问她。

“好——带个提灯去。到马厩和谷仓看看。你还记得在哪吧？”

“还有一点点印象。”

伯蒂打开后门，走了出去，身上紧紧裹着一件老旧大衣以抵挡狂风大雨。一只狗狂吠。他眯着眼打量各种古怪的建筑物。最后，他终于听见一种摩擦声。打开一扇由上下两部分组成的门的上半部，他看到莫里斯身处幽暗之中，正在用什么机器磨东西。他衬衫的袖子卷起，以缓慢的步调工作着。一只猫在他脚上磨蹭。

“是你吗，沃纳姆？”他问，侧耳倾听门的动静。

“不，是我。”伯蒂说。他走进去，将身后的门关上。他在一个类似小谷仓的地方，恰好位在两个牛栏中央，由左右两条通道连结在一起。

莫里斯弯下腰，抚摸那只带点野性的大灰猫。伯蒂看着对方强健有力的背部。

“伊莎贝尔不知道你在哪里——她有点担心。”他说。

“我喜欢来农场走走，做点事情。”莫里斯说。他把猫举起，用下巴磨蹭猫。大猫发出激烈的喵喵声。

“我希望我在这里做客不会妨碍到你。”矮子结结巴巴地说。

“喔，不会—— 一点都不会。我很高兴有人可以陪伊莎贝尔说说话。我让她受够了。”

“怎么会！”

接着是一阵尴尬的沉默。

“我怕自己惹人厌，你觉得我让你良心愧疚。”莫里斯说。

“喔，我的良心！”伯蒂喊说。他脑子立刻搜索任何让他感到内疚的原因，并几乎真的开始感到内疚——天晓得为什么内疚！

“你为什么要这样说呢？”他问，感到受伤。

“我说了什么？”

“说我的良心应该会愧疚。”

“哦，我有那样说吗？”莫里斯笑着说，“天啊！不！我是说在你的意识上——在你的脑子里——就这么简单。我是怕你和伊莎贝尔觉得你们需要照顾我。”

伯蒂没说话，静静地沉思。

“我马上过来。”莫里斯说，“你觉得伊莎贝尔的状态怎样？她还好，对不对？”

“她看来好得不得了。”伯蒂说。

莫里斯伸手摸索外套。他摸不到。伯蒂走上前帮他。这时，莫里斯突然转身，撞上他，把他紧紧抓住。

“喂！”他突然大叫。

“我只是要帮你捡起外套。”伯蒂说。

“唔，谢谢。”

莫里斯再次转过身，撞到伯蒂向他伸出的一只手。

“唔，谢谢，谢谢。猫咪乖！”

灰猫正用两只前脚够他膝盖。

“告诉你，”莫里斯突然说，“我去法国之前对你的态度像个傻瓜——我知道完全没事，就是你和贝尔之间。我一直都知道。”

“是吗！”伯蒂惊讶地说。

“你知道的，男人有时很蠢。”

莫里斯费了一点劲才把外套穿上。

“我不想要她跟我一起被关在这座牢笼里。”他最后沮丧地说。

“对她来说，有你在的地方不是牢笼。”伯蒂肯定地说。

“我没那么有把握。”莫里斯过了半晌才回答。

“也许是，”伯蒂说，“但是，”他又发自肺腑地补充说，“只要是我可以帮上你或她忙的地方，无论什么，你知道——”

莫里斯一动不动地站着，低着头思考。

“告诉我实话，”他最后说，“我的脸是不是变得很丑陋？”

“是有一道大伤疤——会让人觉得疼痛——”

“让人觉得讨厌吗？”莫里斯问。

“大概会让人吓一跳——但不会讨厌。”

“我是不是毁了伊莎贝尔的生活？”

“不——我很肯定。她爱着你，永远爱你。”

“尽管如此，她还是受苦——”莫里斯说，“我知道——因为我也痛苦。”

“谁不是呢？”伯蒂说。

“说得也是。但你看得见，总觉得独立些——我可以摸摸你吗？”

他往前靠，手在摸索过程中不小心碰掉对方的帽子。莫里斯把手放在那名矮小的男人头上。突然用力按压了一下，感受头颅的形状，然后他的手往下移动，再次按压。接着这双手移到脸、肩膀、手臂、手和膝盖，每次都是突然用力按压一下再移开。再继续移动，然后再抓住。

“跟我不一样！”他喃喃自语，“跟我不一样！真怪！你摸摸我好吗？摸摸我的眼窝——我的伤疤。但若不想的话，别勉强。”

伯蒂举起一只手，先是用手触碰对方结痂的眼窝，再慢慢沿着额头移动。莫里斯突然把手压在伯蒂手上，让他更用力抚摸伤疤，用力压在那毁损的容颜上，整个人陷入一种奇异的激情里。

“你不介意吧？”他最后说，声音里流露着难以言喻的激动情绪。

“不，不会——我也爱你。”伯蒂说，几乎没有意识到自己说了什么。

盲人的体内涌起一阵战栗。

“不可能，”他说，“不可能。”

“是真的——让我坚持下去！”

莫里斯抓住小个子的手，而伯蒂也用双手紧紧抓住盲眼人的手。

“让我们坚持——永永远远。”伯蒂说，仍然有些不知所云。

“永永远远……”盲眼人重复对方的话说，一抹笑意慢慢在他唇上绽放。

“我们会是永远的朋友吗？”他又问了一次，变形的脸上露出一个古怪的笑容。

这时，伯蒂整个灵魂都哆嗦起来。他回答不上来。但他的双手仍紧握着另一个人的手。

“永远的朋友！”盲眼人重复说了一遍，语气显得出奇的喜悦。

“有可能吗？”伯蒂说。

“对我而言是的，你呢？”

“对，我也是这样。”

做出承诺时，伯蒂感到晕眩，几乎昏厥。

“永远的朋友——永永远远。”莫里斯又说了一遍，显得无可形容的兴奋。

过了一段时间之后——两人都不知道是过了多久——莫里斯回过神来，松开对方的手。

“我们去告诉伊莎贝尔。”他说。

伯蒂提起提灯，打开谷仓门。盲眼人转过身，跟在他身后。那只猫突然消失了。两个人沿着幽暗的石子路静静地走着。两人脚步都蹒跚，像是有些喝醉般。

他们走进门时，伊莎贝尔抬起头，神情有点忧郁和焦虑。

“伊莎贝尔！”莫里斯说。

“什么事，亲爱的。”她对丈夫唇上那个古怪欢跃的笑容大惑不解。她非常吃惊。

“告诉她。”他对伯蒂说。

“我们已经变成朋友了。”伯蒂说。他双眼睁得大大，表情怪异。

“永远的好朋友！”莫里斯补充说。

“真的！”伊莎贝尔喊道，感到有点晕眩。

她惊疑不定地看看丈夫，又望望伯蒂，然后站起来，走向丈夫。

“你高兴吗，亲爱的？”她问。

“高兴。”他说，将她拉向自己，双臂搂住她，“别再说我失明了，伊莎贝尔。”

他把她抱得更紧。她突然哭了起来，头靠在他肩上猛烈地啜泣。他的手臂缩紧，面向伯蒂，脸上仍是同一个古怪的笑容。

“她很高兴。”他说。

冷淡的孔雀

（一九一九年　版本一）

我始终不明白，他们为什么会在蒂布[1]养孔雀。蒂布是个村庄——不，不能算村庄，那里不过只有三四个石砌农场，两三间石砌小屋，以及一家石砌小礼拜堂。它位于皮克区[2]，坐落在一座光秃的山坡上，半掩在白蜡树丛里。一条漂亮的公路[3]在山谷下方蜿蜒穿行，偶尔会有小马奔驰或是汽车嗡嗡驶过。但真正的车流是在六英里外的另一个山谷[4]。所以，独自位于山丘边缘俯瞰下方公路的蒂布，偏僻得有如英格兰小村落，是个遗世独立的村庄。

越过有如复杂网络的石头矮墙所构成的裸露高地，四周全是光秃秃的山头。但转入下坡后，突然身处一片被石头房子环绕的白蜡树的浓荫中，着实让人愉快。那是我在某个夏日初次造访蒂布的情景。我当时心里有点不安，以为自己闯入私人的农家道路。但我还是继续

---

① 蒂布（Tible）是以伊布（Ible）为蓝本。伊布村位于科蒂奇山（Mountain Cottage），而科蒂奇山位于威克斯沃思旁的密德顿（Middleton-by-Wirksworth），劳伦斯夫妇在一九一八年五月至一九一九年四月间曾断断续续居住在这里。手稿上有一处地方，劳伦斯把Ible误写为Tible。

② 皮克区（the Peak），即德比郡皮克区（Derbyshire Peak District），如今是国家公园。它的南面部分（涵盖伊布村和密德顿）常常被称为白皮克（White Peak）。

③ 即盖尔利亚大道（Via Gellia）现称A5012公路，它起自克罗姆福德（Cromford），向西通往巴克斯顿（Buxton）。虽然路名是拉丁文，但盖尔利亚大道并不是罗马古道，而是由盖尔家族（Gell）在十八世纪晚期修筑，以连接他们在威克斯沃思的铅矿和在克罗姆福德的熔炼厂。克罗姆福德是世界第一间水力棉纺厂的所在地，该厂由阿克赖特（Richard Arkwright）于一七七一年创办。

④ 指德温特谷（The Derwent valley），从这里向北可以到马特洛克（Matlock）。那条“拥有真正车流”的公路现称A6公路。

往前走。右手边是个高于道路面的杂乱花园，长着一些高高的蓝色桔梗。稍远一点的地方，我看到一只非常漂亮的孔雀在石头间踱步，它蓝色脖子鼓胀着，拖着青铜色和绿色的尾巴。四周都是农场牛只喷溅的秽物，气味熏人。我停住脚步，观察那孔雀，看它踱步，鸟冠因啄食而微微抖动。然后我回头一瞥。一个妇人站在石墙尽头盯着我看。她头戴一顶印花无边帽。看到我看她，她便走过道路，到对面的车棚。

第二次途经蒂布是在秋天，沿途我不停采着黑莓。它还是老样子，到处都是白蜡树成荫的石头围篱——但许多白蜡树叶落在地上。我看到两只孔雀在高起的花园里，也就是在火炬花[1]之间散步。它们拖沓而行，因为花园里尽是泥泞，杂草丛生。我站着观看它们。

“今年的黑莓丰收。”一个银铃般的声音从附近传来。对方是个矮小的女人，一双漂亮、黑色却鬼祟的眼睛从棉制无边女帽下面窥探着我。她长脸，面有菜色，一头整齐的黑发。她的裙子很短。她大概三十岁，说话时带有德比郡罕听的西部卷舌音。当听到“今年”的尾音带了卷舌音时，我定睛望着她。她别过脸去。

“能采不少喔！”我说。

她再次望向我，面露苦笑。

“是啊，如果你有耐性的话——”她说，“我可没这种耐性。”

“那你可以看看我多有耐性。”我说，高举我的篮子。

“大约有一磅半喔！”她说，带点嘲笑意味地笑了两声。

“差不多。”我说。

---

① 译者注：red-hot-poker，又名火炬百合、火把莲、剑叶兰。原产于南非，花为红、黄、橙艳丽穗状花序，叶子狭长呈剑状，耐寒，很好栽植。

"我不认为这一季我会摘超过一夸脱，"她说，"我可不想为了这些讨厌的无聊东西麻烦自己。"然后她对我翻了翻白眼。"你住这附近吗？"

"目前住在史卡基尔[①]——我太太和我。"

"哦，对——我知道那栋房子。"

就这样，我们聊了起来——然后我向她告别，一路思索着她的口音出处。我断定那不是威尔特郡腔，也不是巴克夏郡或牛津郡腔。走下山坡的时候，我后悔刚才没有问问她那些孔雀的事。

我再次遇见她是在冬天。那天地上铺着薄且干冷的细雪，天空蔚蓝，寒风冷冽，空气清爽。正午时刻，农夫们都赶出牛只，让它们待在外面一两个小时，所以，当我一进入蒂布的时候，牛棚传来的味道让人难以忍受。我注意到，白蜡树举向蓝天的细树枝都变得苍白闪亮，融入一片蔚蓝中。然后我再次见到那些孔雀。它们就在我前面的路上，一共三只，都没有尾巴。如今它们一身棕色，带有斑点，脖子呈深蓝色，鸟冠破烂。它们顽皮地踩踏在晶莹的积雪上，身体缓慢移动，样子有如轻盈的平底小船。我喜欢它们，而它们也对我产生好奇。然后一阵狂风袭来，它们被吹得犹如三只脆弱的小船，而展开的羽毛就像破败的帆。它们不满似的蹦蹦跳跳地逃跑，想躲开这阵乱流。最后，它们在避风的墙角，再次弓着身体，瑟缩地徘徊。身体因为少了尾巴而变得轻飘飘，漠视四周的一切。它们也毫不在意我。我也许可以摸摸它们的。最后，它们走进一间敞开的棚屋里避难。

当我经过建在高处的房屋尽头时，我看到那名少妇刚好从后门走

---

① 蒂布村附近没有一个地方叫斯卡吉尔（Scargill）。这个名字有可能是取自伊斯伍德的斯卡吉尔街，劳伦斯就出生在跟这条街交错的维多利亚街。

出来。她立刻看到我，随即向我挥手。她提着一个水桶，身上系着比她那条夸张短裙还长的围裙，头上仍是戴着同一顶棉制无边女帽。我脱下帽子向她致意，然后继续往前走。但她却放下水桶，敏捷而又有些鬼祟地追赶着我。

“可以请你等一等吗？”她说，“我马上便回来。”

她对我露出暧昧、古怪却又迷人的微笑，然后便往回跑。她脸色依旧灰黄，鼻子有点通红。但她有双优美的眼睛，眼神深沉却带点狡狯。她对我的态度隐含着某种信任感。我由此推断，她必然有些疼爱她的兄长。

我站在路当中，望向那些憨笨的深红色小牛。它们在哞叫，看似在对我吠叫，而我当时正暗自嘲笑它们的圆鼻憨态可掬。它们看来快乐、精力充沛，有点粗鲁，似乎正犹豫着该回到温暖的牛棚，还是该留在原地。我无法猜透。

不久，那女子再度走出来，头低垂着。不过，她还是抬起头，朝着我微笑，又带着那奇特的亲密，就像她早在我出生前，甚至在我成为人之前便认识我。

“抱歉，让你久等了。”她说，“我们到车棚里谈好吗？那里多少能避避风。”

车棚面朝马路敞开，里面满是各种轮轴，而我们就站在当中。她头微斜地看着地面，而我注意到她微微蹙眉。她看来似乎在沉思。继而，她抬起头，直视我的眼睛，这让我眨了眨眼睛，想别过脸去。但我没这样做。她灰黄的眉头依旧颦蹙。

“你会说法语吗？”她唐突地问我。

“如果必须说的话。”我回答。

“我以前在学校学过一些，”她说，“但现在连一个单字都不记得了。”她的西部口音非常显著，声调充满自我挖苦意味。

“记着这些小事没什么用！”我说。

但她灰黄色的长脸早已转向一边，没有注意我说了什么。然后，她突然再度望向我，这次显得羞涩。与此同时，还对着我微笑。她妩媚的目光朝我投射过来，仿佛对我熟悉无比，喔，又如此亲切，仿佛非常了解我的每一根神经，甚至可以深入我的每一根骨髓。一瞬间，她像个孩子般天真无邪，却又如同是个女巫。

“可以麻烦你把一封信念给我听吗？信是用法文写的。”她说，神情黯然苦涩。她蹙眉地看了我一眼。

“乐意之至。”我说。

“信是写给我丈夫的。”她说。

我看着她，有些不明所以。她具有一种麻痹我思考能力的本领。她四下张望，然后机灵地看着我。她从口袋掏出一封信，递给我。那封信从法国寄出，收信人是住在蒂布的一等兵该特。我把信从信封取出，开始阅读，完全没想过它可能涉及个人隐私。我对信的内容既没兴趣也不关心——Mon Cher Alfred（我亲爱的阿弗列）——信纸大概是从报纸上撕下的一页。于是我继续读下去：原来只是一封一个住在法国北部的姑娘[①]写给一个英国大兵的情书。“我无时无刻不想念你。你也会偶尔想念我吗？”——这时我才突然惊觉，我正在阅读一名男性的私人信件。我除了无权阅读外，那人的太太还正看着我！这看来荒谬，但我别无选择，此刻也无法把那个脸色灰黄的小女巫想象为任何人的太太。哪怕曾举行过什么样的婚礼，她都不像是有夫之妇。

就这样，当我继续读信时，我也开始提防她。信接着写道：

---

① 在《冷淡的孔雀》后来的印刷版本中，伊莉莎的国籍被改为比利时。

“Motre cher petit bb（我们可爱的小宝宝）——我们可爱的宝宝在一星期前出生了。啊，我多想告诉你当我把他抱在怀里，望着他时的感觉。他就像他父亲一样有一双充满笑意的英国眼睛，而且一样精力充沛。现在，我最期盼的，就是他的父亲可以把我的小孩抱在臂弯里，这样我们一家三口就可以快乐团聚。喔，阿弗列，我能告诉你我有想念你，为你哭了多少次吗？我脑海里时时刻刻都想着你，除了你我什么都不想。我只为了你和我们的亲亲小宝贝而活着。如果你不尽快回来，我将会死掉，而我们的孩子也会死掉。不，我知道你不能回到我身边。但我可以去找你。我可以带我们的小孩去英国。如果你不愿向你尊敬的父母亲介绍我的话，你可以在某个城或某个镇与我相会。我害怕孤单一个人带着孩子到英国，乏人照应。但我必须找到你，我必须带着我的孩子，我的小阿弗列，把他带给我深爱着的，高大英俊的阿弗列。啊，请回信告诉我可以到哪里找到你。我有些钱，不是穷光蛋，我能够负担自己和我的小宝贝……”

我把信读到最后，写信人的署名是：“你幸福的，但又更不幸福的伊莉莎”。我想必是不自觉的莞尔一笑。法国少女这封浓情蜜意的情书，让我产生不良的反应：轻微作呕感。

“我看得出来，它让人开心。”该特太太讽刺地说。我抬头，才意识到她就在旁边。

“我知道那是情书。”她说，“里面有太多句‘阿弗列’了。”

“真的是多了点。”我说。

“可不是。那个女的——伊莉莎——还说了些什么？我们知道她叫伊莉莎，这个说来话长。”她露出嫌恶的表情，昂首看着我。

“你是从哪里拿到这封信的？”

“邮差上星期送来的。”

“那时你先生在家里吗？”

“他应该今晚会回来。他受了伤，所以我们之前申请让他回国。他六星期前回国的——之后就待在苏格兰——喔，他的腿部受伤。是的，他没什么大碍，只是走路有点跛。他指望会拿到退伍令——但我想希望不大。我们结婚了没有？我们结婚六年了——他在战争爆发的第一天便入伍了——喔，他以为自己喜欢军旅生活。他参与了南非那场战争[①]——不，他讨厌那些，恨透了。我和公婆住在一起——我现在已经没有自己的家。我娘家在牛津郡有一个大农场，占地超过一千英亩。不像这里。喔，不——公婆对我很好，对，好得不能再好。他们关心我还多过关心女儿。但那仍不像住自己家里自在，对不对？你不能为所欲为。不，家里只有我和他父母。打仗之前呢？他什么都做过。他受过很好教育，但他更喜欢务农——后来又当了私人司机。他就是那时候学会法语的。他在法国替一个有钱人开车，开了很长一段时间[②]。”

这时，三只孔雀随着一阵风从车棚角落绕了出来，那样子仿佛乘风漂浮在平静的水面上。

“嗨，乔伊！”她喊道，其中一只孔雀蹬着纤细的脚朝她走来。它灰色而带斑点的背部非常优雅，丰满的深蓝色颈项蜷缩着。她蹲下来。“乔伊好乖。”她说，带着一种奇怪的、爱怜的语气喊道，“你是来找我的，对不对？”她的脸靠过去，那孔雀也弯着脖子，鸟喙几乎碰到她的脸，仿佛在亲吻她。

---

① 指波尔战争（1899—1902）。在《新十日谈》的版本中，阿弗列·该特在波尔战争结束后还在南非待了好些年。

② 在《新十日谈》的版本中，阿弗列·该特从头到尾都没当过兵，只当过私人司机。

“它爱你。”我说。

她仰头看着我，笑了起来。

“对，”她说，“它爱我。乔伊爱我。”然后又对孔雀说，“我也爱你，对不对？我好爱乔伊。”她抚摸了它身上的羽毛一会儿，然后站起来，对我说，“它是只感情丰富的鸟儿。”

她说“鸟”字时的卷舌音让我莞尔一笑。

“它真的是这样。”她极力声明，“它是七年前跟我一起从我家过来的。另外两只孔雀是它的子女——但它们不像它那么感情丰富。对不对，宝贝儿？”她说话时的尾音上扬，犹如女巫的尖叫声。

然后她忘掉车棚里的孔雀，回过头谈正事。

“你愿意念信吗？”她说，“念给我听，我想知道里面写些什么。”

“这是背着你丈夫的行为啊！”

“哼，别管他，”她大声嚷嚷，“他背着我偷偷摸摸够久了——整整四年了。如果他没有背着我做坏事，就没理由为此埋怨——告诉我信上写了什么。”

此刻我很不情愿依照她吩咐去做，但我还是开口了：“我亲爱的阿弗列。”

“我早猜到是这样写。”她说，“伊莉莎的亲爱阿弗列——”她笑着说，“伊莉莎，法文怎么说？”

我告诉她念法，而她极为不屑地重复念了一遍：埃莉斯。

“继续念吧，”她说，“你停下来了。”

于是我又开始——“我有时会想念你，你也想念我吗？”

“我敢打赌，他除了想念她，还想念着另外几个女人。”该特太太说。

“也许没有。”我说，继续往下念，“一个可爱的小宝宝一星期前诞生了。呃，我多想告诉你当我把我亲爱的弟弟抱在怀里……”

“我敢打赌八成是她自己的种。”该特太太尖声说道。

“不是，”我说，“是她妈妈的小孩。”

“别相信她的鬼话。”她尖声说，“这是障眼法。我敢说，小孩绝对是她的——也是他的。”

“不，”我说，“是她妈妈的——‘小宝宝有一双会笑的眼睛，但比不上你那双漂亮的英国眼睛……’”

她突然用手猛拍裙子，弯下腰，笑得花枝乱颤。然后她挺起身体，双手掩脸。

“那‘漂亮的英国眼睛’逼得我捧腹大笑。”她说。

“他的眼睛不漂亮吗？”我问。

“喔，漂亮，非常漂亮——继续念吧！——乔伊乖，宝贝儿好乖。”最后一句是对孔雀说的。

“嗯——我们非常想念你。我们全家都想念你。我们真希望你能来这里看看可爱的小宝宝。喔，阿弗列，你待在这里的时候，我们是何等的快乐！我们全家都爱你。我妈妈将为小宝宝命名为阿弗列，这样我们就永远不会忘记你——”

“那真的是他儿子。”该特太太喊道。

“不是。”我说，“那是她妈妈的小孩。呃，‘我妈妈身体健康。我爸爸昨天回家了——他在休假。他为自己得到一个儿子高兴。我的小弟弟希望能沿用你的名字，因为你在那段艰苦岁月对我们家很好，让我永生难忘。一想到此，我便忍不住垂泪。不过，你现在已远在英国，我也许无法再见到你。你亲爱的双亲都好吗？我很高兴你的伤口已快要痊愈，近乎可以行走——’”

“她怎么没问他，他亲爱的妻子好不好？”该特太太大叫，“他一定从未告诉她他有太太——就这样欺骗那可怜的女孩！”

“收到你的来信，我们都非常高兴。但你现在人在英国，想必已忘掉你曾经好好对待过的一家人——”

“好得也太超过了吧！啊，乔伊——”该特太太喊道。

“要不是你，我们一家大概已经不在人世，无法再感受到欢喜悲哀。我们过去过得很苦，但目前已经否极泰来，不再感受到贫穷的重压。小阿弗列是我的一大慰藉。把他抱在胸前的时候，回想起善良高大的阿弗列，我会禁不住垂泪，也许那段受苦的日子才是最幸福的时光，只可惜已一去不返——”

“哼，多么可耻啊！竟然用这种手段让一个可怜女孩上当！”该特太太大声说，“绝口不提自己已婚，让对方心存幻想——我会说这是‘下流’！”

“你有所不知，”我说，“有些女生渴望堕入情网，不管对方有没有太太。如果她执意要爱他的话，他又怎么避免得了呢？”

“他愿意的话，就可以避免。”

“唉，”我说，“人非圣贤。”

“喔，那是两回事。那个善良高大的阿弗列！你这辈子听过这种鬼话吗？继续——她在结尾说了什么？”

“我们全都很高兴知道你在英国的情况——我们衷心祝福你好心的双亲。我祝愿你未来的人生永远幸福快乐。深情又永远感激你的伊莉莎。”

一时间陷入沉默。该特太太低头，表情有点不怀好意又心不在焉。然后，她突然抬起头，眼睛射出两道凶光。

“喔，用这种手段骗一个女生，真是下流，真是卑鄙。”

“不，不，”我说，“也许他根本没有骗她。你以为法国女孩都那么天真无邪吗？我猜她比他聪明得多。”

“他是有史以来最大的笨蛋。”她喊道。

“瞧你说的！”

“但那小孩一定是他的，错不了。”她说。

“我看不是。”

“我肯定是。”

“好吧！”我说，“你要怎样想就怎样想。”

“不然她还有什么理由要写这封信——”

我走到小路上，望向牛群。

“这些牛都是谁在看管？”我问。

她也走了出来。

“隔壁农场的男孩。”

“如果是我，就不会把伊莉莎的信太当真。”我说，“她也许撒谎——不管怎样，我都无权阅读那封信。”

“喔！”她嗤之以鼻地说，“我想看就看。”

现在，她也对我生气了。所以我向她道了声日安，就沿着两边的石头围篱匆匆离开。在冬阳的照耀下，石头围篱闪烁着光芒。

插曲过后的翌日清晨，我醒来时，发现房间一片幽暗，西面那扇大窗户覆盖着片片雪花，一片模糊。我走出屋外，看到下方的山谷一片白茫茫和阴森[①]，树木在雪的装饰下，更显得黑暗和枯瘦，犹如一

---

① 一九一九年元旦，劳伦斯写信告诉朋友科捷拉安斯基（S. S. Koteliansky），告诉他：“这是一个大雪深积的早上，非常寂寥和隔绝。”积雪到一月六日还覆盖着密德顿和周遭地区：“我们被深深埋在雪里，这些雪非常白、古怪而漂亮，不太冷，但交通困难。”

根根铁丝。岩石表面从闪亮的积雪中裸露出来。天空阴沉、凝重，一片灰黄，与以黑线勾勒、空洞的银白大地相比，显得太过沉重。我犹如置身死亡之谷。我也知道自己已经成了囚犯，被困在无处不在、甚至还会滑动的积雪里。所以，我一整个早上都留在室内，望着车道旁积着厚雪的灌木丛，而门柱上则堆积着一英尺多的积雪，显得格外洁白。有时我也会俯瞰黑白相间的山谷：那儿毫无动静，一片死寂，仿佛一层虚无缥缈的帷幕。

一整天都没什么动静：没有任何积雪从灌木丛掉下来，山谷则像一条死亡的鸿沟，游离于现世之外。我抬头望向山谷对面那些位在裸露的高地上，现已被半掩埋在雪里的小农场，我想起了雪中的蒂布，想起了那个像女巫似的该特太太。我又想到了阿弗列·该特以及那封信。他们的事让我觉得好玩，另一方面又感到不安。我不想被卷入这愚蠢又无聊的浑水。然而，积雪似乎让我卷入我本想逃离的纷争中。

大约下午四点钟的时候，微明的昏黄灯光亮起，我赫然看到远处的雪地里有什么动静，就在荆棘丛附近，像是一群野人站在茫茫白雪中，显得非常黑而矮。我靠近看仔细。对，有什么东西正在拍翅、挣扎——是只大鸟，肯定是，它正在深雪中举步维艰地前行。我吃惊地盯着它看。在这个山谷里，最大的鸟类是鹰，它们常常会在我窗子对面盘旋，所处高度与我相差无几，但比山谷两旁陡峭崖壁上的猎物高得多。但我眼前的大鸟，对鹰来说过于庞大——对任何已知的鸟类来说都太大了。我在脑中搜索英国最大的野生禽鸟，例如雁或秃鹰。它可能是一只跛了脚的雁，然而看起来又不太像。

它继续奋力挣扎，接着静止下来，犹如小黑点般，然后再度挣扎起来。我走出屋外，冒着在岩石间摔断腿的风险，走下陡峭的斜坡。我对这一带的地形了如指掌——然而，在靠近那些荆棘丛前，我还是颤抖得厉害。

对，那是一只鸟。是乔伊。是那只深蓝颈项的灰褐色孔雀。它全身都是湿答答的雪，显得精疲力竭。

“乔伊——乔伊，宝贝儿！”我说，踉踉跄跄地向它走去。它看来可怜兮兮，在雪地里翻来滚去，累得爬不起来，蓝色脖子直直地伸长，有时则是靠在雪地上。它的眼睑快速开阖，鸟冠破损不堪。

“乔伊，宝贝儿！宝贝儿！”我抚慰地喊它。最后它不动了，眨着眼睛，倒卧在雪中。我走上前，终于碰到它。我先轻抚它，然后把它抱在臂弯里。当我抱住它时，它避开我的身体，将修长、潮湿的脖子尽量伸展。它仍然静静躺着，大概是累得无力挣扎。它那戴着羽冠、虚弱的头始终离得我远远的，但有时会突然微微下垂，仿佛随时都可能突然死去。

它没有我预期的重，但把它抱回屋子去的过程还是费尽我九牛二虎之力。我们把它安置好，稍微远离壁炉，用干布温柔地抹干它的身体。它很顺从，但会不时把柔软的长脖子伸到远处，无助地躲着我们。我们把一些热食放在它旁边。我试过把食物放到它的鸟喙前，想让它吃一点，但它不理会。它似乎漠视我们所做的一切，令人难以费解地蜷缩在自己的世界里。所以，我们就把它放在一个垫了布的篮子里，任由它忘我蜷缩着，食物则放在它身旁。窗帘全都拉下，屋子里很温暖，天色已晚。它有时会动一两下，但大多数时候都是静静蜷缩着，戴着羽冠的头斜靠一旁。它没碰食物，对任何声音或动静都置若罔闻。我们考虑过是否给它喝点白兰地或吃点兴奋剂，但我觉得我们最好别去打扰它。

然而深夜时分，我却听到它发出巨大声响。我焦虑地起身，点上一根蜡烛，去一探究竟。它吃了一点食物，但更多食物撒了出来，弄得一片狼藉。此时，它栖足于一张沉重扶手椅椅背上。我由此推断，它不是已经复原就是正在复原。

翌日天气晴朗，积雪已经凝固冻结，所以我决定把它送回蒂布。翅膀拍了好几回后，它终于愿意坐进一个捕鱼用的大袋子。它饱受摧残的头探出，极度不安地东张西望。就这样，我带着它上路，连滑带走地进入山谷，来到谷底湍急溪水旁，再费力攀爬上耀目的溪谷边。山壁生长着丛生的苍翠小松树，上方地带覆盖着白雪，闪烁着晶莹的光辉，寒风冷冽。乔伊睁大着它那双焦虑而茫然的眼睛，打量周遭一切，眼珠闪亮，有如谜般。当我逐渐走近蒂布时，它开始在袋子里激动不安，虽然我不清楚它是否认得这地方，然后，当我来到那些棚屋时，它敏锐地左右张望，脖子伸得长长的。这让我有些害怕。突然，它张大凶猛的鸟喙，发出一声嘹亮、热烈的尖叫。我吓傻了，愣愣地看着它。它在袋子里开始激烈挣扎。而我则被它的挣扎吓得哆嗦，竟没想到要放它出来。

这时，该特太太从房子另一边飞奔过来，机警地往前窥探。看到是我，便走过来。

“你抓到乔伊了！”她尖声大叫，仿佛我是小偷。

我打开袋子，乔伊跳了出来，不断拍动翅膀，像是讨厌沾上积雪般。她抱起它，用嘴巴亲它的鸟喙。她脸色晕红而漂亮，眼睛闪亮、头发松散浓密，却比任何时候更像个女巫。她不发一语。

她身后跟着一名圆脸且脸色苍黄的白发妇人，举止流露出轻微的敌意。

“是你把它带走的？”她严厉地问。我告诉她，我前一天晚上救了它。

从她后面慢慢走来一个瘦高的老先生，他蓄着白色胡髭，裤管上有块大补丁。

“看吧，它又回到你身边了！”他对他的媳妇说。他太太向他说明我是怎样找到乔伊。

“唔，”灰白头发先生继续说，“八成是我们的阿弗列把它吓跑的。它一定是飞到山谷里才捡回一条命——你得好好谢谢你朋友，玛姬——它受冻了——你晓得，这种鸟有一点敏感。”他最后对着我说。

“对，”我回答，“这里不是它们生长的环境。”

“不就是嘛。”该特老先生说。他说起话来相当和缓、平静，就像嗓音里隐藏了一个弱音踏板[①]。他看着媳妇，她这时正蹲在地上，脸虽泛红却依旧阴沉。而面前的孔雀则将它修长的蓝色颈项依偎在她大腿上片刻。年长男子虽然唇髭泛白，灰白的头发也稀疏，却有一张年轻的脸孔，甚至称得上娇嫩，几乎就像青年。他的蓝眼睛散发着某种难以形容的光芒，他的皮肤细致、柔嫩，鼻子优美地微微高起。他的头发轻微翘起，看起来愉快而自信，像个坠入情网的小伙子。

“我们得告诉他鸟已经找回来。”老先生缓缓地说，然后转过身，高声呼喊，“阿弗列——阿弗列！你在哪里？”

然后他再转身，面对我们几个。

“起来吧，玛姬。起来吧！你太担心那只鸟了。”

这时，一名男子走了过来。他穿着粗糙的卡其衣服和及膝短裤，腰部粗壮，长相像丹麦人。

“它回来了，”父亲对儿子说，“至少是被带回来了。他飞到了

① 译者注：弱音踏板，soft pedal，为钢琴用来减弱音调的踏板。

格里费谷[①]。”

那儿子看着我。他举止不拘小节，歪斜地戴着帽子，双手插在短裤前方的口袋里。他看着我，但什么都没说。

“先生，您要不要到屋里坐坐？”老太太对我说。

“对，进来喝杯茶或什么的吧！带着那鸟走了一大段路，你一定口渴了。来吧，玛姬妞儿，我们一起进去。”

所以我们便走进屋内。走进相当沉闷、有些拥挤的客厅。顿时，客厅因拥挤而显得非常舒适温暖。那个儿子走在最后，到门口后便站住。老先生跟我聊天，玛姬去拿茶杯，老太太则回到制奶间。

“你现在心情该好一点了吧，玛姬？”老先生说，然后又转脸对我说，“自从阿弗列回家以后，家里的气氛便不怎么对劲，而那只鸟也飞走了。阿弗列是星期三晚上回来的。阿弗列——但是啊，唉，您知道的，对吧——他星期二回来的——我猜他们小两口之间有点小纷争。是不是这样，玛姬？”

他淘气地对媳妇使了个眼色，让她涨红了脸，显得分外漂亮。

“爸爸，安静点好吗？你都快因自己的话而血压升高。”她对老先生说，就像生气的样子。但事实上她从来不会对他生气。

“天气是今天早上才好一点。”老先生没理她，继续慢慢地说，“过去两天还真是风狂雨暴。唉——自从星期三她见了您之后，这个家就刮起了东北风。”

“爸爸，别说了。你应该把腿换成铁打的。我真不知道你从哪里找回你的舌头的，变得这么啰哩吧唆。”玛姬说，语气严厉却又带着关爱。

---

① 蒂布村俯视着格里费格兰奇谷（Griffe Grange Valley）。

“我是在弄丢的地方找回来的。你不要进来坐坐吗，阿弗列？”

阿弗列却转身离开了。

“他因为信的事还在气头上。”老先生悄悄对我说，“他妈妈知道这件事。玛姬偷偷告诉了我。多么愚蠢的事啊！对吧？唉，何必为了远在天边的小事吵架，而且它还永远不会跑到面前来。没用—— 一点也没用——我就是这么告诉她的，她没有必要在意这种事。唉！还能怎样呢？”

这时老太太回来了，谈话内容变成闲话家常。玛姬不时瞄我一眼，在两个男人之间来回穿梭，神色尽是得意和满足。我恭维了她几句，但她似乎没有听见。她以一种不怀好意、如女巫般的亲切态度招呼我，头低垂在两肩之间，显得既谦卑又有力。她招呼她公公和我的时候，快乐得像个小孩。然而，她的眉宇间总带着某种阴影，就像是有一只黑色飞蛾停在她眉心上，她古怪、笨重的举止，似乎也蕴含着不祥。

她坐在壁炉边一张矮凳上，在她公公附近。她的头低着，看似出神恍惚，不过不时会回过神来，抬头看着我们，加入聊天，有说有笑，然后又再次怔怔出神。然而，当她陷入浓稠的遗忘状态，看起来却与我们非常贴近。

门敞开着，孔雀缓慢地走了进来，静静地昂首阔步。它走近她之后蹲伏下来，蜷曲蓝色脖子。她瞥了它一眼，却像是没有注意它似的。孔雀静静地蹲伏，像在睡觉，而那妇人依旧沉静地坐着，出神忘我。之后，随着一阵沉重的脚步声，阿弗列出现了。他望了妻子一眼，又望向蹲伏在她旁边的孔雀。他站在门口，显得身材高大，双手插在短裤口袋。一时间谁都没说话。接着他转过身，再次走出去。

我这时也站起来，打算离去。玛姬像是突然回过神来似的，吓了一跳。

“你一定要走了吗？”她站起来走向我，在我面前站定，头靠一侧斜睨着我，“你不能多留一会儿吗？——这里温暖舒适，而且今天没有工作要做。”说完笑了起来，古怪地露出牙齿。她的下巴很长。

我表示自己必须走了。这时，躺在壁炉边的孔雀舒展了一下蓝色长脖子，然后又再次蜷曲。玛姬仍然站在我面前，离我很近，我甚至都能意识到自己的背心纽扣。

“好吧，”她说，“但你一定要再来，好吗？一定要来啊。”

我答应她。

“找一天过来喝茶——一言为定啰！”

我答应了——某天。

离开她的那刻，我知道此后断然不会再为她而活——也断然不会再为乔伊而活。从她那心不在焉的模样，我感觉得到，等我一离开，她便会把我忘得一干二净。

当我走出外面时，天空再度呈现一片黯淡，透着微黄。太阳已然隐没，积雪泛着幽蓝的寒光。我快步走下山坡，脑中思索着玛姬。道路沿着陡峭的山坡回旋而下。当我在积雪里卖力地走着时，忽地看到一个人影正跨步走下陡峭的山坡，试图拦截我。那是个男人，他双手半插在短裤口袋里，双肩宽阔——道地的山间农夫。他当然就是阿弗列。他站在石头围篱边等着我。

“抱歉。”他在我走向他时说。

我停在他前面，看着他那双忧郁的蓝眼睛，眉宇间透着一种傲慢不驯的味道。在他还没开口说话前，脸已经通红，然后才结结巴巴地说：

“你知不知道有一封信——用法文写的——我太太擅自打开它，

信是寄给我的……”

“一等兵阿弗列·该特……”我说。

他的双眼往上看，像是在脑海里思索片刻，然后干脆地说：“对，就是我。”

“我知道，”我说，“她要求我把信念给她听。”

他直瞪着我，眼神充满恨意。

“信里写了什么？”他厉声地问。

“你知道得跟我一样清楚。”我说。

“什么！”他吼道。

“你知道得跟我一样清楚——可能还比我更清楚。所以何必来问我？”我回答。

他再次在脑子里摸索了几分钟。然后他的脸沉下来，也许是因为愤怒，眼神焦灼。我觉得他快要哭了，至于为啥而哭，我却说不上来。

“我不知道。不，我不知道——”他结巴地说。

我细细打量他。他突然猛一抬头。

“在我看到之前，她就把那该死的东西烧了。”他说。我在心里吹了长长一声口哨。

“但她有告诉你内容吗？”我问。

“一些乱七八糟的东西。”他回答，显得一头雾水。最后抽搐了一下，恢复正常，“我不知道她说的话是什么意思。”他迅速地补充说道。

“她怎么说？”我再次问道。

“听着！”他又猛然说道，“你知道内容，为何不说出来！”

“你已经知道了些什么？”我问。

他眼神火辣地瞪着我。然后他踌躇着，接着恢复正常。他的脸再次红起来，眼眶里似乎泛着热泪。

“我知道信是伊莉莎寄来的。但那个臭婆娘什么都不肯说——那个小婴儿——到底是她妈妈的？是伊莉莎的？还是？”

“我告诉你太太，是伊莉莎母亲的小孩——但，是伊莉莎生的。”我回答，他瞪着我看。

“你为什么要这么说？”

“我不知道。我突然就开始撒谎了，然后只能继续说谎。我说你资助伊莉莎一家——把那个新生儿说成是她弟弟，说因为感激你，他们会用你的名字为新生儿命名，还说伊莉莎对你有着一种纯纯的爱。”

他茫然地瞪着我几分钟，然后开始大笑。他愈笑愈大声，愈笑愈大声，直到整个山谷都回响着笑声。然后他用手拍拍我肩膀：

“这真是漂亮的一击——致命的一击！”

之后，他一动不动地盯着我看了好一会儿。最后，他带点颤抖的声音问我：

“她到底说了些什么？”

“谁？”

他犹豫了一下才回答：

“伊莉莎。”

于是，我复述起来，就我所能记得，尽量用信上确切的字眼——尽可能地使用法语。他目不转睛地看着我。

“Mon Dieu！（我的天啊！）”最后他喃喃地说，“我的天啊！”他眼眶里充满热泪，“伊莉莎！”他喃喃低语。

然后他眼神凌厉地看着我。

“她说那小孩是我的？”他急切地问。

“她自己是这么说的。”我回答。

他再次瞪着我。

“你这话是什么意思？”他尖声说。

我没有回答。

“我爱那个女孩。”他感伤地说。

我当时想必是笑了。

“你不相信？”他凶狠地质问我。

“我没什么看法。”

他瞪着我，最后开口说：

“我不爱上面那个臭婆娘。”他终于说，随后又突然转换话题。

“嘿！为什么你不扭断那只臭鸟——孔雀的脖子？那个畜生——乔伊。”

“我跟它无冤无仇。”我笑着说。

他瞪着我。

“但我可有仇。”他说，“它阴魂不散。我相信它身体里住着恶魔——我恨那畜生。当我把它抓住的时候，它从我手里逃脱——”

我又笑了。他站在那里，琢磨我为什么笑。

“可怜的小伊莉莎，”他又喃喃自语起来，“可怜的小姑娘！”

“她个子矮吗——petite（矮）？”我问。

他猛然抬头。

“不，”他说，“她长得颇高的。”

“我猜应该比你太太高。”

他再次聚精会神地看着我，然后又爆出响亮的笑声，让寂寥的积雪山谷传来鼓掌似的应和。

“老天，真有你的。”他说，显得非常莞尔。然后他相当轻松地站着，一只脚往前，双手插在短裤口袋，头向后仰。他确实是个英俊的男人。

“但我迟早要把那该死的乔伊给——”他自言自语地说，仿佛自己是个英雄。

我跑下山坡，忍不住放声大笑。

【附录】

菊花香（一九一四年七月版本结局）

她们挺起身子，看着他无所顾忌地躺着，透露出死亡的肃穆。在初始的敬畏中婆媳二人都低着头，同时流出母性的眼泪。有几分钟，她们像虔诚、静静地站着。最后母性占得了上风。伊丽莎白跪下来，双手环抱丈夫，脸颊贴到他胸膛上。他的身体仍然温暖，因为他死亡时矿井里面很热。他妈妈则捧着儿子的脸，语无伦次地喃喃自语，老泪不住地滴落，像是雨水从湿叶子滚落。母亲不作声，只是默默流泪。伊丽莎白用脸颊和嘴唇触遍她丈夫全身，像是在聆听、探问，试图理解。但她始终无法理解。她被推开了。

她站起来，走进厨房。往脸盆里倒些热水，又拿了肥皂，法兰绒布和一条柔软的毛巾。

“我必须清洗他。”她说。

老母亲身体僵硬地站起来，看着伊丽莎白仔细盥洗他的脸，动作轻柔，又用绒布擦拭他嘴唇上浓密的金黄色髭须。她怀着无穷的敬畏服侍他。老妇人觉得嫉妒，便说：

“我来替他擦干！”她在另一边跪下，当伊丽莎白清洗时，她慢慢地擦拭，黑色的无边女帽不时会碰到儿媳深色的头发。就这样，她们默默地做了好一阵子。她们从未忘记他已经死去，又会在碰触到他肌肤时感受到一种异样的情绪，但那却是两种截然不同的情感。巨大的恐惧同时掳获了两人，妻子感受到子宫的果实犹如一个谎言，她将背负永恒的静寂；而老妇人则是恐慌和愤怒，因为她再也无法把她的大男孩抱在胸怀里。

清洗完成。他有副健美的体格，脸上没有一丝酗酒的痕迹。他一头金发，肌肉丰满，四肢匀称。但他已经死去。

“愿上帝祝福他。”他母亲低声说，凝视着他的脸，声音显得惊恐无比。“亲爱的上帝，祝福我的小宝贝！”她无力地说，流露出母爱和恐惧的狂喜。

伊丽莎白再次瘫坐到地板，脸颊贴在他的脖子上，颤抖着，战栗着。但她必须再次离开。他死了，而她有生命的肉体无法靠近他。一种巨大的惊恐和疲惫包围着她，她如此疲惫。她的生命就像这样流走了。

“他白皙得就像牛奶，光洁得就像十二个月大的小宝宝，啊，愿上帝祝福他，我的心肝宝贝！”老妈妈喃喃自语，“他身上没有一个疤，又干净又白皙，漂亮得像个新生儿。”她满怀骄傲地自言自语。伊丽莎白的脸依旧伏在他身上。

“他走得好平静，丽兹，平静得就像睡着了一样。他是不是很漂亮，就像只小羔羊？唉，他肯定得到了安宁。显然，他在下面时是没受什么苦的，丽兹，他有时间的。如果不是内心得到安宁，他看上去不会像现在这样安详。喔，小羔羊啊，可爱的小羔羊。啊！他嘴角还微微带着笑意呐，我好喜欢听他笑。他是世上笑得最甜的小孩，丽兹，在他还是小男孩时。”

伊丽莎白抬头看去。那男人的嘴巴没有紧闭，在髭须下微微张开。眼睛半开半阖，反映不出小蜡烛的光彩。他太太凝神注视他。他已经死了，而她看来害怕看出他的真实面貌。他的生命已燃烧殆尽，如烟一样消散，他是个绝对的陌生人，与她彻底隔绝。她知道对她来说，原来他是这么陌生。惊恐使得她子宫冰冷。因为她曾委身于这个已无关系的陌生人。她并不了解他，多年来，她都是就范于这个与她了无关系的男人。他冷漠，不了解也感觉不到她。他抓住她的手，然后再把她推开，她从未存在。因为惊恐的压迫，她别过脸。死去的其实是他们俩的人生。他们之间什么都不剩，但两人又生活在一起，脱下衣服，兽般赤裸交缠。每次他占有她，都仿佛是死亡降临。他并没有比她更需要负责。她子宫里的孩子像块冰块。当她望着这个没有生命、陌生的男人，她听到自己的心如发疯般清楚地说："我对他做的有何意义？我恨他、骂他又是为了什么？这就是他，却不是我战斗、我恨、我骂的那个人。他在这，我也在这，但两个人绝对分离，从未活过。那么我们以前一起制造的喧嚣、疼痛又是什么？孩子又算什么？我们一直在创造子虚乌有的东西。"这种恐惧让她的灵魂死去。她知道自己从未看清他，而他也从未看清她，两人在黑暗中相遇、在黑暗中相斗，却不知道自己是遇见了谁、也不知道自己在跟谁战斗。现在她终于看清楚了，但也把她变得像冰块一样冷。因为她从不想要跟这个陌生人战斗，而他也不想。

带着恐惧和羞愧，她望向他光着上身的身体，望向这个她一向误以为认识的人。他是她孩子的父亲。她的灵魂就像挣脱了身体，冷眼旁观似的，知道她从未真正活过。她望着他赤裸的身体，内心感到羞愧，仿佛它是被自己所伤。毕竟，它再也无法自我防卫了。她看着他的脸，然后别过脸，望向墙壁。他的目光与她不一样，他要去的地方不是她的方向。她一直阻止他成为他自己而现在她看得清清楚楚。他从来不曾和她有任何关联。这就是她过往的人生，也是他一直以来的人生。她对死亡致上冷淡的感激，感谢它还原出真相。她也领悟到自己已然死去。

尽管如此，她心里充满着悲伤与对他的怜悯。他死前受了哪些罪？这无助的男人经历了多长时间的恐怖！她的身体因极度悲痛而僵硬。她无法去拯救他，这个光着上身的陌生男人受到了残酷的摧残，而她无法给予他补偿。还有孩子但孩子是属于生命的，与这个已死的男人了无关系。他和她仅仅是个通道，生命流经那里，汇流出孩子。她是个母亲，却从来不曾是个妻子。而他，现在死了，也从来不曾是个丈夫。她感觉得到，在来世里他们将会形同陌路。如果他们在遥远的未来重逢，一定会为生前做过的事感到羞愧。出于某种神秘的安排，孩子是经由他们而出生，但孩子从没有使他们真正结合在一起。现在，他死了，她意识到他永远与她分离，也永远不会跟她再有关联。她看着自己人生最重要的一章已经阖上，也知道自己没有真正活过，而她分配到的时间已经用光。她感到自己的心有如死灰槁木，身体和四肢都宛如石头。但她子宫里的小孩如寒冰般彻骨，刺痛着她。她必须让孩子从她身上生出来，必须为生出他而放松开自己。她必须闭上眼睛，停止感受自己；她必须死去，在孩子身上获得重生。她必须只能当个母亲：没有名字、没有自我、没有独自的人生。

“你替他准备好衬衫了吗，伊丽莎白？”

伊丽莎白别过脸，没有回答。尽管她极想哭出来，表现得像她婆婆所期望的那样，但她却做不到，因为她已如石头。她走去厨房，回来时手上拿着一件衣服。

“烘干了。”她说，一面检视棉布衬衫，看看是否干透。她几乎不好意思去碰触他的身体，但一双手仍然谦卑地放在这具不认识的尸体上。为他穿上衣服很困难，因为他的身体沉重、瘫软。整个过程，她都被一种恐惧攫住；他竟可以那么重、那么瘫软，没有反应又离她如此遥远。他们之间惊恐的距离几乎让她无法承载，她被迫遥望一片无涯的深沟。

终于完成了。她们用床单盖住他，蒙住他的脸，让他躺在那。她锁上小起居室的门，以免两个孩子看见停放在里面的东西。然后，内心带着冰雪般的平静，她动手把厨房收拾整齐。她知道她必须臣服于生命，因为它是她当前的主人。但在她的终极主人死亡面前，她却只能僵硬地屈膝，因羞愧而动弹不得，永无希望。因为在死亡的国度里，她将不会拥有生命，因为她从未爱过。她只能和她的子女活在现世，而那就是她的全部。

劳伦斯生平及创作年表

一八八五年	九月十一日	诞生于诺丁汉郡（Nottinghamshire）的伊斯特伍德（Eastwood）
一八九八年	十一月—一九〇一年七月	在诺丁汉中学（Nottingham High School）念书
一九〇二年	一九〇八年	当小学老师；在诺丁汉大学念书
一九〇七年	八月十日	《诺丁汉郡卫报》（*Nottinghamshire Guardian*）宣布举办圣诞节短篇小说征文比赛
	八月十日—二十四日	劳伦斯一家到约克郡的罗宾汉湾（Robin Hood Bay）度假，这地点是《教区牧师的花园》（*The Vicar Garden*）的场景。随行的还有洁西·钱伯斯（Jessie Chambers）
	十月	完成《格雷瑟利亚编年史的一页》（*A Page from the Annals of Gresleia*）
	十月二十日	拜托路易丝·布罗（Louie Burrows）改写《白色长筒袜》（*The White Stocking*），用她的名义参加《诺丁汉郡卫报》的比赛
	十一月初	把《格雷瑟利亚编年史的一页》改写为《红宝石色玻璃》（*Ruby-Glass*）；创作《前奏曲》（*A Prelude*），以洁西·钱伯斯的名义参加《诺丁汉郡卫报》的比赛
	十一月九日	征文比赛截止投稿
	十二月七日	以洁西·钱伯斯名义参赛的《前奏曲》获分组首奖，刊登在《诺丁汉郡卫报》，这是劳伦斯第一次有作品发表

一九〇八年	十月	被聘为克罗伊登（Croydon）的大卫森路学校（Davidson Road School）的教师
一九〇九年	十二月九日	把《菊花香》（*Odour of Chrysanthemums*）的第一个版本寄给《英语评论》（*English Review*）
一九一〇年	一月二十三日	第一次改写《白色长筒袜》
	三月十日	收到《菊花香》的样张
	三月～九月	两度修改《菊花香》的样张
	十二月三日	与路易丝·布罗订婚，但在一九一二年二月四日解除婚约
	十二月九日	母亲莉狄亚（Lydia）去世
一九一一年	一月十九日	《白孔雀》（*The White Peacock*）在纽约出版（翌日在伦敦出版）
	三月	哈里森（Austin Harrison）为《英语评论》向劳伦斯邀稿
	四月一日前	把《红宝石色玻璃》改写为《彩绘玻璃的一块碎片》（*A Fragment of Stained Glass*）
	四月	第二次改写《白色长筒袜》
	四月二日止	第三次改写《菊花香》，路易丝·布罗为他誊抄了一个清楚的誊本
	六月	《菊花香》刊登在《英语评论》
	八月	加奈特（Edward Garnett）为《世纪》杂志（*Century*）向劳伦斯邀稿
	九月	《彩绘玻璃的一块碎片》刊登在《英语评论》
	九月十日	把《密爱》（*Intimacy*）寄给加奈特
	十一月九日	感染肺炎；一九一二年二月二十八日辞去教职
	十二月十五日～二十五日	写成《苦恼的天使》（*The Harassed Angel*），在十二月三十日把稿子寄给加奈特
一九一二年	一月十日	哈里森拒绝采用《白色长筒袜》
	三月	认识费丽达·威克利（Frieda Weekley），两人在五月三日私奔德国
	三月八日	《苦恼的天使》获《论坛》杂志（*Forum*）采用

	五月二十三日	《逾矩的罪人》（*The Trespasser*）由达克沃斯出版社（Duckworth）出版
	十月	住在意大利加达湖畔的加尼亚诺（Gargnano），直到一九一三年二月
一九一三年	一月	凯瑟琳·曼斯菲尔（Katherine Mansfield）为《韵律》（*Rhythm*）向劳伦斯邀稿，这杂志后来更名为《蓝色评论》（*Blue Review*）
	二月	《情诗集》（*Love Poems and Others*）问世
	三月	由《苦恼的天使》改写成的《染污的玫瑰》（*The Soiled Rose*）在《论坛》杂志刊出
	五月二十九日	《儿子与情人》（*Sons and Lovers*）出版
	六月底前	写成《不饶人的瞎眼诸神》（*Blind Gods that do not spare*）；日后改写为《廉价葡萄酒》（*Vin Ordiaire*）
	六月～八月	住在英国
	六月	把《教区牧师的花园》改写为《玫瑰园》（*The Rose Garden*），日后来又改写为《玫瑰园里的阴影》（*The Shadow in the Rose Garden*）；再次修改《白色长筒袜》
	六月二十一日～七月九日	住在加奈特家里：该房子位于肯特郡（Kent）的伊登布里奇（Edenbridge），名为“深庐”（Cearne）
	七月十三日前	把《密爱》改写为《白女人》（*The White Woman*），日后又改写为《时髦女巫》（*The Witch la Mode*）
	七月二十日	把《廉价葡萄酒》的稿子寄给加奈特，后者把稿子转寄给《英语评论》
	八月	先后住在德国、瑞士和意大利
	八月	把《玫瑰园里的阴影》寄给庞德（Ezra Pound），获《时髦圈》（*Smart Set*）杂志采用
	十月	《白色长筒袜》被《时髦圈》采用

一九一四年	三月	《玫瑰园里的阴影》在《时髦圈》刊出
	六月	《廉价葡萄酒》在《英语评论》刊出
	六月（～一九一五年十二月）	先后住在伦敦、白金汉郡和萨赛克斯（Sussex）
	七月十三日	与费丽达在伦敦结婚
	十月前	写完《菊花香》第四个版本
	十月	《白色长筒袜》在《时髦圈》刊出
	十一月二十六日	短篇小说集《普鲁士军官及其他故事》（*The Prussian Officer and Other Stories*）出版
一九一五年	九月三十日	《虹》（*The Rainbow*）出版，随之在十一月十三日被查禁
	十二月三十日	住在康瓦尔（Cornwall），直到一九一七年十月十五日
一九一六年	六月一日	游记《意大利曙光》（*Twilight in Italy*）出版
	七月	诗集《爱》（*Amotes*）出版
一九一七年	十月（～一九一九年十一月）	住在伦敦、伯克郡（Berkshire）和德比郡（Derbyshire）
	十月十五日	当局下令劳伦斯夫妇搬离康瓦尔
	十一月二十六日	《看！我们过来了！》（*Look! We Have Come Through!*）出版
一九一八年	十月	《新诗集》（*New Poems*）出版
	十一月	住在德比郡的密德顿—威克斯沃思（Middleton-Wirksworth）
	十二月四日	把《盲眼男人》（*The Blind Man*）第一个版本寄给平克（J. B. Pinker）。平克自一九一四年起便是劳伦斯的经纪人
一九一九年	一月十五日	把《冷淡的孔雀》（*Wintry Peacock*）的第一个版本寄给平克
	四月二十五日	住在伯克郡的礼拜堂农庄（Chapel Farm Cottage）
	十一月（～一九二二年二月）	前往意大利大陆，然后又去了卡普里岛（Capri）和西西里岛
	十一月二十日	《海湾》（*Bay*）出版
	十二月二十七日	与平克决裂

一九二〇年	二月八日	要求平克归还手稿
	三月十日	把《冷淡的孔雀》打字稿寄给萨德勒（Michael Sadleir），计划在萨德勒准备创办的新杂志刊登
	三月二十四日	托萨德勒把《冷淡的孔雀》转寄给《大都会》杂志（Metroplitan）
	六月二十七日	在信中提到《冷淡的孔雀》获《大都会》采用
	七月	《盲眼男人》在《英语评论》刊出
	十一月九日	《恋爱中的女人》（*Woman in Love*）在纽约出版
	十一月二十五日	《迷失的女孩》（*The Lost Girl*）出版
一九二一年	二月	《欧洲史中的运动》（*Movement in European History*）出版
	五月十日	《精神分析与潜意识》（*Psychoanalysis and the Unconscious*）在纽约出版
	八月二十一日	《冷淡的孔雀》在《大都会》刊出
	十二月九日	《龟》（*Tortoises*）在纽约出版
	十二月十二日	《海与萨丁尼亚》（*Sea and Sardinia*）在纽约出版
一九二二年	三月～八月	住在锡兰与澳洲
	四月十四日	《亚伦的杖》（*Aaron's Rod*）在纽约出版
	九月（～一九二三年三月）	住在新墨西哥州
	十月二十三日	《潜意识集成曲》（*Fantasia of the Unconscious*）在纽约出版
	十月二十四日	短篇小说集《英格兰，我的英格兰》（*England, My England and Other Stories*）出版
一九二三年	三月～十一月	住在墨西哥与纽约
	三月	《瓢虫》（*The Ladybird*）、《狐狸》（*The Fox*）、《上尉的布娃娃》（*The Captain Doll*）出版
	八月二十七日	《美国经典文学研究》（*Studies in Classic American Literature*）在纽约出版
	九月	《袋鼠》（*Kangaroo*）出版

	十月九日	《鸟、兽与花》（*Birds, Beasts and Flowers*）在纽约出版
	十二月（～一九二四年三月）	住在英国、法国和德国
一九二四年	三月（～一九二五年九月）	住在新墨西哥州和墨西哥
	八月二十八日	《灌木丛中的男孩》（*The Boy in the Bush*）出版
一九二五年	五月十四日	《圣莫尔与公主在一起》（*St. Mawr Together with the Princess*）出版
	九月（～一九二八年六月）	小部分时间住在英国，大部分时间住在意大利
	十二月七日	《反省一只豪猪之死》（*Reflectios on the Death of a Porcupine*）在费城出版
一九二六年	一月二十一日	《羽蛇》（*The Plumed Serpent*）出版
一九二七年	六月	游记《墨西哥的早晨》（*Mornings in Mexico*）出版
一九二八年	五月二十四日	短篇小说集《骑马走掉的女人》（*The Woman Who Rode Away and Other Stories*）出版
	六月（～一九三〇年三月）	住在瑞士与法国
	七月	《查泰莱夫人的情人》（*Lady Chatterley's Lover*）在佛罗伦萨出版
	九月	《诗集》（*Collected Poems*）出版
一九二九年	七月	《三色堇》（*Pansies*）出版
	九月	《逃走的公鸡》（*The Escaped Cock*）在巴黎出版
一九三九年	三月二日	病逝于法国旺斯（*Vence*）

本书文本来源

《教区牧师的花园》

（一九〇七）　《玫瑰园里的阴影》的【版本一】　·文本来自手稿

《玫瑰园里的阴影》

（一九一四）　【版本二】　·文本来自《时髦圈》一九一四年三月号

《格雷瑟利亚编年史的一页》

（一九〇七）　《彩绘玻璃的一块碎片》【版本一】　·文本来自手稿

《红宝石色玻璃》

（一九〇七）　《彩绘玻璃的一块碎片》【版本二】　·文本来自手稿

《白色长筒袜》

（一九〇七）　【版本一】　·文本来自手稿

《白色长筒袜》

（一九一四）　【版本二】　·文本来自《时髦圈》一九一四年十月号97～108页

《菊花香》

（一九一〇）　【版本二】　·文本来自一九一〇年三月十日未修改的校样

《菊花香》 （一九一一）	【版本三】	·文本来自一九一一年四月二日修正过的校样，即劳伦斯寄给路易丝·布罗誊写的版本。这一版本记录了完整的稿件，包括在路易丝誊写过程中的改动、修订以及在《英语评论》出版之前的修改
《密爱》 （一九一一）	《时髦女巫》【版本一】	·文本来自手稿
《苦恼的天使》	《春天的阴影》【版本一】	·文本来自手稿
《廉价葡萄酒》 （一九一四）	《肉中刺》【版本一】	·文本来自《英语评论》一九一四年六月号298～315页
《盲眼男人》 （一九一八）	【版本一】	·文本来自手稿
《冷淡的孔雀》 （一九一九）	【版本一】	·文本来自手稿
《菊花香》 （一九一四年七月）		·文本来自霍普金保存的《普鲁士军官》的手稿样张，一九一四年十月